원하라!

그러면

이룰 것이다

초판 1쇄 인쇄　　2009년 07월 20일
초판 1쇄 발행　　2009년 07월 27일

지은이 | 김적환
펴낸이 | 손형국
펴낸곳 | (주)에세이퍼블리싱
출판등록 | 2004. 12. 1(제315-2008-022호)
주소 | 157-857 서울특별시 강서구 방화3동 822-1 화이트하우스 2층
홈페이지 | www.essay.co.kr
전화번호 | (02)3159-9638~40
팩스 | (02)3159-9637

ISBN 978-89-6023-250-1 03810

임하라!

그러면

이룰 것이다

글 김적환

ESSAY
에세이

글을 쓰게 된 마음

나는 요새 젊은이들이 우리 세대에 비하면 나약하다는 생각을 가질 때가 많다. 살아온 때가 다르니 당연할지도 모르겠다. 물론 이 시대의 젊은이들도, 나름대로 열심히 살아가고 있는 사람이 많을 것이다. 그러나 어려움 속에서 살아온 우리 세대의 얘기가 무시돼선 안 된다는 생각이다. 국사나 세계사를 배우는 것도 지난 일로부터 교훈을 얻기 위함이 아니겠는가?

나는 내세울 만큼 크게 성공한 사람은 아니다. 하지만 나름대로 열심히 살아 작은 성취는 이루었다고 생각한다. 부족하나마 나의 작은 성취담도 남기고 전할 가치가 없지는 않을 것이다.

우리는 크게 성공한 사람들의 얘기를 많이 알고 있다. 극동의 작은 나라 대한민국을 반세기 만에 세계에서 11번째 경제대국으로 만든 분들, 문화와 예술 그리고 스포츠 등에서 국위를 선양하신 분들, 불가능으로 생각하기 쉬운 것들을 가능하게 만든 분들이 너무도 많다.

나는 그런 분들과 감히 비교할 만한 인생을 살아온 사람은 아니며 또 그럴 만큼은 못되는 삶을 지금도 살아가고 있는 사람이다. 그저 내 자신의 능력을 헤아리고, 나름의 목표를 갖고 살아왔을 따름인 주변의 이웃집 아저씨 같은 평범한 사람이다.

훌륭한 분들은 많이 배웠거나 그 그릇부터가 다르다. 평범한 사람들이 배우고 쫓아가기에는 거리가 먼 경우가 많다. 반면에 나는 대부분의 젊은 사람들도 실천에 옮길 수 있을 정도로 손만 내밀어도 잡힐 수 있는 그런 삶을 살아왔다고 생각된다.

내 얘기는 남의 얘기가 아니라 내가 직접 부딪치며 겪으며 살아온 체험담이다. 부족한 점이 많은 글이나마 내 삶이 글로 남겨져 누군가가 용기와 지혜를 얻는데 작은 보탬이라도 되었으면 한다.

글을 써보지 않은 사람이라 내가 살아온 얘기임에도 책으로 쓰는 것은 쉬운 일이 아니었다. 누구의 힘도 빌리지 않고 다른 분들의 글을 읽고 배워 가며 짬이 나는 대로 쓰다 보니 어느덧 2년여의 시간이 흘렀다. 좋은 글이 못되어 내 자녀들이나 또 그 자녀들이 읽어 주기만 해도 된다는 마음이다.

지난 세월을 더듬으며 글머리에 간단히 붙이는 말이다.

2009. 6. 25

김 적환 씀

차 례

1 희망이 없었던 어린 시절

가난한 집 6남매의 맏이

나는 6·25 전쟁이 일어나기 1년 전 그러니까 1949년 무더운 여름 밀양군(현재 밀양시) 하남면 귀명리라는 작은 시골 마을에서 6남매의 장남으로 태어났다.

자동차 구경을 초등학교 5학년 땐가 했으니, 당시에는 참으로 벽촌이었다. 집성촌이라 모두가 일가였지만 대부분 가난한 삶을 살고 있었다. 우리 집은 특히 논은 없고 밭뙈기 한두 마지기밖에 없었다. 그런 만큼 일가친척 어느 누구네보다도 더욱 고달플 수밖에 없었다.

　농사지을 땅이 거의 없으니, 부모님은 군내 5일장을 다니며 장사를 주로 하셨다. 이것저것 보따리에 싼 짐을 몇 개씩을 만들어 등에 지거나 머리에 이고, 새벽부터 나가 밤늦게 돌아오는 봇짐장사도 하고, 농번기에는 품삯을 받고 이웃집 일을 거들었다.

　이런 어려운 살림이니 하루 세끼 밥인들 제대로 먹을 수가 있겠는가. 겨울에는 손바닥만 한 밭뙈기에서 수확한 고구마로 연명한 기억이 아직도 생생하다. 그나마 그것도 못 먹고 건너뛰는 날도…….

　네댓 살 때부터 아기 돌보는 것은 내 몫이었다. 군것질거리도 없고 장난감도 없던 때라 우는 아기 달랠 방법은 업고 얼러주는 것이 유일했다. 잠이 들면 누이면 되지만 다시 깨어나 울 때는 오랜 시간 업고 달랠 수밖에 없다. 두어 시간 업고 있으면 어린 힘에 허리가 끊어질듯 아팠다. 그럭저럭 두어 살 남짓 되어 이제 힘을 덜겠다 싶으면 또 동생이 생겨 두세 살 터울로 태어나는 동생들을 질리도록 업었다.

　초등학교에 들어가서는 휴일은 말할 것도 없고 평일에도 학교에 다녀온 뒤면 땔감용 나무를 하러 다녀야 했다. 키가 작아서 지게는 못 지고 가마니에 새끼줄 두 개로 멜빵을 해서 낙엽이나 솔방울, 죽은 나뭇가지 등을 주워 와야 했다. 그때는 연탄도 없던 시절이라 땔감은 나무로 해결했는데, 산에 나무가 점점 적어지자 정부 차원에서 수년 전부터 산림녹화 사업을 하던 중이었다. 낙엽이나 솔방울 그리고 죽은 나무는 관계없으나 살아있는 나무는 절대로 해가지 못하게 했다. 때문에 주변의 산이 요즘과는 딴판으로 낙엽을 샅샅이 긁어간 탓에 나무 밑이 마치 청소라도 한 것처럼 깨끗할 정도였다.

당시는 면사무소 직원이나 파출소에서 불시에 단속을 나와 들키면 끌려가서 곤욕을 치루고 벌금도 내곤하던 시절이었다. 그러다보니 어린 힘으로 열심히 땔감을 해와도 양이 모자라 겨우 밥을 하고 나면 땔감이 떨어져 냉방에서 자는 일도 드물지 않았다. 어머니는 내가 해온 땔감이 부족하다 싶을 땐, 한밤 자정 무렵 살며시 앞뒤 산으로 올라가 살아 있는 나뭇가지를 자르러 다니시곤 했다. 산주에게 들키지 않기 위해서였다.

그런 어려운 일은 거의 어머니가 도맡다시피 하면서도 여자 혼자로는 겁이 난 때문인지 늘 나를 데리고 다니시곤 했다. 열 살도 채 안 된 아들이지만 같이 가면 무서움도 덜고, 가지를 주워 모으거나 한 짐 된 지게를 지고 일어설 때 도움도 되었던 것이다.

피곤한 몸을 일으키며 두꺼운 옷을 하나씩 껴입으시는 엄마의 기척에,

"엄마! 나무하러 가나?"

"그래."

"그럼 나도 가?"

"애들 본다고 피곤할긴데 그마 자라."

"혼자 가면 겁난다 안캤나?"

이십대 후반의 색시가 무서운 것이 어디 어두운 밤과 짐승뿐이겠는가? 그래서 어린 나지만 어지간하면 어머니와 같이 다니곤 했다.

희미한 달빛, 늑대들의 무섭게 우는 소리, 처량하게 우는 부엉이 소리, 나무 사이로 소리 내어 지나가는 산바람 소리.

"윤환아!" "엄마!"

무서움에 행여 서로 놓칠세라 조금만 떨어져도 엄마는 나의 아명을 부르고 나는 엄마를 부르며, 앞이 제대로 보이지 않아 때로는 넘어져 뒹굴

면서도 손이나 옷자락을 놓치지 않으려 지게 진 엄마에게 바짝 달라붙어 다니던 기억이 생생하다. 그렇게 해온 나무는 들키지 않게 덮어 놓고 내가 해온 마른 땔감이 없어지면, 비상용으로 쓰곤 했다.

생활이 이러다 보니 나는 친구들과 어울려 놀 시간이 거의 없었다. 부모님은 5일장에 나갈 때면 거의 자정 가까이 되어 돌아오시는 경우가 많았다. 부모님을 집안에서 기다리고 있으면 동생들이 마중을 나가자고 칭얼대, 마을로 오는 들판 길을 멀리까지 볼 수 있는 앞집 처마 밑에 제비새끼처럼 앉아 있곤 했다.

"아흔 둘, 아흔 셋, 아흔 넷……."

"형아! 아까부터 백번을 몇 번이나 세알리나?"

"지금 쯤 제공 다리 쯤 오셨을끼다. 백번까지 한번만 더 세 보자 그러면 오실끼다."

"형아! 엄마 맛있는 거 좀 사올란가?"

"이 자슥아! 엄마, 아부지는 우리 밥 안 굶길라고, 이 추운데 새벽부터 나가 장사한다고 고생인데 무슨 소리고?"

내가 철없는 동생의 소-버짐 난 머리를 쥐어박으면 동생은 때가 절어 트고 갈라진 손으로 머리를 긁적거리며 울기 시작했다. 별로 아프지 않을 정도였지만 울고 싶은 놈 건드렸으니 핑계 삼아 우는 것이다.

"그래, 그래 미안하다. 형아가 노래 불러줄게."

나는 우는 동생의 머리를 만져주며,

"날 저무는 하늘에 별이 삼형제……."

깊어가는 밤인데도 부모님의 발자국 소리는 그 후로도 늦게까지 들리지 않았다. 안 보이면 또 다시 시작하고, 무서움을 이기고자 부른 노래를 또 부르고 자는 막내 끌어안고 졸다가 부모님이 오셨을 때, 무섭고 추운 것이 한꺼번에 없어져 얼마나 반갑고 좋았던지…….

"야아 엄마 아부지다!"

"아이고 내 새끼들 여기 나와 있었구나."

그 순간은 동생들은 물론 나도 무서움과 기다림에서 해방되는 순간이었다. 지금도 그때 그 순간이 생생하게 기억난다. 책임감과 두려움은 세월이 흘러도 잘 잊히지 않는가 보다.

아버지는 바깥일만 하시고 어머니는 바깥일도 도우면서도 집안일을 주로 하셨던 것 같다. 내 기억에는 아버지보다 집안일을 하며 고생하시던 어머니의 모습이 더 많이 남아 있다.

내가 일곱 살 되던 해로 기억된다. 늦어가는 가을 추수철이었다. 농번기가 되면 부엌지팡이도 일어난다는 말이 있듯이 농부들은 정신없이 바쁠 때다. 어머니는 부잣집 가을걷이 일꾼으로 나가셨다. 5일장 장사보다 품삯이 더 나은 때문이었다.

나는 가끔 엄마를 따라 나섰는데, 이삭도 줍고 메뚜기 잡는 재미도 있었지만 그보다는 맛있는 점심을 얻어먹고 싶은 이유가 컸다. 한 번은 엄마 주변을 돌며 메뚜기를 잡고 있는데 큰 암놈이 작은 수놈을 업고 있는 모습이 신기했다.

"엄마! 메뚜기가 와 저렇게 무겁게 등에 지고 있는데?"

"그래! 엄마가 얘기해줄까?"

그러고는 헛기침을 한번하고 갑자기 노래를 하신다.

"앞~산에도 단풍지고 뒤~산에도 단풍지고 이~내 가슴에도 단풍지고 안고 죽자 내동무야~ 지고 죽자 내동무야~."

"불쌍하네?"

"추운 겨울이 다가오니 죽을 수밖에 없는 서글픔을 나누고 있는기라."

어린 나에게 교미를 하고 있다는 설명 대신 그렇게 노랫가락으로 답했던 것이다. 무심코 잡았던 메뚜기가 불쌍하기도 했지만, 어린 나이에도 고생하는 엄마의 모습이 그 메뚜기에 묻어 있는 것 같은 느낌에 지금도 그때가 선명하게 기억난다.

얼마 전 어머니 생신 때 그 얘기를 드리며 한곡 불러 드렸다.

"그걸 어떻게 기억하나? 니한테 핸건 모르겠고 그 가락이야 알고 있제."

어머니는 160cm 남짓 단신에도 웬만한 남자들보다 더 많은 짐을 지고 다니셨다. 힘이 있어서가 아니라 악으로 하신 것이리라. 어머니는 어려서 두 부모 모두 여의고 소녀가장으로 오남매를 키우다 나이 이십에 아버지께 시집와 그 많은 고생을 감내하고 사셨다. 그런 것을 보고 아는 나로서는 철없는 어린 나이에도 당연히 내 나름 할 수 있는 일은 하지 않을 수가 없었다.

아버지는 없는 살림에 조금이나마 보탬이 되게 닭이나 토끼를 기르기도 했다.

"아부지! 웬 토낍니꺼?"

요즘 어린애들이야 보면 귀엽기만 한 토끼다. 하지만 그때 나는 보는 순간 또 일거리가 늘었구나 하는 생각부터 먼저 들었다. 귀엽기는커녕 할 일이 늘어난 걱정이 앞섰던 것이다.

장에서 돌아온 아버지의 지게에서 내린 두 마리 토끼가 늘어나 4~5십 마리나 될 줄은 처음에는 아무도 몰랐다. 끊임없이 먹어대며 낳은 새끼가 1년 남짓 되니 그렇게 많아졌다.

아버지는 어쩌다 한 번씩 들에서 먹이풀을 한 짐씩 해 오기도 했지만, 대개는 장사나 이웃집 일을 나가실 때가 더 많았다. 그래서 토끼 키우기는 거의 내 몫이었다. 초등학교도 다니기 전부터 산으로 들로 토끼 먹일 풀을 뜯으러 다녔다. 봄 여름 가을은 고생이 덜 되었지만 겨울에는 정말 힘들었다. 양지바른 곳에 어쩌다 있는 풀을 찾아 하루 종일 다녀도 겨우 하루 먹일 양이 되지 않을 때가 많았다.

그때는 참 힘들 때였다. 무릎 팔꿈치 부분은 거의 꿰매 입고 다녔고, 양말은 두세 번 덧붙여 기워 신었다. 그나마 재봉틀이라도 있는 집은 기운 자국의 모양이라도 예뻤으나, 손으로 듬성듬성 기운 모양은 지금 같으면 거지도 마다할지 모른다. 그러니 따뜻한 방한복 같은 것은 상상도 할 수 없었다.

엄동설한 겨울 내내 설날 전 가마솥에 물 끓여 한 번 하는 목욕이 고작이었으니, 잘 씻지도 않은 손은 검게 때에 절어 손등이 갈라져 피가 나기도 했다.

그때는 아버지 어머니가 시키는 일은 무슨 일이든 해야 했다. 지금 애들로선 상상이 안 되겠지만 그 시절 대부분의 어린이들은 당연한 것으로 받아들였다.

추위에 떨며 하루 종일 헤매고 다니다 집에 들어오면, 추운 것보다 우선 시장기를 견디기 힘들었다. 아침에 삶아 소쿠리에 매달아 놓은 보리 삶은 것이라도 된장에 찍어 먹으면 꿀맛이 달리 없었다. 물론 그나마라도 매달려 있을 때 얘기다.

늦게 들어오시는 부모님을 기다리기만 해서는 안 되었다. 온 식구가 조금 늦게나마 저녁을 먹으려면 여동생의 도움을 받아 저녁 준비를 해야 했다.

두 살 아래 여동생은 제대로 마르지도 않은 나뭇가지로 불을 지피느라 연신 눈물을 흘리고, 나는 키가 작아 부뚜막에 올라앉아 죽이든 보리쌀이든 앉혔다. 그때의 땔감은 그날 바로 주워 온 것이거나 청솔가지이니 채 마르지 않아 연기도 많고 화력이 약해 밥하는 시간도 많이 걸렸다.

밥 차려 놓고 설거지하고 마당도 쓸고 어떻게 하면 칭찬을 들을까 그 어린 생각에 마당에 흙먼지 나지 않도록 바가지에 물을 담아 작은 손으로 정성껏 뿌렸던 일이 기억난다. 늦게 돌아오시는 부모님을 기분 좋게 해드려 칭찬받는 것이 너무 좋았던 것이다.

나는 형이 없다. 친가 외가를 막론하고 사촌 중 유일하게 큰 집에 여섯 살 많은 종형 한 분이 있었는데, 어릴 땐 얼굴조차 보기 힘들었다. 큰 집도 너무 어려워 종형은 너 댓살 때부터 고개 너머 남전마을 고모 댁에 머

태어난지 43년 후 1992년에 찍은 사진

슴살이로 들어가 성인이 될 때까지 계셨으니 명절 때 어쩌다가 한 번씩 보는 게 전부였다.

나는 형이 있는 친구들이 부러웠다. 우리 집은 특히 어렵게 살아, 할 일이 많기도 했지만, 형이 있는 집은 일도 나누어 하고 둘째나 셋째는 쉬어가는 여유도 있는 것 같았기 때문이다.

나는 '안빵이' '우짜라꼬'

부모님을 동생들과 밤늦게 까지 기다리는 무서움과 외로움이 나는 참 싫었다. 그런 사정도 모르는 또래들은 저녁에 같이 놀아 주지 않는다고 왕따까지 시켰다. 어릴 때 내 별명이 '안빵이' '우짜라꼬' 였다.

"자야, 찬환, 관환이는 우짜라꼬"

저녁 먹고 같이 놀자고 찾아 온 친구들에게, 호롱불 밑에 옹기종기 앉아 있는 동생들을 돌보며 부모님이 5일장에서 돌아오길 기다려야 했던 나는 화가 치밀어 자주 그렇게 소리를 지르곤 했다.

"자야 찬환, 관환이는 우짜라꼬, 우짜라꼬, 우짜라꼬."

친구들은 내 말을 흉내 내며 약을 올렸다. 철없는 친구들은 같이 놀아 주지 않고 집에서 나오지 않는다고 그렇게 별명을 지어 붙였다. 난들 왜 같이 놀고 싶지 않았겠는가?

농한기나 장사를 안 나가서 부모님이 집에 계실 땐 나도 다른 또래들과 마찬가지로 행복했던 추억이 많다. 까맣고 찐득한 흙으로 구슬을 만들어 말려 구슬치기를 하거나 딱지치기, 깡통 차기에 여름철이면 도랑이나 저수지에서 헤엄치며 물 먹이기도 하고 겨울에는 썰매타기도 했다.

특히 기억에 남는 신나는 추억은 가뭄에 저수지 물이 거의 마를 때면 온 동네 사람들이 대바구니를 하나씩 들고 바닥을 드러낸 저수지로 들어가 물고기를 몰았던 일이다. 온통 흙탕물이 되어 숨쉬기가 힘든 고기들이 입을 물 밖으로 내놓고 있었는데, 입이 큰 놈부터 바구니나 손으로 잡기도 했다.

재주가 없는 사람이나 어린애들도 쉽게 잡을 수 있으니 재미도 있었거니와 잡은 것을 굽거나 튀기거나 혹은 탕으로 만들어 배불리 먹은 기억은 지금도 참 행복하게 느껴진다.

소를 먹이러 가던 재미도 참 기억이 많다. 우리 집은 소가 없었으나 어른들만 있고 소먹일 아이가 없었던 앞집 소를 몰고 풀을 먹이러 다니는 것은 거의 내가 도맡아 했다.

저녁 한 끼 맛있게 얻어먹는 것도 큰 즐거움이었지만, 뒷산으로 소를 몰고 올라가 풀어놓고 맘껏 뒹굴고 뛰어놀 수 있어 좋았다. 야생풋과일도 따먹고 씨름도 하고, 여치를 잡기도 했다. 잡은 여치를 밀집으로 소라 모양으로 만든 집에 넣고 좋아하는 호박꽃을 넣어주면 그것을 먹으며 꽤 오랫동안 무더운 여름을 식혀주는 음악을 들려주곤 했다.

밤에는 강강술래, 수건돌리기, 총싸움하기 등 어머니가 불러도 조금 더 놀고 싶어 못들은 척하고 계속 놀았다. 그러다 급기야 어머니 손에 의해 집으로 끌려 가곤했다.

깜깜한 밤에 그 많은 반딧불은 참 신기했다. 천사의 심심풀이 불꽃놀

이 같았다. 잠자리채로 잡아 살펴보면 볼수록 신기했다. '어떻게 몸에서 불꽃이 나오는 것일까?

배꼽 밑에서 밝게 빛이 나는 것이 어린 생각에 너무 신기했다. 불쌍한 생각이 들면서도 호기심을 참을 수 없어 배를 떼어내 보아도 불빛은 살아 있었다. 그런데 그렇게 신비롭기만 하던 놈이 지독한 냄새를 품고 있을 줄이야! 손을 씻고 또 씻어도 냄새가 가시지 않아, 신비스런 기대가 일시에 무너졌던 기억이 난다.

어린이 세상은 어디에서든 모두가 마찬가지일 게다. 누더기를 걸치고 죽을 먹고 놀아도 시간 가는 줄 모르고 놀 수 있고, 모든 것을 새롭고 신비스럽게 느끼며 그렇게 커가는 것이리라.

그런데 그렇게 노는 재미에 몰두할 어린 나이에 일을 하거나 밤늦게까지 집을 지킬 수밖에 없을 땐 철없는 마음에 어떻게 속이 상하지 않을 수 있겠는가?

우리 일가 중에 가장 가까우면서 유일한 형인 사람이 한 분 있었다. 그는 나와는 재종간으로 두 살 손위고 이름은 '수생'이다. 나는 수생 형을 매우 좋아해서 잘 따랐다.

형이 산으로 나무를 하러 갈 때면 나도 따라 나섰다. 꽁보리밥에 된장 한 숟가락 밥 위에 올린 도시락을 싸들고 제법 깊은 산으로 가기도 했다. 먼저 한 지게 하고는 아직도 모자라는 내 몫까지 도와주었다. 가파른 길을 오를 때는 먼저 올라가 손을 내밀어 당겨주기도 했다.

형이란 이런 것이로구나, 이끌어주고 힘이 되어주고, 깊은 산속인데도 무서움도 느껴지지 않았다. 나도 친형이 있으면 얼마나 좋을까? 그때마다 드는 생각이었다.

삼랑진으로 꿈을 찾아 이사

중1 한 학기가 끝나고 외삼촌의 도움을 받아 삼랑진으로 이사를 갔다.

"아부지 우리 참말로 이사 갑니까?"

"그래, 삼랑진 외갓집 있는 대로 간다."

"와 예?"

"이사 가는 것 싫나? 우리도 잘 사는 길을 찾아봐야 안 되것나!"

소달구지에 얼마 안 되는 이삿짐을 싣고, 먹고 살길을 찾아 떠날 때의 우리 가족의 모습이 아직도 생생하다. 사는 동안에는 정을 나누며 지낸 사람이 하나도 없는 것 같고 지겹고도 힘들었던 고향을 떠나는 것이건만, 떠나는 사람 보내는 사람 모두가 보이지 않을 때까지 손을 흔들고 눈물을 흘리며 떠났다.

수산까지 가서 나룻배를 빌려 타고 삼랑진으로 이사를 갔다. 삼랑진은 외갓집이 있는 곳이다. 아무리 나빠도 지금보다야 낫겠지…….

아버지는 외삼촌이 물려준 손으로 찍어내는 연탄 공장을 몇 년 하기도 하고, 엿 장사를 데리고 고물상도 꽤 오래 하셨다. 형제분이 세 분이라는 것을 생각해서인지 아버지는 상호를 '삼성고물상' 이라 지었다.

아버지는 독학으로 겨우 글을 아시는 형편이라 외상 장부 정리는 거의 내 몫이었다. 그 정도에 그치면 괜찮은 셈이었다. 그런데 거느린 엿장수가 많을 땐 열 명 가까이 되어, 일주일 동안 엿을 주고 바꾸어 온 그 많은 고물정리 전부가 내가 맡아야 했다. 일요일을 이용해 그 많은 고물을 일

일이 분류하고 정리해야 했다.

고철, 고무신, 유리병, 폐비닐, 플라스틱, 깨진 유리, 다 헤진 옷가지! 거기에다 기름걸레로 사용하던 것과 재활용으로 방적공장 방모용으로 가는 모직물 등등 마루 밑이나 구석진 곳에 처박혀 있던 것을 모아온 것도 있었다. 온통 먼지투성이거나 흙투성이였다.

아무렇게나 뒤엉켜 창고 가득히 쌓여 있는 것을 종류별로 분류해서 묶어 정리하느라 휴일이 오히려 너무도 고달픈 날이었다. 수건을 뒤로 묶어 마스크를 하고 먼지를 뒤집어쓰고 일을 하고 있노라면, 한 시간도 안되어 탄광 광부처럼 검둥이가 되곤 했다.

어린 찬환이가 손을 보태기도 했지만 결국 전체 일은 언제나 내 몫이었다. 그 일을 중학교 2학년부터 고등학교에서 실습 나갈 때까지 계속했다.

재종형의 애달픈 죽음

중학교 2학년 겨울 방학이 막 시작되던 무렵이었다. 오랫동안 보지 못했던 수생 형이 우리 집으로 왔다.

너무 반가워 손을 잡으니 손이 불덩이 같이 뜨거웠다. 그리고 보니 얼굴도 정상이 아니다. 방으로 데리고 들어가 이불을 덮어주고 살펴보니 굉장히 아파 보였다.

“형, 와 이래 됐노? 어디가 안 좋나?”

내 물음에 형이 힘들게 느릿느릿 지난 얘기를 했다.

“중학교도 못 가 희망도 없이 부모님 시키는 일만 하고 있자니 앞날이 막막했다. 그래서 의논해봤자 허락을 안 하실 게 뻔해 부모님과 상의도 없이 야밤에 도망쳤는데…….”

“그래 그 얘기는 들었다.”

“그 길로 대구로 갔다 아이가.”

여비가 있었다면 서울로 갔을 텐데 돈이 없어 대구까지밖에 갈 수가 없었단다. 대구에서 정처 없이 돌아다니다가 어떤 철물점에서 일을 하게 되었는데 월급은 없고 먹고 지내는 조건이었다고 한다.

“언젠가 기술을 익히고 나면 희망이 있을 것으로 믿고 열심히 했다. 잠자리는 가게 한편에 있는 침상에서 잤는데 겨울이 오니 한 밤에는 얼마나 추운지 잠을 제대로 잘 수가 없었다 아이가”

“……!”

“난방도 안 되고 이불도 시원찮고 잠을 자기는커녕 추워서 오들오들 떨었다. 그런 생활을 하고 있는데 어느 날부터 몸이 영 좋지 않아 도저히 견딜 수가 없어 지금 고향으로 가는 길이야.”

옛날에는 가게에 취직을 하면 월급 없이 먹이고 잠만 재워주는 경우가 많았다. 하지만 그 가게 주인은 유별나게 구두쇠라 어린아이를 난방도 안 되는 가게에서 혼자서 자게 했던 모양이다.

“나도 남들보다 힘들다고 생각했는데, 형이 나보다 고생 많이 했네.”

대구에서 하남면 귀명리로 가려면 기차로 삼랑진까지 와서 삼십 리를 걸어 가야한다. 몸도 좋지 않고 친척집인 우리 집에서 하룻밤을 쉬었다

가려고 온 것이다.

　이튿날 아침 성치 않은 몸으로 떠나는 형이 걱정되긴 했지만, 어린 나이에 어찌할 방법이 없었다. 아쉽고 안타까운 생각만으로 떠나는 뒷모습만 물끄러미 보았다.

　며칠 후 방학을 해 고향에 한번 들러오겠다고 하고 귀명리로 갔다. 가자마자 수생 형이 어떻게 지내는지 제일 궁금해 집에 들렀더니 오히려 몸이 더 좋지 않아 보였다. 어린 내가 보기에도 빨리 병원에 데리고 가봐야 할 것 같것만 어른들은 감기 몸살 정도로 여기고 쉬라고만 하고 있었다.

　친형 같은 수생이 형이 무척 걱정되기는 해도 어른께 뭐라 말할 처지는 못 되었다. 어르신 생각과 같이 객지에서 고생으로 생긴 병이니 집에서 푹 쉬면 나을지도 몰랐다.

　"형, 나으면 또 어딘가 갈끼제? 그라면 삼랑진 우리 집에 꼭 들렀다 가라. 얼굴이라도 한 번 더 보게?"

　아쉬운 작별인사를 나누고 돌아섰다. 그런데 고향에서 돌아와 일주일 정도 지났을 때였다. 학교에서 돌아오는데 어머니가 눈물을 글썽이며 말씀하셨다.

　"아이고, 하느님도 무심하시지…… 그 어린 것이 얼매나 고생을 했으면 그렇게 갔을꼬?"

　"누구 말하는 긴데"

　"수생이가 죽었단다."

　나는 그 자리에서 주저앉았다. 집안의 맏이로 내 맘을 누구보다 잘 이해해준 형이다. 지난 시간들이 주마등처럼 내 머리를 스쳐 지나갔다. 이젠 형이라고 부르며 따뜻한 말 한마디 나눌 사람도 없단 말인가? 나는 형의 죽음이 믿기지 않았다. 하지만 아무리 아니라고 해도 형은 두 번 다시 볼 수 없는 사람이 되어버린 모양이었다.

내가 세상에 태어나 그때까지 그렇게 많이 울어 본 적이 없었다. 가슴이 답답하고 미칠 지경이었다. 나는 가까운 산으로 올라갔다. 동쪽 귀명리 하늘을 향해 목이 터져라 수생이 형을 부르며 울부짖었다. 한번 제대로 피어보지도 못하고 어린 나이에 고생만 하고 떠나다니 돈이 다 뭐냐? 그것만 있다면 이런 황당한 일은 안 당했을 것 아니냐? 나는 울다 지쳐 두어 시간이나 멍하니 앉아 생각했다.

"이게 뭐꼬? 왜 다들 이 꼴로 사노? 왜? 왜?"

모두가 지쳐서 정다운 말 한 마디 나눌 줄도 모르고 사람 구실 제대로 못하는 어른들이거나, 꿈도 희망도 버리고 짐승같이 사는 것을 팔자거니 생각하고 사는 사람뿐이었다. '세상에는 많이 배운 사람도 많고, 먹고 살 만한 사람도 많은데 내 주변에는 모두가 왜 이 모양인가?

내가 유일하게 형이라 부를 수 있었던 사람의 죽음은 나이에 걸맞지 않게 많은 것을 생각하게 했다. '사람이 사는데 많은 것이 필요하겠지만 그 무엇보다 중요한 것이 자존심이다. 긍지를 가지고 자기의 품위를 지킬 수 있는 자존심을 지키며 살아가기 위해서는 돈이 꼭 필요하다. 많은 것을 포기하는 한이 있더라도 반드시 돈은 있어야 한다.'

'나는 꼭 사람답게 살 끼다, 나는 꼭 돈을 벌 끼다!

눈물의 밥 한 그릇

아버지가 고물상을 하며 헌옷 장사도 하실 때였다. 몸이 커서 사 입은 옷이 맞지 않거나 몇 번 입어봐 맘에 들지 않은 옷들을 부산 어디에선가 싸게 구입하여 중고 옷으로 파는 장사였다. 그러나 기대한 만큼 장사가 되지 않았다. 몇 달 동안 해보았지만 재고만 잔뜩 쌓이고 언제 팔릴 지 알 수가 없었다.

아버지는 생각다 못해 5일장이 서는 고향 수산으로 나를 데리고 옷을 팔러 갔다. 피난 보따리처럼 크게 두 보따리를 하나씩 메고 새벽 일찍부터 서둘러, 진영까지 기차로 진영서는 버스로 두어 시간 걸려 수산장에 도착했다.

좋은 자리는 이미 임자가 다 있고 자릿세도 내야 하기에 생각 끝에 고향 사람이 지나가는 구석진 골목길에 자리를 잡았다. 하나라도 더 팔려면 아는 사람이 많이 지나다니는 길목이 당연히 좋을 것이라 생각하신 모양이다. 그러나 그것이 잘못이었다.

"아이고 오랜 만이네?"

"아이고 형님! 집안 편안하신교?"

아버지는 고향 사람들을 만나자 한편 반가우면서도 잘 살아 보겠다고 고향을 떠나 또다시 행상을 하는 당신의 모습을 보여주기가 여간 난처한 것이 아니다.

"삼랑진에서 사업 한다 카더니 이런 장사도 하나?"

“고물상을 하다 보니 이런 것도 팔 일이 생겼습니다.”

“돈이 있으면 하나 사줄낀데……, 우야노?”

가난하게 사는 동네 사람들이라 싸게 파는 헌옷 하나마저도 사줄 형편이 아니었다. 아는 안면으로 하나라도 사줄 것으로 생각한 것이 오산이었다. 아버지는 아는 사람이 지나가면 창피한 모습 보이기 싫어 저만큼 떨어져 앉아 계시고 내가 거의 죽치고 앉았다.

지나가는 고향 사람들은 옷에는 관심이 없고 안타까운 표정으로 보다가 눈물을 훔치며 돌아서곤 했다.

“잘 살겠다고 고향을 떠났는데 이런 헌옷가지 장사를 하고 있나?”

“많이 팔고 잘 가게나.”

그런 모습을 보는 내 마음은 어떠했을까? 사춘기에 접어든 중학생의 어린 마음에 부끄러워 도망이라도 치고 싶은 심정이었다.

점심때가 되어 아버지는 저만치 보이는 식당에서 반주로 약주를 한잔하고 돌아와 물으셨다.

“한 장 팔았나?”

“아니요. 아는 사람도 인사만 받고 갑디다.”

“그래? 니도 가서 밥이나 먹고 온나.”

“아부지 돈은요?”

“내가 나중에 같이 준다 카고 퍼뜩 먹고 온나.”

그때 아버지 마음도 오죽 하셨을까? 먹고는 살아야겠기에 여기까지 왔는데 고향의 많은 사람들에게 동정만 받고 자존심만 상했으니 그 심정이 어떠했을까? 약주 한 잔 하셔야만 그 자리에 앉을 수 있는 용기가 생겼을 것이다.

새벽부터 나와 점심시간도 늦은 시간이라 뱃속에서는 꼬르륵 소리가 몇 번이나 들렸다. 나는 한달음에 달려가 밥 하나 달라고 해서 만사를 잊고 맛있게 먹었다. 시장기에다 집에서는 못 보던 반찬에 정말 꿀맛같이 먹었다.

어느덧 어둠이 깔리고 장사꾼들이 여기저기서 보따리를 싸기 시작했다.

"환아, 우리도 접고 가자."

아버지와 나는 아는 사람들에게 궁색한 모습만 보이고 옷 한 장 못 판 처량함에 기운 없이 펼쳐놓은 옷들을 거둬들이기 시작했다. 그런데 생각지도 못한 일로 한평생 잊지 못할 일이 일어났다.

그때 식당 주인이 밥값을 받으러 왔다.

"얼맙니까?"

"아들 먹은 정식하고, 그리고……."

"뭐요? 정식요?"

"환아, 너 정식 먹었나?"

"예? 밥 달라고 해서 먹었는데요."

그 식당에는 싸게 먹는 국밥과 비싼 정식이 있었는데, 밥 먹고 오라고 하신 아버지 말씀대로 밥을 달라고 했으니 비싼 식사를 한 셈이었다. 이제껏 식당에서 밥을 사 먹어 본 적이 없는 나로선 무엇이 비싼지 알 리가 없었다. 게다가 그땐 음식 값도 붙여 놓지 않았었다. 아니 어쩌면 내가 못 봤는지도 모른다.

나중에 밥값 받으러 온 아주머니한테 그 사실을 듣고 아시게 된 아버지는 철딱서니 없는 놈이라며 크게 혼을 냈다. 하루 종일 옷 한 장 못 판 주제에 아버지는 싼 국밥 드시고, 나는 비싼 정식을 먹었으니…….

나무라는 아버지의 마음은 오죽하시랴. 울음이 나왔다. 하지만 혼나서 우는 울음만은 아니었다. 창피하고 자존심 상하고 피해갈 수 없는 우리 집의 아픔이 어린 가슴에 한을 심었다.

2 쉬지 않고 가야만 하는 청년

고등핵교라도 보냅시더

"적환이는 맏이니, 힘이 들더라도 고등핵교는 보냅시더."

"살기도 힘 든데, 뭔 고등핵교? 이제 내 일 거들어야제."

"그런 소리 말고요? 이래 힘드나 저래 힘드나 맏이 한 놈은 보냅시더."

결국 어머니 뜻대로 졸업만 하면 취직을 할 수가 있고 공립학교라 학비도 싼 부산 경남공업고등학교 염색방직과에 진학했다. 또래보다는 1년 늦은 나이였다. 적성이 잘 맞는지 직업으로는 괜찮은지 그런 것을 조언해 줄 사람도 없었다. 그냥 찍은 것이 평생의 진로가 되었다.

고등학교 다닐 때는 삼랑진역에서 부산범일역까지 기차통학을 했다. 삼랑진역에서 5시 40분 출발해 1시간 50분간 걸려 부산 범일역에 도착. 그리고 부산에서 저녁 6시경 출발하여 8시경에 삼랑진에 돌아오는 통학 길이었다.

집에 와서 씻고 밥 먹고 조금 쉬었다가 잠자면 6시간 정도를 잘 수 있었다. 평소 8시간 정도 자던 습관이라 잠이 모자라 피곤으로 일주일 정도 지나자 코피가 터지기 시작했다. 몸이 적응하는데 한두 달 걸렸던 것 같다.

기차 속에서의 시간은 나로서는 처음 맛보는 정말 행복한 순간이었다. 책가방을 안고 잠을 자도 되고, 공부를 해도 되고……, 힘들고 어려운 일들에서 해방된 나만의 시간이었다. 너무 좋았다. 지금도 그 당시의 아름답고 소중한 추억들이 생각난다.

내성적인 성격에 남들과 어울리며 대화한 경험이 별로 없던 나는 창밖으로 지나가는 풍경에 빠져 끝없이 혼자 공상에 잠기기도 했다. 저녁노을에 붉게 물들어가는 하늘, 강물 속에 빠져버린 노을, 이른 아침에 강물 속에서 피어오르는 물안개 등 참으로 아름다운 대자연을 가슴가득 느낄 수 있었다. 자연이 이렇게 아름다운 줄 처음 느꼈다.

내가 언제 마음의 여유를 가질 시간이 있었던가? 나는 김소월이나 김영랑의 시를 좋아했다. 지금 희미하게나마 기억하고 있는 시는 대부분이 그때 읽은 것이다.

어려운 가정 형편에 학교를 다니게 해주신 부모님을 생각하면서 오고 가는 열차 속에서 처음으로 공부를 열심히 했다. 언제 예습이나 복습을 해보았던가?

통학하는 그 긴 시간이 나에게는 정말 좋은 기회였다.

월중고사를 치른 며칠 후 어느 날이었다. 담임선생님이 종례시간에 성적표를 들고 들어오시자 나를 쳐다보았다.

"우리 반 1등은 김적환이다."

나는 어안이 벙벙했다. 지금까지 어느 때보다 열심히 하기는 했으나 1등이라니! 초등학교 입학해서 한학기가 다되어도, 객관식 답안지에 ○, ×, 1, 2, 3, 4는 썼으나 이름을 쓰지 못해 반장이 대신 써서 낸 기억이 아직도 생생하다. 일부터 먼저 해야 했던 어린 시절의 나로선 도리가 없었다. 그런데 1등이라니……

초중등 때는 잘해야 중간 정도였는데 난생 처음 잊을 수 없는 일이 생겼다. 성적표를 부모님께 보여드릴 때가 지금도 생생하다. 어머니께 먼저 보여드리니 머리며 얼굴을 쓰다듬으며 눈물을 글썽이셨다.

"장하다. 적환아! 장하다. 장하다."

당신이 결심하여 진학시킨 보람에 어쩔 줄을 몰라 하셨다. 어머니가 그렇게 기뻐하시던 모습을 지금까지 본 적이 없었던 듯하다. 어머니는 온 동네를 다니면서 신명나게 자랑하시곤 늦게 들어오신 아버지께도 자랑을 했다.

"적환이 아부지요? 우리 적환이가 공부를 일등 했답니다."

"그래? 어디보자."

나는 자랑스럽게 성적표를 아버지께 보여드렸다. 한참 묵묵히 보시던 아버지는 주머니에서 지폐를 몇 장 꺼냈다.

"잘했다. 상금이다."

그것이 아버지께 처음으로 받은 용돈이었다. 나는 그 돈으로 그렇게 먹고 싶은 팥빵에 단팥죽도 먹어보고, 극장구경도 한번 했다. '열심히 하면 신나는 일도 생기는구나!' 그런 기쁨은 태어나 처음 맛보는 느낌이었다.

그때까지 나는 말수가 적고 친구들과 편하게 어울릴 줄도 모르는 내가 생각해도 한심할 정도로 못난 놈이었다. 그런데 그 이후로 집에서나 학교에서 칭찬도 더러 받으니 무엇이던 열심히 하면 좋은 일이 기다린다는 희망을 가지게 되었다. 졸업할 때까지 계속 수석만 한 것은 아니었으나 부모님을 실망시키지는 않았다. 그리고 친구들도 하나 둘 늘어가기 시작했다.

나는 항상 미소로 대했다. 있어도 모나지는 않는 학생으로 학교생활을 했다. 나를 크게 좋아할 친구도 없었겠지만 굳이 나를 미워할 친구도 없었다.

한번은 학교에서 교우측정이란 것을 했는데 내가 제일 무난하고 좋은 학생이라는 결과가 나왔다. 원래 담임이 학생을 관찰하는 자료용이라 공개는 하지 않는 것이었으나 우연히 선생님이 "사회생활도 지금처럼만 하라"고 해서 내용을 알게 되었다.

내 처지에 굳이 누굴 미워할 일도 없었으니 어찌 보면 그럴 수도 있는 결과였다. '나쁜 사람은 그저 아는 정도로 족하다. 가깝게 상대하지 않으면 된다.'

학생, 엿 장사 하나?

나는 당시 몇 푼 안 되는 정기승차권을 살 돈이 없어 도둑 열차를 타고 다니기도 했다. 그러면서 때로는 고물상을 하시는 아버지 대신에 부산에서 엿을 가져오는 배달부 역할도 했다.

엿 공장은 부산에 있었는데 어떤 때는 돈이 떨어져 외상으로 통사정할 때도 있었다. 엿 공장 주인은 그런 내가 자식 같은 생각이 들었던지 다음에는 꼭 돈을 가져오라는 다짐만 받고 엿을 주기도 했다.

그렇게 받은 50~60kg나 되는 엿을 메고 4~5km 떨어진 범일역까지 걸어갔다. 가는 동안 수십 번이나 쉬어가며 역에 도착했지만 소화물 수탁 비용은 당연히 없었다.

어머니와 함께 고등학교 졸업사진

나는 친구들 도움을 받아 개구멍으로 들어가 역원들 몰래 기차에 '짐'
을 실었다. 승무원이 지나갈 때마다 좌석 밑에 숨겨둔 엿이 들킬까 봐 가
슴을 졸였다. 당연히 운 나쁘게 들키는 날도 있었다.

"학생 엿 장사 하나?"

"아입니더. 아부지 심부름임더."

그 많은 학생들 보는 앞에서 창피를 무릅쓰고 통사정을 하여 잘 넘어
갈 때도 있었다. 하지만, 원칙대로 하는 승무원한테 걸리면 엿을 메고 역
사무실로 끌려가 도둑 취급을 받기도 했다. 그러나 대개의 경우는 삼랑
진역까지 무사히 도착했다. 물론 내릴 때도 탈 때와 마찬가지로 개구멍
을 통해 빠져나와야 했다.

통학생들이 그땐 유난히 많았는데 서서 가는 학생이 반 이상이 되었
다. 그 중에는 보기만 해도 가슴이 설레는 예쁜 여학생들도 많았다. 지금
생각하면 별것 아니지만 당시 어린 마음에는 창피하고 부끄러워 감당하
기 참 힘들었다.

그 중에 물금역에서 통학하는 부산진여상 학생이 유독 나를 사로잡았
다. 조용하고 참한 얼굴에 잔잔한 미소를 띠는 모습이 밤마다 떠오르곤
했다. 나의 첫사랑이며 짝사랑이었다.

좋아한다는 편지를 쓰고 전할 결심을 했다. 지나치면서 책가방 속에
넣을 기회가 그렇게 많았건만 용기 있게 실행에 옮기지 못하고 지나치
기만 수십 번을 거듭했다. 교복 세탁할 때마다 꺼내기를 반복하니 편지
가 낡아 다시 쓰기만 여러 번, 끝내 졸업할 때까지 전해보지도 못한 용기
없는 바보가 나였다.

돈이 없어 항상 돈, 돈, 가정이 편한 날이 거의 없으니 고등학교나마 다

니는 내가 부담스럽고, 가족 간에 단 한 번이라도 밥상머리에 앉아 따뜻한 대화를 나눈 기억이 없다.

나는 아버지의 큰 목소리가 날 때마다 겁에 질리곤 했다. 도대체 한두 해도 아니고 여전히 희망이 없는 생활의 연속이었다. 원래 내성적인 성격인데다 우울증까지 생겨 사람을 만나기조차 싫어졌다.

내 못난 성격 탓도 있었으나 자신감이 없었다. 그래서 초등학교에서 고등학교 졸업 때까지 사귄 친구가 다 해서 열 명이 될까 말까, 모두다 나와 사정이 비슷한 친구들이었다.

기대 속의 직장

그 당시 실업고는 3학년 2학기 접어들면 취업시험을 치르거나 실습을 나갔다. 내가 나간 곳은 부산 전포동에 있는 대신섬유라고 T셔츠 염가공 공장이었다. 지독한 염료 냄새와 가공할 때 발생되는 유독가스 냄새에다 현장 바닥은 장화를 꼭 신고 일해야 하는 아주 열악한 환경이었다. 어느 정도 각오는 했지만 12시간 근무는 꽤 힘이 들었다. 사회생활이 만만찮음을 처음으로 느꼈다.

대학 나온 사람들은 신입사원이라도 거의 사무실이나 시험 연구실 등에서 일했다. 당연히 월급도 많았다. 쉽게 말해 공원과 사원의 차이였다. 공원이 사원이 되기까지는 최소한 6~7년 이상이나 걸렸고, 평생 공원으로 근무하다 퇴직 직전에 있는 사람도 있었다.

너무 답답했다. 너무 절망감이 들어 대학진학의 꿈을 꾸었다. 입학금만 마련되면 들어가고 보겠다는 마음먹기도 했다. 하지만 일가친척을 아무리 둘러봐도 말을 꺼낼 대상이 없었다.

이미 취업을 전제로 한 실습이라 어렵사리 자취방을 하나 얻었다. 직장생활을 하면서 공부하기에는 시간이 모자라 안 되겠고, 시립도서관 앞에서 호떡장사를 하면 입학금도 벌고 짬을 내어 공부도 할 수 있지 않을까 생각했다.

초기투자금은 실습비로 받은 돈이 조금 있으니 손수레랑 필요한 준비는 할 수 있을 것 같아 실행에 옮기기로 했다. 그러던 차에 제일모직에서 입사통지서가 날아왔다.

오래전에 시험을 치렀는데 통지가 늦게 온 것이다. 그 당시도 삼성그룹 계열사는 근무 환경이 좋고, 급료도 아주 높은 것으로 알려져 진학의 꿈을 접고 입사하는 학생들이 꽤 있었다. 더군다나 나에게는 고민할 이유도 여지도 없는 터였다. 바로 입사를 했다. 1969년 1월 25일이다.

입사하여 군에 입대하기 전까지 1년간 고생을 꽤 했다. 근무지는 경산군 중산동 허허벌판에 있었는데 제일모직 제2공장이었다. 새로 터를 닦으며 기계를 설치했다. 엄동설한에 방한복 지급도 없이 작업복에 내의를 겹겹이 껴입은 채 일을 했다. 외국에서 들여온 기계박스를 해체하고, 앵커 볼트 공사가 끝난 자리에 지게차로 이동시켜 외국인 기술자가 시키는 대로 조립해 설치했다. 완전히 건설현장 막노동꾼이었다.

그것도 아침 6시 출근에 밤 10시 퇴근이 대부분이었다. 코피도 터지고 지금도 그때 걸린 귀동상이 겨울만 되면 건질 거린다. 고생을 견딜 수 있었던 것은 잔업 특근 수당을 더 받는 재미 덕분이었다.

집에서는 좋은 직장에 취직이 됐다고 온 동네 자랑을 하고, 작업복 차림으로 휴일에 집에 들르면 대견스러워 하시는 부모님께 고생한다는 얘기는 할 수 없었다. 그냥 다른 데보다 월급을 많이 주고 큰 회사라며 좋은 것만 얘기했다.

그래도 다소 위안이 되는 것은 공고 졸업예정자 중에 괜찮은 몇 명에 끼어 외국기술자와 함께 조립작업과 시운전을 할 수 있게 된 것이다. 국내에 최초로 도입한 최신 기계를 제일 먼저 다루는 엔지니어가 된다는 사실이 기분 좋아 열심히 했다.

지금의 5급 사원인 일반 공원 주제에 2~3년차 수준의 기분을 내고, 기계 정비관리 실무 책임자인 지도공 대접을 받으니 그런대로 자부심도 생겼다.

그렇게 아무 생각 없이 매일의 일과에만 충실하게 지내던 중 입대 영장이 나왔다.

군 복무도 배우는 기회로

1970년 1월 군에 입대했다.

논산 훈련소에서 첫 실탄사격 훈련을 하는 날이었다. 실탄 3발을 지급받아 영점 사격을 하게 됐다. 훈련 받은 대로 3발 쏘고 확인결과 2발은 거의 명중인데 1발이 없었다.

정신 집중이 엉망이라고 조교한데 엉덩이를 걷어차이고 나서 아무리 생각해도 이상했다. 똑같은 자세로 쏘았는데 혹시 하는 마음에 다시 한 번 자세히 보았다. 그랬더니 한 발이 구멍에 살짝 스치듯 탄 자국이 보였다. 조교에게 확인을 부탁했다.

"야 이 친구 귀신이네"

1발이 먼저 쏜 총알구멍을 통과했던 것이다. 나는 그때부터 사격만하면 재미가 있었다. 사격하는 날은 특등 사수로 거의 언제나 쉬곤 했다. 기성부대에 가서도 사격대회나 군 검열이 있을 때면 무조건 선수로 차출됐다.

내 주특기는 박격포 병과다. 그러나 부대 대항 시합이나 측정에서 좋은 성적을 바라는 지휘관들은 여기 저기 투입시켜 소총은 물론, LMG 기관총, Caliber 50, M79 유탄발사기, 박격포 등 명찰만 바꿔 달고 사수라고 하고 다 뛰었다. 특히 내 주병과인 박격포는 누구도 생각할 수 없는 방법을 찾아내어 명중률을 높였다.

박격포는 직사포가 아닌 곡사포다. 따라서 직사포처럼 목표물을 직접 보고 쏘는 것이 아니다. 가늠 대를 설치한 후 차렷포를 하고, 지휘자의 명령에 따라 지향사격을 몇 번 거쳐 목표물에 접근시키는 사격방법이다. 따라서 부대 측정이든 훈련이든 3발밖에 주지 않는 포탄으로는 목표물 근처에 어느 정도 근접시키다 끝나기 일쑤다. 그럴 때 마다 아쉬운 생각을 하던 중, 내 나름대로 독특한 방법을 찾아냈다.

지휘관의 위치에선 목표물과 포를 동시에 볼 수가 있다. 나는 눈치껏 지휘관의 위치로 가서 가늠 대를 하나 더 설치할 위치를 찾아내어 직접 목표물을 보는 것이나 다름없게 일직선으로 정렬을 하고 사격을 했다.

첫발부터 목표물에 근접시키는 효과가 있는 셈이니, 세 발 중 한두 발은 명중이다. 다른 사병들은 세 발로 명중시키는 것은 행운이 따르지 않으면 거의 불가능 했다. 그러니 '김적환은 역시 사격에 도사다' 라는 소리를 듣게 되었다.

어려운 군대 생활에서 지휘관들의 칭찬은 큰 위안이 된다. '그렇다, 다른 병사들처럼 군대 생활 3년은 썩은 시간이다, 제발 세월아 빨리 가라고 할 것이 아니라, 귀중한 시간으로 생각하고 뭔가 배워 나가자.' 나는 이런 생각을 다지며 군대 생활에 임할 수 있었다.

입대 동기 중 부산대 재학 중에 입대한 친구가 한 명 있었는데, 우리 소대 최고 고문관이었다.

군 입대 전에는 독학으로 어렵게 학교를 다녔다는 친구였다. 잠잘 곳이 없으면 교회서 자고 이것저것 닥치는 대로 학비를 벌어가며 2학년까지 다니고 왔단다. 그런데 그렇게 힘들게 살아온 이 친구가 군대 생활은 영 낙제점이었다. 틈만 나면 책이나 보고 훈련은 잘해야 괴롭기만 하다고 생각했다. 그러니 제대로 하는 게 하나도 없었다. 못하는 것이 아니라 안하는 것이었다.

'그래도 국방부 시계는 간다' 했던가. 제대 후 들은 얘기지만, 그는 군대생활을 그렇게 국방부 시계처럼 하다 타성이 몸에 배어 결국 사회생활에도 어려움을 겪고 있다고 했다. 독학시절의 투지도 사라지고 사회 적응에도 성공 못했다는 것인데, 안타까운 일이었다.

나는 그때까지 대학진학의 꿈을 버리지 못하고, 힘이 들어도 시간이 조금 난다 싶은 일을 골라 자청했다. 직장에서 고졸자와 대졸자의 차별을 생각하면 어떤 어려움이 있더라도 길이 있다면 대학을 가야 했다. 3년 후라면 어떤 길이 있을 지도 모른다. 취사병을 하거나 낮 보초를 서면서도 손에서 책은 놓지 않으려 애썼다.

그리고 이전부터 사람은 취미가 하나 정도는 있어야 삶이 부드럽고 사람 사귀기가 쉽다는 것을 알고도 실천에 옮기지 못했는데 이 기회에 실천하기로 했다. 바둑이냐 기타냐 를 두고 고민한 끝에 바둑을 선택했다.

그 당시 청바지에 통기타를 치는 가수가 많았고, 멋지게 흉내를 내면 인기가 최고였다. 그러나 그것은 잠시뿐 먼 훗날 나이가 들면 바둑이 좋겠다고 생각했다. 지금 인터넷 바둑에서 2~3단 실력으로 대국을 즐기고 있는 것은 그때 한 결정 덕분이다. 적적할 때 인터넷 바둑을 두면 시간이 가는 줄도 모르고 사람 기다릴 때 두면 제격이다. 뇌 운동도 되고 집중력도 좋아진다.

나는 내성적이기는 해도 무기력한 성격은 아니었다. 나는 가난한 집안 6남매의 장남이다. 물려받은 가난은 운명이었지만 장남의 책임이 있다. 그것이 내 팔자라 받아들였다. 그렇게 살아가지 않으면 안 된다는 미음으로 군대에서도 부족한 것을 채우거나 훈련을 통해 더욱 강한 인간이 되어야 한다는 생각을 한시도 잊지 않았다. 그런 자세로 무엇이든 최선을 다하려고 노력했다.

어느 듯 고참이 되어 상병으로 진급을 했다. 당시는 월남전이 치열한 때라 파월된 귀국 장병들이 많이 들어왔다. 파월 장병들의 월급이나 전투수당은 미군이 계급별로 지급했다. 월급을 최대한 많이 받을수록 우리나라의 외화벌이에도 큰 도움이 되는 것이라 최소기간만 되면 진급을 시켰다. 파월기간 1년과 대기기간 1개월, 13개월 만에 돌아온 병들은 병장 계급장을 달고 돌아왔다. 그러다 보니 부대 예산이나 계급 정원에 묶여 국내 병들은 거의 상병으로 제대했다. 노무현 전 대통령도 아마 그래서 상병으로 제대했을 것으로 생각된다.

그런데 어느 날부터인가 좀 심각한 모순이 나타나기 시작했다. 군대는 계급 순이지만 직업군인이 아닌 일반 병들은 군 생활을 밥그릇 순으로 따지기도 한다. 그러니 파월 사병은 계급이 높은데도 고참 일등병이나 상병한테 기합을 받기도 했다. 하지만 더러 오기 있는 파월사병은 계급이 우선이라며 고참과 싸우는 일이 적지 않았다.

군은 전쟁에 대비해서 존재하는 것이다. 그런데 분대장이나 부분대장인 병장이 분 대원한테 경례를 먼저하고, 기합도 받는 부대가 어떻게 전투를 한단 말인가?

불가피한 점은 이해하지만 이 문제를 사령관이나 더 높은 분들이 제대로 알고 있기는 한지. 만약에 알고 있다면 이렇게 방치하고 있지는 않을 텐데.

나는 이 문제를 내가 근무하는 울산 경비사령관께 알리기로 결심했다. 이미 알고 있을지도 모르지만 만약 모르고 있다면 누군가는 반드시 알릴 필요가 있는 문제라 생각했다. 안 돼도 그만이지만 어떤 조처가 내려진다면 장교도 못한 일을 일개 사병으로서 해냈다는 것은 기분 좋은 일 아닌가?

다른 사람이야 어떻든 나는 무의미하게 시간만 보내는 것은 싫었다. 무슨 일이든 일을 만들고 싶었다. 나는 이틀 동안 몇 번이나 다시 쓰고 다듬어 문제점을 정리하고 부대 인근 주민의 민원서류로 보이게끔 사제 우편 형식으로 편지를 보냈다.

분대장 소, 중, 대, 연대장을 거쳐 가는 군사우편은 소속을 밝혀야 되고 당시 군대사정으로는 검열에 걸려 턱도 없는 소리를 하는 미친 사병이 될 게 뻔했다. 사제우편 방식이 아니면 안 된다고 생각했다.

그런데 일주일 쯤 지나 중대에 사령부 통신이 접수됐다. 진급 측정에 합격하면 무조건 진급시키고 예산 문제는 다른 분야에서 절약하겠다는 것이다. 내가 내무반에서 편지 쓰는 것을 지켜본 분대원은 환호성을 질렀고, 내가 제대한 후에도 고맙다는 편지를 보내왔다.

지금 생각하면 별것도 아니지만 상병제대는 자칫 사고 친 병사라는 오해의 소지도 없지 않았다. 병장제대가 가능해지면서 그런 오해를 방지할 수 있었으며 진급문제 때문에 구겨진 자존심도 만회할 수 있었다.

몇 몇 외에는 그 제안자가 누구인지 아무도 몰랐다. 물론 1978년도 울산 특정지역 경비사령부 2대대 5중대 5소대원들 가운데 아는 사람은 알 것이다. 하지만 누가 알아주든 아니든 나는 '해냈다' 는 기분으로 짜릿

군 복무 중 사진

한 감정을 느낄 수 있었다.

군대는 일반 사회와는 달리 매우 경직된 사회다. 하지만 그런 군대에서도 할 수 있다고 믿으면 필요한 일을 할 수 있다. 누가 나를 좋게 보아주는 것이 중요한 것이 아니다. 스스로 뭔가 가치 있는 일을 해냈다는 사실 자체로 좋은 것 아닌가?

군 시절의 또 다른 경험도 기억난다. 늘 그렇듯 무엇이든 현제의 방법이 반드시 최선인 것은 아니다. 언제나 개선의 여지가 있기 마련인 게 세상사다. 군 장비 착용과 관련한 문제도 그러했다.

장비를 착용하는 것은 모양을 내기 위해서가 아니다. 전투에 대비하여 착용하는 것이다. 병사들이 탄띠를 착용하는데 탄띠 왼쪽에 탄알집이 있는 것이 문제였다.

엎드려서 사격 자세를 취하면 탄알집이 있는 부분이 땅에 밀착되는데, 이로 인해 몸을 최대한 땅에 밀착시키는데 불편할 뿐 아니라, 미군과 달리 한국군은 오른손잡이가 많다. 오른손으로 탄알집의 탄창을 꺼내려면 상체를 들어야 한다. 그러면 적에게 노출되기 십상이다. 만약 그것이 오른쪽에 있다면 몸의 노출을 최소화할 수 있다.

따라서 부상 때를 대비해 오른쪽에 위치시킨 압박붕대 집과 위치를 바꾸면 어떨까? 탄알 집에 비하면 크기가 작기도 하거니와 교전하여 다칠 경우에만 필요하니 오른쪽에 꼭 있어야 할 이유도 없었다.

우측 엉덩이 위에 수통을 차는데 이것도 아니다. 어깨총을 하면 개머리판이 수통에 닿아 얼마가지 않아 너덜너덜 해진다. 장비의 낭비다. 뿐만 아니라 행군할 때 덜컥거리는 소리는 정숙 보행에 장애가 된다. 따라서 왼쪽으로 옮기는 것이 낫다.

충분한 생각을 하고 이 문제의 개선을 중대장한테 건의하기로 했다.
그런데 대답은 너무 허무했다.

"야 육군 장비착용 FM인데."

더 이상 말을 하다가는 욕만 먹기 알맞았다. 하지만 내 의견이 받아들여지지 못했다고 해서 무의미한 일이라 생각지는 않았다. 내 제안이 옳든 그르든 적어도 내가 타성적이거나 무기력하지 않았다는 것만은 분명하지 않은가?

다시 시작하는 직장생활의 비애

만 3년 군대생활을 끝내고 복직을 했다. 그런데 복직한 곳은 입사했던 제일모직이 아니라 제일합섬이라는 새로운 회사였다. 제일모직 제2공장이 분리되어 제일합섬이 된 것이다. 세상이 많이 달라져 있었다. 내 아래에서 배웠던 사람들이 책임자나 반장이 돼 있는 게 아닌가?

일반 공원들은 파란 모자를 쓴 반장을 가장 조심스러워 했다. 그의 지시라면 무조건 따라야 했다. 보직을 옮기는 것도 그가 건의하면 위에 적극 반영되었다. 근무평가도 그가 했다.

참 적응하기 힘든 상황이었다. 그러나 열심히 하면 옛날에 평가받은 것이 있으니 언젠가는 따라잡을 수 있을 것이다. 그렇게 믿고 일단 열심히 근무하는 것 말고는 다른 길은 없다고 생각했다.

처음 입사한 사람과 똑같이 일을 했다. 기계에 기름 주는 주유공 일부터 기계 가동 준비, 먼지 털기, 기계 기름닦이 등 그런 류의 일이었다. 그런데 현실은 내 생각과 달랐다.

3년이나 해도 주어지는 일은 크게 달라지지 않았다. 세탁한 작업복이 하루 만에 기름범벅으로 새까맣게 되도록 온 몸을 던지며 일하고, 다른 사람과 달리 눈에 띄라고 뛰어다니며 일을 해도 나를 주목해 주는 사람이 없었다.

'나는 이렇게 너무 오랫동안 시간을 낭비할 수 없는 사람이다.'

결국 그런 생각이 들었고 그 뒤부터는 주어진 일만 하고 현장에서 퇴근해 틈만 나면 내가 무엇을 해야 할 것인가 하는 생각에 몰두했다.

퇴근 후 자투리 시간이 났을 때, 처음에는 특허에 미쳤다.

1973년 석유 파동이 일어나자 에너지 절약 정책이 대대적으로 시행되어 네온 간판이 규제를 받았다. 그래서 생각한 것이 전기가 없어도 바람을 이용하여 순간적으로 움직이거나 다소의 힘을 비축하여 움직이는 간판.

기숙사 생활이라 가끔 혼자 뒷산에 올라 생각에 잠기거나 책을 읽기도 했는데 어느 곳 할 것 없이 개미떼가 없는 곳이 없었다. 잠시만 앉아 있어도 기어 올라와 물고, 도저히 앉아 있지 못할 지경이었다. 그래서 생각한 것이 이동이 간편한 접는 책걸상.

방적이나 제직 공장에는 먼지가 없는 곳이 없다. 아무리 환기설비가 잘 돼 있어도 고속기계에서 마찰로 생기는 먼지는 퇴근 때면 목이 가려울 정도로 대단했다. 때문에 바퀴가 달린 모든 것은 가위나 칼로 달라붙은 먼지나 실 등을 긁고 잘라주지 않으면 움직이지 않는다. 그래서 실, 먼지가 달라붙지 않는 바퀴를 생각했다.

그 외에도 감 따는 기구, 비닐하우스 자동개폐설비, 여자들의 호신용 고춧가루 분사기 장착 핸드백 등 온갖 가지를 궁리했는데 그 중 하나는 실용신안등록까지 했다. 그때 그린 그림 대부분은 아직도 추억삼아 가지고 있다.

특허는 발명, 실용신안, 의장등록 세 가지가 있는데 내가 할 수 있는 부분은 거의 실용신안 특허다. 상품 자체에 대한 특허가 아니라 제조방법에 관한 것이다. 누군가 제조방법을 바꾸어 제조하면 권리를 보호 받을 수가 없다. 따라서 유사한 제조 방법을 몇 가지, 많게는 몇 십 가지를 첨부해 다른 기업이 제조방법을 달리해 특허 출원을 하는 경우에 대비해야 한다.

그 정도는 특허 관련 책을 보아 알고 있었지만 그 다음이 문제였다. 특허권만 가지고 있어봐야 아무 소용이 없다. 자금력과 제조 설비를 갖춘 기업과 연결이 되어야 한다.

제일합섬 제직부서 근무 시절

경제적인 부담과 많은 시간이 필요하다는 것을 우연히 특허 경험자를 통해 알게 되었는데 직장에 매어있는 나로서는 아무리 궁리해도 해결할 방법이 없었다. 결국 실망만 하고 더 이상 관심을 가지지 않게 되었다.

그때 나와 비슷한 생각을 가진 한 친구가 있었는데 그 친구가 남자로서 배짱을 키우면서 돈도 버는 구두닦이를 하자는 제안을 했다. 말하자면 둘 다 내성적인 성격에 표현력도 부족하니 얼굴에 철판을 까는 연습을 해보자는 것이었다.

구두닦이 통은 직접 만들고 금전적으로 큰 부담이 되지 않는 솔과 구두약은 바로 구입했다. 그래서 채비를 갖춰 야간근무 다음날 낮이나 휴일을 이용해 높은 사람들 사택을 돌며 창피를 무릅쓰고 구두닦이를 시작했다. 어떤 분은 격려도 하고 음료수를 건네기도 했지만 절약이 몸에 밴 때문인지 굳이 돈 내고 구두 닦을 의사가 전혀 없는 분들도 있었다.

지금 생각하면 조금 바보짓처럼 느껴진다. 결국 얼마 못가 구두닦이를 포기했다. '생각처럼 세상이 만만치는 않다'는 것을 실감했다. 그것을 핑계 삼아 술을 마시는 횟수만 많아졌다. 혼자 생각하는 시간이 많아진 나는 혼자서 술을 마시는 것이 한동안 좋았다. 그런데 술값이 문제였다. 가랑비에 옷 젖는다고 자주 먹으니 꽤 부담이었다.

그래서 생각한 게 부담 없는 수준을 나름대로 정하고 탁자 위에 현금부터 올려놓는 것이었다. 막걸리 반 되면 그만큼 가져가게 하고, 남으면 돈만큼 안주 하나 시키고, 그래도 남으면 또 가져오게 했다. 그런데 취기를 느끼기에는 언제나 술이 좀 부족했다. 외상술을 주기도 하겠지만, 그건 아닌 것 같고 생각한 아이디어가 한꺼번에 잔에 채워 원 샷을 하는 것이었다. 확실히 빨리 취했다.

환갑나이인 지금도 나는 남보다 술을 빨리 먹는 습관이 남아 있다. 그 때부터 생긴 버릇이다.

도사님

돈을 버는 빠른 길은 장사라고 했다. 지금은 많이 좋아졌지만 당시 내가 다녀본 식당은 정리정돈은 물론이고 서비스에 문제가 있지 않은 곳이 거의 없었다. 만약 내가 한다면 저렇게는 하지 않겠다는 생각이 드는 집이 대부분이었다. 그렇다면 한번 생각해 볼 만하지 않는가?

특징이 있는 조그마한 식당을 검토해보기로 했다. '좁은 경산이나 삼랑진만 보고 생각하는 것으로는 부족하다. 더 큰 대구 시내를 한번 훑어보자! 그렇게 생각하고 휴일이 되면 대구 시내를 돌아다녔다. 손님으로 다닐 수는 없고, 일행을 찾는 척하고 제법 이름난 집은 샅샅이 돌아다녔다.

역시 고급 음식점일수록 지금까지 내가 보아온 것 하고는 달랐다. 최소한 한두 가지는 내가 배워야 할 것이 있었다. 나는 그런 부분을 하나씩 빠짐없이 적어가며 자료를 만들어갔다. 당장은 어렵더라도 언젠가를 위해 미리 준비해두면 좋을 것 같았다. 혼자서 자금이 부족하면 경제사정에 맞춰 동업이라도 할 생각이었다.

아무튼 당시는 직장 생활에 만족하지 못해 가만히 있을 수가 없었다. 답답한 마음을 풀기 위해서라도 그렇게 돌아다녔던 셈이다.

 행복을 찾은 어느 아저씨의 이야기

여느 휴일과 같이 그날도 저녁 늦게까지 돌아다녔더니 다리도 아프고 허기가 왔다. 대로변에 있는 식당은 대체로 비쌌고 주머니 사정도 배불리 먹을 형편은 아니었다.

밥값이 싼 집을 찾아 대구 동성로 뒷골목으로 접어들었다. 몇 십 미터 들어가니 어두컴컴했다. 맞은편에 건물이 버티고 있고 오른쪽으로 길이 보였다. 그만 돌아 나올까 하고 생각하다가 이왕 들어선 김에 꺾어지는 입구까지 갔다.

몇 발자국 앞에 가게인지 식당인지 알 수는 없지만 희미한 불빛이 보였다. 바로 앞까지 가서야 내가 찾고 있던 밥집이라는 것을 알고 반갑게 들어섰다.

손님은 물론 종업원도 없이 주인아주머니가 혼자 있다가 나를 맞았다. 주문을 하고 이리저리 살펴보니 예상보다 깔끔하기는 했다. 장사한 지 얼마 안 돼 보였다.

아주머니가 밥을 가져나오는데 이런 장사를 하는 사람치고는 얼굴이 참 곱다는 느낌이었다. 아마도 오십대 전후, 어머니 연배쯤으로 짐작됐다.

나 말고는 손님도 없어 심심한 분위기였다. 해서 밥을 먹다 내가 먼저 말문을 열었다.

"아주머니는 이런 식당을 하실 분이 아닌 것 같은데요? 복이 많아 편하게 사실 분 같은데 혼자서 이런 장사를 하십니까?"

"얼마 전까진 나도 이런 장사를 할 줄은 꿈에도 생각지 않았는데 이렇게 되었어요."

"장사가 잘 안 되지요?"

"다른 경험도 별로 없어 시작했는데, 생각 같잖아 그만 문을 닫을까 해
도 뭘 해야 할지 결심이 서지 않아요."

"그래요? 아주머니 지금보다 장사 잘하는 방법을 가르쳐 드릴 테니 믿
고 한번 해보겠어요?"

그러자 이 아주머니 마주보고 있는 의자에 앉으며 심심풀이로 얘기를
듣고 싶어 하는 자세였다.

"어떻게 해야죠?"

나는 이 식당을 찾아올 때 불편했던 점과 식당 안에 들어와 느낀 점을
차례대로 얘기했다.

"첫째, 큰길에서 들어오는 길 모서리에 입간판을 하나 설치하여 큰길
에서도 식당이 있는 줄 알게 하시고요.

둘째, 지나가는 사람들이 멀리서도 보이게끔 정면에 붙인 입간판 옆
에 길이 방향으로 하나 더 다세요.

셋째, 식당 이름이 술집 같으니 ○○네 식당, 아니면 고향 이름을 따서
바꾸세요. 그래야 전문 밥집 느낌이 듭니다.

넷째 식탁 배치가 복이 들어오게도 나가게도 하니, 손님이 들어 올 때
불편하지 않게 길목을 막지 말고 이러저러하게 하세요."

내가 꺾어지는 골목에서 돌아갈 뻔 했던 이유와, 내 나름대로 그동안
견학하여 얻은 지식 등 몇 가지를 보너스로 더 얘기해주었다.

그러자 주인아주머니 태도가 '엄청' 친절하게 바뀌며 내게 물었다.

"술 할 줄 압니까?"

"예, 막걸리 몇 잔은 기분 좋게 마십니다."

그 말을 듣자 주인아주머니는 부리나케 주방으로 가더니 막걸리 한 되

를 가져왔다.

"이 술은 제가 선생님한테 그저 대접하는 것이니 한잔 드세요."

나는 민망하여 사양했다.

"이러시면 미안해서 안 됩니다. 그리고 자식뻘 되는 사람한테 선생님이라니요?"

그러나 하도 계속 권하기도 했지만 내심으로는 한 잔 생각도 없지 않았던 터라 못 이기는 척하고 넙죽넙죽 따라주는 대로 마셨다. 혼자 마시기 민망하여 한 잔을 권했으나 술은 한 모금도 못한다고 했다.

밥을 먹어 배도 부르고 술까지 몇 잔 걸치니 답답한 마음도 풀려 인정스런 아주머니에게 심심풀이 삼아 몇 마디 더 건넸다.

"자녀들도 제법 될 텐데, 혼자 이 고생입니까? 젊어서는 고생한 분이 아니지요? 아마 남편께서 무슨 사고가 생겼죠?"

무심코 생각나는 대로 이말 저말 던졌는데, 아주머니 말씀이 전혀 뜻밖이었다.

"어떻게 그렇게 귀신같이 잘 아세요? 분명히 어디에서 수도를 하신 분이 틀림없죠?   제가 사례는 섭섭지 않게 할 테니 앞으로 제 팔자 좀 봐주세요."

그 당시에 자식 낳으면 4~5남매 안 되는 집이 없고, 남편이 돌아가셨거나 무슨 사고가 나지 않았다면 여자 혼자 고생할 일이 만무하고. 일찍부터 고생한 우리 어머니와 비교할 때 별 고생을 하지 않았다는 것은 얼굴에 쓰여 있지 않은가. 보이는 대로 얘기를 했을 뿐인데, 완전히 도를 닦고 하산한 도사 취급이었다.

가만히 생각하니 아니라고 하면 실망만 할 것 같고, 희망을 주는 말로 용기나 잃지 않게 하는 것이 좋겠다는 생각에다 장난기도 좀 생겼다.

"맞습니다. 나이는 어리지만 저 나름대로 공부를 좀 했고, 아직도 부족한 공부를 하고 있는 사람입니다."

"아이고, 내가 짐작한 대로네요. 도사님! 앞으로 내 팔자가 어찌 될 것 같습니까?"

어떻게 잠깐 사이에 내 앞길도 몰라 헤매는 시골촌놈이 나도 모르게 도사가 되어버렸다. 얘기가 이렇게까지 진행되니 그냥 빠져 나갈 처지가 아니었다.

"아주머니는 근본이 착하시고, 얼굴 구석구석에 복이 넘치는 분입니다. 잠시 고통을 겪고 계시지만, 머지않아 1~2년 내에 좋은 계기가 서서히 생겨 걱정하시는 일들이 풀려나갈 겁니다. 단 오늘 내가 말씀드린 대로 고칠 것은 고치고, 힘들더라도 내색치 말고 원래 아주머니 성품대로 항상 웃는 모습을 보여주면서 사세요."

"아이고, 도사님 고맙습니다."

그리고는 앞치마 주머니에서 지폐 몇 장을 꺼내어 내 바지주머니에 날쌔게 집어넣었다.

"아이고 아주머니, 이러시면 안 됩니다. 나는 도사도 아니고 그냥 생각난 대로 말씀드리고 고맙게 막걸리까지 얻어 마셨는데……."

"이렇게 정성들여 말씀해주셨는데, 이러시면 제가 죄 받습니다. 오히려 몇 푼 되지 않아 미안하기 그지없는데 아무 말씀마시고 성의로 받아주세요."

할 수 없이 식당을 나와 꺾인 길까지 따라 나와 배웅하는 아주머니를 향해 손을 흔들며 인사를 했다.

"아주머니 열심히 사세요."

식당으로 돌아가는 뒷모습을 보고, 다시 쫓아가 받은 돈을 창틈으로 던져 넣다시피 돌려주며 한마디 건네고는 그대로 내달렸다.

"아주머니, 돈 드리고 갑니다."

도사취급을 본의 아니게 받고 또 믿게 만들어 죄송한 마음이 있으면서도 고생하는 사람에게 도움말을 주고 희망을 주었다는 생각도 없지 않았다. 다들 용서하실 것으로 믿는다. 나는 모처럼 기쁜 마음으로 숙소로 돌아왔다.

부러워하는 설계과로 발령

이래저래 고민을 하면서 좌충우돌 헤매고 있는데 돌연 회사직원들이 제일 부러워하는 부서인 설계과로 발령이 났다.

'옛날처럼 열심히 하지 않아 쫓겨났다'는 사람이 있는가 하면, '머리는 나쁘지 않는데 보람 있는 일을 맡으면 다시 열심히 일을 할 수 있겠다 싶어 위에서 중용하게 되었다'는 사람도 있었다. 아무튼 나에게는 새로운 기회였다.

월급이야 마찬가지지만 일하는 내용은 전혀 달랐다. 개인의 발전을 위해서도 그렇고 어느 부서보다도 자부심을 가질만한 부서였다.

설계과라면 다시 한 번 마음을 다잡고 섬유업종에서 최고가 되도록 노력해 볼만한 기회가 있는 곳이라 생각했다. 현장과 달리 직물설계는 기본이고, 모든 부서의 품질관리를 담당하는가 하면, 외부상인들과 접촉은 물론이고 서울 본사와도 긴밀히 협조하며 일하는 부서였다. 하급자라 할지라도 열심히 노력해 볼만한 곳이었다.

설계과에 출근하고 며칠 후 나는 중요한 결심을 했다.

'제일합섬에서의 인연을 십년은 갖겠다. 그 기간을 내가 공부하는 시간으로 보자. 군대생활 3년까지 해 벌써 6년여가 지났다. 남은 4년 내에 큰 발걸음을 내디딜 힘을 기르자.'

내가 갈 길은 회사에서 끝을 보는 것은 아니다. 승진을 해보았자 한계가 있다. 그보다는 많은 것을 배워 전문지식을 쌓는 것이 제대로 기회를 만드는 길이 될 것이다. 머리에 든 것은 누구에게 줄 수도, 누가 빼앗아갈 수도 없다. 새로 입사했다는 각오로 한 번 해보자고 결심했다.

내 능력이 부족하다고 느껴질 땐 퇴근하는 척하고 구내식당에서 식사를 하고는, 사무실로 되돌아와 혼자서 부족한 부분을 매웠다.

한번은 이런 일도 있었다. 수주 철이 되어 설계할 일이 한꺼번에 밀려 있을 때였다. 나는 사무실에서 밤늦게까지 일을 하고 있었다. 그런데 마침 읍내로 나가 회식을 하고 돌아오던 회사 고위층 일행 분들이 설계과에 불이 켜져 있는 것을 본 것 같았다. 함께 들어오던 공장장이 일행에게 당장 가서 불을 끄고 소등 책임자를 알아보라고 지시를 했다. 통금이 있고 자동차도 공장에 달랑 한 대밖에 없을 때였으니 그때까지 누군가가 공장에 남아 있으리라 생각하진 않았던 것이다.

설계과 최고참인 나의 사수가 헐레벌떡 뛰어들어 왔다.

"적환이 너였어? 이 늦은 시간까지 뭐하노?"

"일이 좀 남아서……."

능력 없는 놈이 시간으로 때우는 모습을 들킨 셈이었다. 민망해 하는 내 모습을 보고 사수는 당부를 하고 나갔다.

"나갈 때 꼭 소등을 하고 나가라."

능력은 부족하지만 훗날 내게 필요하리라 생각되는 것은 무엇이든 열심히 정리했다. 특히 공정에 대해서는 모든 것을 빠뜨리지 않고 공부했다. 주어진 업무에만 전념하며 인정받는 것도 당장은 중요하겠지만 나에게는 그것만으로는 부족했다.

그런데 지금 돌이켜 생각해 보면 제직현장에서 근무했던 경험이 설계과에서 심도 깊게 일하는데 큰 도움이 되었던 것도 같다. 현장에서의 고생도 결코 무익한 것은 아니었다.

변하라! 그러면 이룰 것이다

3 나를 슬프게 한 가족

한을 안고 떠난 여동생

내 바로 밑에 하나뿐인 여동생이 있었는데 스물한 살에 죽었다. 1971년 6월 7일이었다. 내가 군에서 휴가를 나왔을 때 농약을 먹고 자살한 것이다. 초등학교만 겨우 나와 집에서 잔일을 하면서 동생들 뒷바라지를 해왔다. 그러던 중 열아홉인가부터 기침을 심하게 했고 가끔 각혈까지 했다. 지금 생각해 보면 폐결핵이었던 것 같은데 병원에서 제대로 진찰도 받아보지 못하고 죽었으니 확실한 병명조차 알 길이 없다.

나는 그래도 학교도 다니고 집을 떠나 군 복무도 했지만, 여동생은 꼼짝없이 집안일만 돕다가 사춘기를 넘기고 어른이 됐다. 집안 형편 때문에 병이 생겼는데도 진찰 한번 제대로 못 받았다. 용돈을 타서 친한 친구와 함께 놀러 간 적 한 번도 없었다. 다람쥐 체 바퀴 돌듯 그렇게 집안일만 하고 지내던 불쌍한 아이였다.

입대를 하기 위해 삼랑진역에서 군용열차를 탈 때까지도 보이지 않던 여동생이 어디서 나타났는지 출발하는 열차를 따라오며 불렀다.

"오빠, 오빠."

창가에 앉아 함께 가던 친구들이 동생을 가리켰다.

"적환이 너 여동생이다."

내가 창밖을 내다보니 동생은 신도 벗어버린 채 열차를 따라 침목 옆 자갈길을 달려오고 있었다. 나는 물론이요, 다른 친구들도 그 모습을 보고 눈물을 훔쳤다.

군 생활을 하는 동안은 그 순간을 잊고 지냈다. 하지만 여동생은 휴가 온 오빠가 얼마나 반가웠겠는가?

집에서 휴가를 보내고 있던 어느 날 여동생이 말했다.

"오빠! 오늘 영화구경 같이 가지 않을래?"

그 말이 내가 들은 마지막이 될 줄이야. 약속이 있어 안 된다고 한 마디로 거절한 그 이튿날 낮에 여동생은 음독자살을 했다.

그 당시 우리 집은 기울대로 기울어 시골집 아래채에 세 들어 살고 있었다. 그리고 아버지는 이것저것 하시던 일을 정리하고 땅을 빌려 토마토 농사를 짓고 있었다.

아버지를 도와 비닐하우스에서 일하던 중 위채에 사는 주인집의 연락을 받고 집으로 갔을 때는 이미 숨이 넘어가기 직전이었다.

들쳐 업고 손수레에 싣고 정신없이 읍내 병원으로 달렸다. 달리다 돌아보니 손이 바퀴에 들어가 살점이 다 날라 가버렸다. 그러나 멈출 수가 없다. 병신이 되더라도 목숨을 살려야 되지 않겠는가? 그렇게 4km 이상 되는 거리를 정신없이 달렸건만, 병원에 도착 했을 땐 이미 숨진 뒤였다.

나는 온 몸이 땀과 흙으로 뒤범벅이고 맨발이었다. 울음도 나오지 않고 정신이 몽땅 나간 귀신 모양을 하고 주저앉았다. 어제 저녁의 청을 들어주기라도 했다면 무슨 얘기라도 들을 수도 있었을 텐데……. 얼마나 답답하고 힘든 생활이었을까?

가슴이 터질 것 같더니 그제야 한없이 눈물이 쏟아졌다. 부모 두고 먼저 간 자식 볼 필요가 없다는 부모님의 마음은 어떠했겠는가?

먼 집안의 형과 둘이서 화장을 하고, 낙동강에 유해를 뿌리면서 나는 미친놈같이 통곡을 했다.

'이 모두가 가난 때문이다.'

나의 아버지

나의 아버지는 1978년 봄 식도암으로 돌아가셨다. 만으로 쉰 넷의 짧은 인생을 사시고 가셨다. 5남 1녀의 육남매를 두었으나 성인이 된 딸을 앞세우고 그렇게 가셨다.

조부께서 살아계셨을 때는 그런대로 잘 살았다고 한다. 조부는 3남 2녀를 두셨는데 가운데 맏이인 큰아버지에 대한 애정이 특별하셨단다. 어릴 적부터 일본으로 유학을 보냈는데, 백부도 기대에 어긋나지 않을 만큼 공부를 잘했다고 한다. 그런 백부이니 모두들 장차 큰 인물이 될 것이라며 칭찬을 하고 집안의 큰 기둥이 될 것이라 입을 모은 것은 당연했다.

그런데 그렇게 기대를 한 몸에 받고 계시던 백부가 결혼한 지 얼마 되지 않은 이십대 초에 갑자기 돌아가셨다. 갑작스레 닥친 불행에 조부께서는 충격을 감당키 어려워했고 그러면서 집안의 불행도 시작되었다고 한다. 조부께서 가정을 챙기지 못하고 방황하시면서 집안 살림은 점차 기울었고 그러다 결국 일찍 돌아가시고 말았다.

5남매 중 막내였던 아버지는 부모님의 애정과 보호도 제대로 받지 못하며 어린 시절을 보냈다. 크면서도 시골 벽촌에서 닥치는 대로 이 일 저 일을 할 수밖에 없었고 어른이 되어서도 갖은 험한 고생을 하시다 돌아가셨다.

내 기억에 아버지는 남에게 빚이 없는 때가 거의 없었다. 벌어 갚기에는 항상 부족하여 빌려 갚기가 늘 되풀이되는 일생이었다. 그 시절 그렇게 사시다 일찍 돌아가신 사람이 아버지 한 분만은 아니었을 것이다. 하지만 아버지가 제대로 사람답고 보람되게 사신 세월이 얼마나 되었을까 하는 회한이 언제나 내 마음에 남아 있다.

아버지는 어린 내가 보기에도 언제나 매사에 적극적이셨다. 어려운 고비 때면 며칠 정도는 방황을 하셨지만 그리 오래가지는 않았다.

날품, 적은 밑천으로 할 수 있는 토끼와 닭 기르기, 5일장 돌기, 손으로 찍는 연탄공장, 헌 옷 장사, 고물상 등 일일이 열거하기 어려울 정도다.

때로는 고철을 찾는 탐지기를 만들어 위험하게도 휴전선 근방까지 다니신 적도 있었다. 바닷가에서 한 철 횟집, 과일장사, 각종 비닐하우스 농작물 재배, 참으로 고생을 많이도 하셨다.

한평생 여유 있는 삶이라곤 없었다. 시작은 잘하시는데 왜 그렇게 결과는 하나같이 제대로 되는 일이 없었는지 참으로 힘들게 사시다 가셨다.

그때는 너무 어렵게 살다보니 그랬는지 일찌감치 희망을 꺾고, 닥치는 대로 사는 사람이 많았다. 술, 여자, 도박 등에 빠진 사람이 그들이다. 여유가 없어도 바르게 사는 사람도 있었지만 '에라, 모르겠다! 하는 심정으로 가정을 어렵게 하는 어른이 참 많았던 것 같다.

나의 아버지도 한 번씩 술과 도박에 빠질 때도 있었다. 그럴 때면 온 집안이 걱정으로 초상집 분위기가 됐다. 이것저것 힘닿는 대로 열심히 해도 뜻과는 달리 결과가 좋지 않을 때가 많았고 그때마다 화풀이 삼아 도박에 빠졌던 것이다. 그래서 한두 달에 며칠씩은 가족들이 애간장을 다 태우곤 했다.

밑천이 떨어져 집으로 오면 비상금은 물론이고 이웃집에서까지 돈을 빌려와야 했다. 그렇게 해 드리지 않으면 집안이 풍비박산이 났다. 어머니와 나는 억장이 무너져 울부짖고, 그런 기가 막힌 모습이 반복됐다. 장남인 내가 찾아다니고 설득하고 울부짖기를 수없이 되풀이했다.

다시는 안 하겠다고 다짐하시고는 또 되풀이 되는 아버지의 도박을 더 이상 방관하고 있을 수가 없었다. 나는 아버지의 도박 습관에 맞서야겠다고 결심했다.

아버지는 밤늦은 시간에는 방 밖으로 나가는 불빛을 담요로 가리거나 때로는 장소도 옮겨가며 도박에 몰두했다. 그러나 어느 시점부터는 더

 행복을 찾은 어느 아저씨의 이야기

이상 내 눈을 피하지 못했다. 어느 날 나는 방문을 열고 들어가 화투판을 엎었다.

아버지한테 매질도 당하고 같이 있던 사람에게서 버릇없는 놈이라고 욕도 먹고 혼이 났지만 나는 두려워하지 않았다. 맞아가면서도 아버지를 끌고 밀고 하여 끝내 집으로 모시고 왔다. 집에 와서도 또 한바탕 북새통이 벌어지곤 했지만 내가 있는 동안은 결국 항상 내가 이겼다.

학교에서 돌아오면 아버지가 집에 계시는지 먼저 살피는 것이 습관이 되었다. 어느 날 집에 오니 또 도박하러 가셨단다. 이번에도 쉽게 찾았다. 역시 노름판을 뒤집어엎고 아버지를 집으로 모셔오던 중이었다. 개천 다리에 이르렀을 때 나는 아버지와 함께 개천으로 들어갔다.

"아버지, 세상에 크게 세 부류의 사람들이 산답니다. 첫째 꼭 필요한 사람, 둘째 있으나마나 한 사람, 셋째 차라리 세상에서 없어야 할 사람. 아버지는 셋째고 저는 둘째이니 이젠 이쯤하고 나머지 사람들을 생각해서 죽읍시다."

물이 목에 차는 데까지 들어가 잘못하면 줄초상을 치를 뻔했다. 위험한 짓을 했으나 다시는 도박판에 가지 않겠다는 다짐을 받았다. 그러나 그 약속은 오래가지 못했다.

나는 그때 절대로 술과 도박은 하지 않기로 맹세를 했다. 도박은 어떤 것이든 한평생 결코 한 적이 없지만 부끄럽게도 술은 맹세를 지키지 못했다.

내 눈에 비친 아버지는 무섭기만 하고 엄마보다 존경심이 들지 않았다. 그런데도 아버지께는 존댓말을 하고 어머니한테는 낮춤말을 쓰니 오히려 바뀌어야 된다는 생각이 들었다. 고2 때 나는 동생들을 모아놓고 어머니께도 존댓말을 쓸 것을 요구했다.

당시 내가 살던 곳에선 어머니께 "엄마", "너" 라고 낮춤말을 쓰는 경우가 드물지 않았다. 지금도 그렇게 하는 사람도 있는 것 같다. 그러나 그 후로 지금까지 우리 형제는 어머니께 반드시 존댓말을 쓰고 있다.

아버지 모습을 보면서 나는 어린 나이였지만 경제적으로 여유가 없으면 사람으로서의 소중함을 지키고 사람답게 살 수 없음을 절실히 느꼈다. 그리고 그런 생각을 늘 가슴에 품고 자랐다.

아버지께서 일찍 돌아가신 것도 절망감에서 헤어나지 못한 스트레스와 힘든 일을 오래하신 끝에 골병이 든 탓이라는 생각이 든다.

아버지는 처음에는 몸이 조금 안 좋다고 하시며 진찰 한번 받게 해 달라고 말씀을 하셨다. 나는 아버지를 대구 동산병원으로 모셔 진찰을 받게 했는데 의사는 아무 이상이 없다고 했다.

마침 점심때라 보신이나 하시라고 삼계탕 집으로 모셔 대접해 드렸다. 아버지께서는 나이가 드시고도 고기를 좋아 하셨다. 그런데 당신 그릇의 고기를 두세 번이나 내 그릇에 옮겨 주시면서 많이 먹으라고 하셨다. 그렇게 자상한 모습은 난생 처음이었다. 고생하는 내 모습을 보고 늘 가슴 아프게 느끼고 계셨다는 것이다.

"큰 병이 아닐까 걱정을 했는데 괜찮다고 하니 나는 안 먹어도 배부르고, 너 덕에 진찰받고 가니 기분 좋다."

아버지 앞에 있던 환자가 암 선고를 받는 것을 보고 무척 긴장하셨단다. 철없는 나이에 무섭게만 느껴지던 아버지의 모습은 어디에도 찾을 수가 없다.

목이 메어 음식이 넘어가지 않았다. 마음속으로 몇 번이나 '아버지 죄송합니다' 하고 되뇌었다.

그렇게 집으로 내려가신 지 한참을 지나도 몸이 역시 좋지 않아 부산으로 가서서 다시 진찰을 받은 결과, 식도암 3기로 약이든 수술로든 치료가 불가능하다는 판정을 받으셨다.

혼자 다녀오시면서 삼랑진으로 오는 열차 속에서 하셨다는 말씀이 두고두고 잊히지 않는다.

"나는 올해 나이가 쉰다섯인데 오늘 진찰을 하였더니 식도암 3기랍니다. 여러분 중에 나와 비슷한 경우로 치료된 분이 계시면 도움말을 좀 주십시오."

모두로부터 안됐다는 위로의 말들만 들으셨단다. 그런 얘기를 듣는 순간 처음 진료한 병원으로 쳐들어가고 싶었다. 그 당시 대구에서는 일류병원으로 듣고 모셨는데 이럴 수가 있는가?

그러나 어린나이에 당장 가서 난리를 내는 것도 벅차지만 그렇게 한다고 병을 낫게 할 방법이 나올 일도 아니고 화풀이 밖에 더 하겠는가? 그 시간에 최선을 다해 치료할 방법을 찾는 것이 더 중요하다고 생각했다. 여러 방면으로 알아보다 한방에서 치료될 수 있거나 최소한 고통은 없게 된다는 약을 구해드려 돌아가실 때까지 드시다 가셨다.

당시 나는 원진산업에 입사하여 서울생활과 회사생활에 적응하느라 정신이 없을 때였는데 때마침 대구로 출장을 갈 일이 생겼다. 그래서 삼랑진 집에 들러 하룻밤을 잤는데 그날 밤에 돌아가셨다.

장성하지 않은 어린 자식들을 두고 떠나려니 얼마나 마음의 고통이 크셨는지, 한 맺힌 이 세상을 떠나는 순간 눈을 크게 뜨고 돌아가셨다. 내가 몇 차례나 눈을 감겨 드려도 다시 눈을 크게 뜨고 계시던 마지막 모습이 지금도 눈에 선하다.

1978년 4월 15일이었다.

고향 앞산에 모시고 돌아서는데 발걸음이 떨어지지 않았다. 살아계실 때 아버지의 자리가 얼마나 컸었는지가 느껴졌다. 자식 중 어느 한 놈 결혼하는 것도 보지 못하고 젊은 나이에 저 세상으로 떠나시며 남겨둔 한을 생각하면, 내 어깨를 짓누르는 짐이 너무도 크고 무거웠다.

"아버지! 아버지!" 하며 3일간이나 울었건만 한없이 흐르는 눈물을 멈출 길이 없었다. 동네 앞 배꼽마당에 대기시킨 차에 그냥 훌쩍 오를 수가 없었다. 나는 주위의 시선도 아랑곳 하지 않고 아버지 계신 곳을 향해 다시 엎드려 큰 절을 하며 또 한 번 대성통곡을 했다.

나는 아버지를 저 세상으로 보낸 후로 절대로 병원을 믿지 않게 됐다. 중병이 의심되면 반드시 두세 군데는 확인을 거치고 결과가 같을 때는 그 중 믿음이 가는 병원의 의사와 간호사에게 도움을 받는다고 생각하고 챙겨야 한다. 다시는 내 가족 중에 이런 불행이 있어서는 안 된다는 게 늘 갖고 있는 생각이다.

피할 수 없는 운명, 대가족의 호주

사망신고를 하고 주민등록등본을 떼니 이제 내가 호주이며 세대주였다. 어머니와 5살 아래 동생부터 시작되어 모두 나까지 여섯이었다. 나는 지금부터 여섯 사람 몫을 해야 하는, 피할 수 없는 운명을 짊어지고 살아가야 했다.

나 뿐 만 아니라 모두가 가난에서 벗어나 사람답게 살게 하는 것이 곧 내가 해야 할 일이었다. 하고자 하면 될 것이다. 나는 물론 우리 가족 누구도 결코 아버지처럼 살게 해서는 안 된다고 마음을 다졌다.

셋째는 중학교만 나오고 일찍부터 아버지와 농사를 지었다. 이미 늦었다. 그러나 나머지 넷째, 다섯째, 여섯째는 전부 인문 고등학교를 보내기로 결심했다.

나 혼자 편하고자 하면 동생들을 실업고나 보내 일찍 직장에 취직시켜 나처럼 돈을 벌게 하는 게 쉬운 길이었다. 그러나 그래서는 더 이상의 좋은 기회를 바라는 것은 힘들다. 이미 내가 겪어 아는 바였다. 그 결과는 저희들이 할 나름이고 내가 힘들 수도 있었다. 그러나 어차피 짊어진 짐이었다.

'동생들의 기회를 넓혀주자!'

'내가 더욱 무거운 짐을 질 각오를 하자.'

나는 마음을 굳게 다졌다. 어린 동생들을 생각하면 결코 마음이 흐트러져서는 안 되는 일이었다. 나는 웃음이 점점 더 없어지고 오직 돈을 벌 수 있는 기회만 생각하는 사람이 되어 갔다.

4 장가도 내 마음대로 못 가나

맏며느리 감 처녀

이십대 후반에 접어들자 내 결혼문제에 대해 생각하는 시간이 많아졌다. 부모님은 어려운 살림 탓에 내 결혼에 대해 깊은 관심을 가질 수가 없었고, 주변 일가의 소개로 몇 번 맞선을 보긴 했지만 여의치 못했다.

나의 배우자는 과연 어떤 사람이 적격일까? 깊이 생각하지 않고 결혼을 결심할 사람이야 없겠지만 특히, 나는 신중하게 생각해야만 했다.

항상 남의 빚에 쪼들리는 집안 살림에다 월급으로는 전세방도 하나 얻기 어려운 형편이었다. 동생들 학비도 보태야 했고 집안 대소사로 수시로 지출이 생겨 계획성 있게 적금을 들 형편도 아니었다.

어릴 때부터 어렵게 농사를 짓고 있는 셋째와 고등학교, 중학교, 초등학교, 2~3살 터울로 커가는 동생들이 넷이나 됐다. 그런 만큼 나의 배우자감은 맏며느리에 대한 기대에 어울리게 참을성이 있으며 가족 모두에게 다 좋은 그런 사람이 되어야 했다.

들리는 얘기로는 내 배우자감은 종가 댁 맏며느리처럼 유순하고 후덕한 사람이 돼야만 한다고 주변에서 입방아란다. 먼저 태어난 죄밖에 없는데, 결혼 대상자 고르는 것도 내가 좋은 사람을 마음대로 못 구하는구나 하는 생각이 들었다.

어디에서 이것저것 다 갖춘 사람을 찾을 것인가? 직장생활 열심히 하다보면 바깥에서 사람 만날 기회가 많지 않다. 더군다나 그냥 사귀는 처녀도 아니고…….

그래서 직장에서 배우자감을 찾기로 했다. 몇 사람을 대상으로 데이트란 걸 해 봤지만 이래저래 여의치 못했다. 호감이 가는 몇 명이 있었으나 막상 개인적으로 만나 얘기를 해보면 별로였다. 한 아가씨는 사귈만 하다고 생각을 했는데 건널목을 건너다 떨어뜨린 동전을 창피하다고 줍지 않는 것을 보고 다시는 만나지 않았다.

그러든 어느 날 현장 시험실에 우연히 들렀는데, 부처님처럼 활짝 웃으며 열심히 일을 하고 있는 한 여성의 모습이 눈에 들어왔다. 나는 순간적으로 강한 느낌을 받았다.

'저 사람이다.'

그 시험실은 내 업무하고 관련이 전혀 없는 곳이었다. 그런데 업무협조를 하러 처음 들른 곳인데, 이런 것을 인연이라 하는 것인가?

'김명숙.'

나는 그때 그 여성과 부부가 되어 지금까지 삼십여 년 간 잘 살아 오고 있다. 그리고 앞으로도 그렇게 살 것이다.

같은 부서의 아는 사람에게 그 아가씨의 성격부터 성실한 사람인지 아닌지 이것저것 넌지시 물어보았다. 그랬더니 좋은 처녀고 고향도 같은 밀양이라고 했다.

같은 고향 사람이라는 것을 핑계로 조심스럽게 수작을 걸었다.

"고향이 밀양이라며 나도 밀양 사람인데 오누이 같이 외로움을 달래며 지냅시다."

그녀도 내가 첫 인상이 나쁘진 않았는지 승낙을 했다. 그렇게 하여 가끔 주위 눈을 피해 만나기 시작했다.

언제 봐도 활짝 웃는 모습과 수다스럽지 않은 모습이 볼수록 좋았다. 집안사정 탓에 그리고 너무 강직하여 결코 편한 성격이 못되는 나에게는 아주 잘 맞는 사람이었다. 나는 절대 놓쳐서는 안 될 사람이라는 생각이 들어갔다.

아무리 늦어도 서른 전에는 결혼을 하겠다고 결심을 하고 있던 터라 마음이 급했다. 그러나 당사자는 나와 일곱 살이나 차이가 나는 어린 처녀로 결혼 같은 것은 아직 안중에 없다. 더군다나 위로 오빠가 둘 있는데 둘 다 미혼이니 두말할 여지가 없었다.

그러나 제일합섬을 그만두고 서울로 갈 계획을 세우고 있었던 나는 '낯선 서울에서 직장 생활도 바쁠 텐데 이만한 사람을 다시 찾기는 어려울 것이다' 하는 생각이 들었다. 나는 용기를 내어 그녀에게 프러포즈를 했다.

“명숙아! 우리 결혼하자.”

“예?”

그녀는 다만 오빠같이 생각하고 타향에서 외로움이나 나눌 생각이었을 것이다. 그녀는 너무 황당하여 어이가 없다는 표정으로 쳐다보곤 달아났다. 며칠 후 다시 만나 너무 부담 갖지 말고 천천히 생각하며 지내기로 했다.

그때가 아버지께서 돌아가시기 1년여 전이었다. 대구에서 진찰받고 돌아가시는 길에 내 자취방에 쉬고 계실 때였다. 나는 명숙 씨에게 외출하고 지나는 길에 한 번 들러주길 청했다. 아버지가 명숙 씨를 본 것은 그것이 처음이자 마지막이었다.

“아버지! 제가 사귀는 처녑니다.”

아버지는 말없이 고개를 끄덕이며 빙긋이 웃으셨다. 불행 중 다행으로 살아생전에 예비 맏며느리를 보고 가신 셈이었다.

장모님 밥 좀 더 주이소

명숙씨는 몇 주를 고민하더니 거듭되는 끈질긴 내 설득에 결혼을 승낙했다. 부서는 달라도 같은 직장이기에 한 사람만 건너 물어도 어떤 사람인지 파악할 수 있다. 무엇이든 대충대충 하지 않은 성격이고 다부지다는 말에 승낙을 했다고 한다.

다음 문제는 집안 어른들의 승낙을 받는 것이었다. 우리 집은 일찍부터 내게 판단을 맡기고 있으니 나중에 승낙을 받으면 되었다. 문제는 명숙 씨 집안어른을 만나 승낙을 받는 것이었다. 날짜를 정하고 당사자 둘이 함께 방문해도 좋다는 기별을 받았다. 하도 간절히 청하니 한 번 만나는 보자는 것이었다.

밀양 표충사 입구에 있는 동네인데, 장인어른 되실 분은 단장면 통일주체국민회의 대의원을 하시고 동네는 물론 면과 밀양군을 위해 시골어른답지 않게 사회활동을 많이 하시는 분이었다.

심지가 깊은 어른이라는 생각에 걱정도 되었지만 자신 있고 솔직하게 대하면 오히려 이런 분을 설득하는 것이 쉬울지도 모른다는 생각도 들었다.

신랑 후보자가 혼자서 선을 보이려 처갓집이 될지도 모를 댁을 방문한다는 것은 그 당시 문화로 보면 나로서는 대단한 용기가 필요한 일이었다.

예상 질문에 대한 답을 생각하여 나름대로 준비하고 갔지만, 막상 집안에 들어서니 두 내외분만이 아니고 집안 일가친척, 가까이 지내는 동네 분들까지 이 방 저 방마다 가득 앉아 계셨다.

당연히 긴장이 됐다. 반면에 한 번에 결혼 승낙을 얻을 수 있었으면 하는 희망을 가져보았다. 물부터 한 잔 달라고 해 준비해 가지고 간 청심환 한 알을 먹었다. 약 효과가 그렇게 금방 올 리 없건만 마음은 조금 편해진 느낌이었다.

어느 방인지 한 분의 말씀이 기를 죽였다.

"키가 너무 작네."

내 키는 166.5cm로 당시로는 아주 작은 편은 아닌데 이 집안사람들이 모두 장신이었다. 남자는 거의 180cm 이상이고 여자도 내 키와 비슷했다.

정오를 지나는 시간이라 점심상을 받았다. 밥 한술 뜨고 날 쳐다보기를 거듭하는 눈길이 엄청 부담스러웠다. 긴장감에 밥이 맛있게 넘어갈 리가 없었다. 들어올 때 들은 키가 작다는 말이 머리에 계속 머물렀다.

'그렇다, 키가 작아도 야무지고 배짱이 있는 사람으로 억지로나마 보여주지 않으면 안 되겠다.'

나는 평소 먹는 양이 많지 않았다. 그런데 내 밥그릇은 머슴밥처럼 그릇 위에 봉분모양으로 가득 올라온 상태였다.

나는 그전에도, 그 이후 지금까지도 그렇게 많은 식사를 한 적이 없었다. 그 큰 밥그릇을 다 비우고 집안에 있는 사람이 다 들리도록 청했다.

"장모님 밥 좀 더 주이소."

결국 평소의 두 배도 더 먹은 셈이 됐다.

"아이구야! 작은 고추가 맵다고 다구지네, 색시 밥은 절대 안 굶기겠구면."

그 소리 듣기 위해 사람 잡을 뻔 한줄도 모르고……

직장 생활이 바빠 다시 찾아뵙기가 쉽지 않으니, 당장 결론을 내어 달라고 생떼를 썼으나, 의논하고 생각해서 연락을 하겠으니 올라가라는 말씀만 되풀이하셨다.

승낙한다는 말씀을 듣기 전에는 내일 결근을 하더라도 가까운 곳에서 기다리겠다고 말하고 몇 발자국 안 되는 술집에 앉아 죽치고 있기를 몇 시간째, 온 동네 사람들이 수군거리기 시작했다.

점잖은 어르신께서 감당하기 힘든 방법을 선택하여 내 나름대로 고집을 부리기를 또 몇 시간 지났다. 결국 장인어른 되실 분으로부터 결혼 승낙을 받았다.

그리하여 1978년 12월 6일 결혼식을 올렸다.

나는 아내와 결혼한 것을 단 한 번도 후회한 적이 없다. 남들이 다 겪는다는 권태기도 경험한 적이 없다. 내 인생에 가장 중요하고 소중한 부분을 성공시킨 것이다.

내 인생에서 그 어떠한 일보다도······.

5 내 꿈을 찾아 서울로

해는 저무는데, 내가 갈 길은

세월이 흘러도 우리 집은 여전히 최소한의 인간다운 삶마저 누릴 수 없을 정도로 가난에 찌들어 살고 있었다. 무너져 있는 우리 집안을 살릴 사람은 6남매의 맏이인 나밖에 없다는 생각이 항상 마음을 짓누르고 있었다.

사람으로서 해야 할 많은 일 가운데 대부분을 포기하더라도 빨리 돈을 벌 수 있는 길을 찾아야만 했다. 지금과 같이 직장생활로서는 그 꿈을 이루기는 불가능했다. 이를 악물고 내 직업에서 최고의 전문가가 되어 사업을 해야만 된다고 일찍부터 생각해 왔다. 나는 그 결심을 되뇌고 있었다.

그럭저럭 경력도 쌓여 꿈을 실천할 기회를 기다리며 나름대로 열심히 일하고 있었다.

나는 시간이 날 때마다 스스로에게 다짐했다.

'이십대는 배우고 삼십대 중반에는 늦어도 실행하자!

'이 직장에서의 근무는 늦어도 10년 이내로 생각하고 장래를 위한 자신감을 키우자!

'일은 남보다 넓고 깊게 배우자!

'태어나면 말은 제주도로, 사람은 넓은 서울로 보내라는 옛말대로, 나는 서울로 가야만 한다.'

생각은 쉽지만 서울은 난생 처음이고 내게는 어떤 학연, 지연, 혈연도 없다. 연고도 전혀 없이 서울로 간다는 것은 나로서는 정말 어려운 꿈이었다. 길이 열리더라도 그곳에서 몇 년 정도는 직장생활하며 대도시에 적응할 시간이 필요할 것이다, 그러고 나서 장사든 사업이든 내가 갈 길을 찾아야 할 것이라 생각됐다.

그럭저럭 8년이라는 세월이 흘러가고 있으니, 서울로 갈 방법과 기회를 생각할 때였다. 그러나 참으로 암담했다. 직장에 매인 몸으로 쉽게 올라가 다녀 볼 수도 없다. 가더라도 어디로 가야 한단 말인가?

그때는 우리가 생산한 원단의 대부분이 지금과 같이 기성복 위주의 시장이 아니라 양복점, 양장점에서 거의 맞춤용으로 판매되던 시절이었다.

특약상사로 나간 원단은 전국 대도시 원단가게로 공급되는 것이 대부분이다. 시장에 공급되는 원단은 항상 새로운 원단을 개발 공급해야 하므로 첫 출하를 한 다음 소비자의 반응은 반드시 체크하지 않으면 안된다.

따라서 상품을 개발하는 주무부서인 설계과 직원들은 계절마다 출하한 상품의 소비자 반응을 조사하기 위하여 시장조사를 나갔다. 1977년 가을 어느 날 설계과 선배이면서 주무인 조기상 씨가 시장조사를 다녀왔다. 시장조사 결과 보고를 하고, 타 업체에서 생산한 같은 용도의 유사 견본을 내 놓았다. 그 중 특히 내 눈에 띄는 회사의 제품에 시선이 갔다.

그때까지 폴리에스테르(Polyester)와 레이온(Rayon) 혼방제품인 PR원단은 제일합섬만 생산했는데, 원진레이온 계열사인 원진산업에서 생산한 PR원단 견본이 있었다.

설계과의 담당자는 각 공정에서 올라오는 원단의 품질을 챙기는 업무가 제일 중요하다. 원단을 분석하고 설계도 하지만, 현장 각 공정에서 제대로 생산 관리되고 있는지를 체크하고, 품질에 대해서도 본사 판매부와 합의하여 최종결정을 내린다. 따라서 원단을 만져보면 품질을 거의 바로 알 수 있다.

그런데 원진산업 제품은 어딘가 많이 부족하다는 것을 바로 알 수 있었다. 나는 그 이유를 분석해 보았다.

첫째 경위사 밀도의 균형이 맞지 않고,

둘째 적정한 폭으로 제직하지 않아 가공 시 당겨져 탄력성이 떨어지고,

셋째 가공도 모직물 가공에 가깝게 해야 하는데, 면 가공 공정으로 진행했음을 알게 됐다.

'그렇다. 바로 이 회사다!

PR 원단에 처음 도전해보는 이 회사에는 제품을 충분히 이해하는 사람이 없는 게 틀림없다. 게다가 서울에 있어 내가 바라는 곳이지 않는가. '이 회사로 옮겨갈 방법을 찾아보자.'

그러나 어떤 방법으로, 누구를 만나 나를 알릴 것이며, 방법과 대상이 정해지더라도 어떻게 시간을 내야 할 것인가? 당시는 연월차 휴가도 없고, 함부로 결근하는 것은 결코 용납되지 않던 시절이었다.

편지 한 장의 힘

그때 군 복무 중 사령관한테 편지를 써서 관철시킨 일이 문득 생각났다. 일개 사병으로써 감히 사령관을 움직인 일이다.

'그렇다! 편지를 써보자. 안되더라도 전혀 부담이 없는 방법이지 않는가?'

견본을 다시 보니 표지에 회사의 연락처와 주소가 있었다. 그런데 잘되어 가게 될 경우라도 혼자 가기에는 왠지 걱정이 많이 됐다. 아는 사람 하나 없고, 배운 것이 달라 업무상 부딪치는 일이나 외로움도 클 것 같았다.

생각 끝에 단체복 설계자 이상수 씨를 설득해 보기로 했다. 나보다 두 살 위이고 입사 후 야간 대학을 졸업했으나 대우를 제대로 받지 못해 고민하는 모습을 보아왔던 터였다. 그에게 얘기했더니, 뜻밖의 제안에 놀라면서도 선뜻 동의를 했다.

나는 우리 두 사람을 소개하는 편지를 썼다. 편지를 발송하고부터 하루하루가 가슴 졸이는 초조한 나날이었다. 하지만 나는 상대방을 설득시킬 때 입장을 바꿔 생각하는 것이 가장 좋은 방법임을 체험으로 알고 있었다. 생판 모르는 자가, 자기 회사의 상품 질이 떨어지는 것을 지적하고, 불쑥 입사를 지원하는 편지를 보냈다. 그리고 만약 관심이 있다면, 당사자의 경력이나 실력이 어느 정도인지, 조사부터 할 가능성이 있지 않겠는가? 조사를 한다면 과연 어떤 방법으로 할 것인가?

우연히 알게 되었지만, 원진 레이온 대구 대리점을 하는 사람이 제일합섬 출신으로, 나와 마주보고 일하는 박강식이라는 친구와 친한 사이라는 것을 알게 됐다. 만약 조사를 한다면, 두 사람을 통해서 할 가능성이 높았다.

내 짐작이 맞았다!

어느 날 이 친구한테 외부 전화가 왔는데 받는 모습이 평소하고는 달랐다. 힐끔힐끔 내 눈치를 보는데 목소리도 평소보다 작았다. 이것 봐라! 이 친구 얼굴색갈도 약간 불그스름한 게 꼭 잘못하다 들킨 표정이었다.

그 친구가 전화를 놓자마자 물었다.

"무슨 전화고?"

"별 것 아니다."

얼버무리는 그를 끌고 구석진 곳에 있는 견본실로 갔다.

"나와 관계되는 전화를 받은 것을 알고 있으니, 전화 받은 내용을 얘기해라."

내가 다그치자 그는 아주 난처한 표정을 지었지만 재삼 다그치는 나의 진지한 얼굴을 보고는 결국 실토했다.

"내 친구가 너보고 어떤 사람인지 이것저것 묻더라. 자세한 것은 나중에 만나서 얘기하기로 하고 만날 약속부터 했다."

"고맙다. 무조건 저녁에 소주 한잔 하자."

짐작하고 길목을 지킨 덕분이었지만 내가 무슨 제갈공명은 아니다. 최선을 다하는 사람에게는 하느님도 도와주시는 것 같았다.

그날 저녁 그 친구와 오랫동안 소주잔을 나누면서 솔직하게 얘기했다. 이 회사를 떠날 수밖에 없는 집안 사정과, 나의 꿈, 내가 보낸 편지 내용 등……. 다소 과대하게 능력을 얘기한 것도 편지 내용과 동일하게 대답해주기로 다짐을 받았다.

며칠 후 서울에서 전화가 왔다. 내일 내려가니 금호호텔 커피숍으로 나오라는 내용이었다. 결과는 어찌되었던 나는 해냈다는 생각에 흥분을 가라앉히기 힘들 정도로 기뻤다.

시장조사를 핑계로 대구 서문시장에 다녀오겠다며 약속장소로 나갔다. 원진산업에서 온 사람들은 양정웅 영업부장과 서영창 개발영업 과장이었다.

여러 가지 질문을 해왔지만 대답이 막힐 것은 하나도 없었다. 실무에서 항상 필요한 내용이라 거의 외우다시피 하고 있는 것이었다. 오히려 우리가 할 수 있는 생각들을 간추려 얘기를 했다. 좋은 분위기에서 면접을 끝내고 헤어져 돌아올 때의 기분은 표현할 수 없을 정도로 흥분된 것이었다.

기다릴 수 없다

　그런데 어찌된 일인지 2주가 지나도 연락이 없었다. 속이 바짝바짝 타들어가는 시간이 계속됐다. 맥없이 기다리기만 하고 있을 수가 없었다. 회사에서는 시외전화는 업무상 외에는 할 수도 없고, 또 과원들이 엿들을 수도 있어, 큰 맘 먹고 자주 들르는 구멍가게에서 전화를 빌려 개발영업과장을 찾아 어떻게 되었는지 물었다.

　"너무 오랫동안 연락이 없어 결과가 궁금합니다."

　"아직 검토 중이고 오래가지 않을 테니 연락할 때까지 기다리세요."

　더 다그쳐 물을 수도 없고, 또 2주 정도가 지났다. 되면 되고, 안되면 안 되는 것이지 한 달이나 답을 못 내릴 일이 아니지 않는가?

　도저히 속이 타서 더 이상은 참을 수가 없었다. 친구를 설득시켜 일요일에 무조건 서울로 올라가 보기로 했다. 이미 일이 손에 잡히지 않고 잠도 제대로 잘 수 없을 정도였다. 휴일에는 근무를 하지 않을 것임을 뻔히 알면서도 일단 가보지 않을 수 없었다.

　우리 둘은 난생 처음 서울로 갔다. 마침 회사가 서울역 바로 근처에 있어 찾기가 수월했다. 건물 앞으로 가니 반쯤 내려진 철문 옆에 수위가 있었다.

　"휴일이지만 개발 영업부 양정웅 부장님 출근하시지 않았습니까?"

　"휴일은 출근하는 사람이 없습니다."

　"집주소나 전화번호를 혹시 모르십니까? 비상시 연락처라도 혹시 있지 않습니까?"

"그런 것 없어요."

거듭 물어보니 귀찮다는 표정이 역력했다.

"혹시 퇴근할 때 남쪽으로 가는지 북쪽으로 가는지 그것도 모르시겠습니까?"

물러서지 않고 또 물었더니 답했다.

"남쪽이 틀림 없수."

그러고는 문을 내리고 들어가 버렸다. 서울에서 김 서방 찾는 것 보단 희망이 조금 있어 보였다.

근처 다방에 들어가 공중전화번호부 책을 뒤졌다. 남쪽이면 강남 쪽이다. 그 쪽으로 주소가 나온 양정웅 씨를 찾으니 자그마치 30여명은 되었다.

다른 손님 피해가면서 차례대로 확인하는 전화를 걸었다.

"원진 근무하시는 양정웅 씨 댁이 아닙니까?"

"아닙니다."

서울 사람 깍쟁이라더니 정말 정이 없었다. 대답이 한결같이 쌀쌀맞아 민망하게 만들었다.

그런데 세 사람은 전화를 받지 않았다.

"혹시 휴일이라 가족과 함께 외출을 나갔을지 모른다. 어차피 밤차로 갈 생각이니 가까운 극장을 찾아 영화나 보며 6시까지만 기다렸다가 세 집을 확인하고 가자?"

나는 친구를 설득하여 가까운 극장을 찾아 두 편을 동시에 상영하는 영화를 보며 시간을 보냈다. 이렇게 멀리 서울까지 와서 그냥 아무 소득도 없이 영화만 보고 돌아가는 것은 아닌가?

오후 6시경이 되었다. 다시 그 다방으로 들어가 통화되지 않았던 집으로 전화를 했다. 그런데 기적 같은 일이 생겼다. 두 번째 전화 받은 댁에서 부인이 받으며 그렇다고 했다. 주소를 확인하고 친구와 나는 과일 한 바구니를 사들고 무조건 만나 보기로 하고 집을 찾아갔다.

초인종을 울린 뒤 부인의 안내로 불시에 집으로 들어가니, 양 부장이 어안이 벙벙한 표정이었다.

"갑자기 찾아와 실례인줄 잘 압니다만 이미 사표를 낼 결심을 하고 어떤 회사든 서울로 옮기기로 한 입장이라 사정을 확실히 알기 위해서 왔습니다."

지금 생각하면 대단한 일이 아닐지도 모르지만 장차 근무를 하게 되면 직속상관이 될 수도 있는 분을 약속도 없이 불쑥 찾아와, 어떻게 되는 건지 묻고 있는 것이었다. 너무 긴장되고 조심스러웠다.

"참 대단한 사람들이네요? 어떻게 알고 찾아왔어요? 잘 왔어요. 이미 입사 결정이 났는데 하도 바빠서 연락을 차일피일 미루고 있었어요."

"예?"

"내일이라도 당장 회사로 같이 가서 입사절차를 밟아도 돼요."

결국 이렇게 하여 나는 제일합섬을 그만두고 원진산업으로 전직을 하게 되었다. 1978년 1월 25일이었다. 그런데 이 무슨 우연인가? 늦어도 10년 이내까지만 이 회사에서 근무하겠다던 내 생각대로 제일합섬에서 보낸 시간이 하루도 차이 없는 만 9년이지 않는가?

마음먹어 안 되는 일 없다지만, 새삼 놀라지 않을 수 없었다. 나는 무엇이든지 할 수 있다고 생각하면 해낼 수 있다는 자신감을 가지게 되었다.

　나와 이상수는 둘 다 개발영업부 주임으로 입사를 했다. 지금 직장의 직위로 하면 대리급이다. 대졸자로써 나보다 나이가 많은 평사원도 많았으니 제일합섬에서는 감히 생각할 수도 없는 직책이었다.

　입사하여 본사와 공장을 돌면서, 소개할 때마다 상사들이 이구동성으로 말했다.

　"당신이 김적환 씨요?"

　"참 대단한 사람이다."

　모두들 입사 사연이 유별난 나를 소문으로 알고 있었다. 정말 기분이 좋았다.

　우리 둘을 소개한 그 편지를 나는 지금도 갖고 있다. 입사하여 5~6개월 정도 지난 어느 날 부장이 불러 갔더니 봉투를 하나 내밀었다.

　"김 주임! 이거 당신한테 귀한 선물이요?"

　"고맙습니다. 그런데 이게 무엇입니까?"

　"당신이 보낸 편지요. 훗날 자녀들한테 보여주면 좋은 교훈감이 될 것 같아 돌려주는 거요."

　그동안 일하는 것을 지켜 본 결과, 소개한 내용이 틀림없을 정도로 일을 잘 하므로 편지의 임자한테 돌려준다는 것이었다. 그런데 만약 부족하면 편지를 증거로 추궁할 생각이었다나?

6 신명나게 일한 직장

부딪쳐보자

두 번째 직장이 된 원진산업은 내가 예상한 대로였다. 모기업인 원진 레이온은 레이온 원료와 원사를 생산하는 회사로는 국내에서 유일했다. 주로 의류용 안감을 생산하며 제직가공 공장까지 갖추고 있었는데 보다 부가가치가 높은 의류용 겉감을 생산하기로 하고 신사복, 숙녀복, 셔츠 지까지 다양하게 사업을 전개하고 있었다.

특히 레이온 생산 메이커의 장점을 살리고자 PR제품 선발업체인 제일합섬과의 경쟁을 각오하고 있었다. 레이온 원사 메이커로서 경쟁력에서 뒤질 이유가 없다고 본 것이다.

업무 파악을 어느 정도 하고 있을 때 이상수는 대구사무소 소장으로, 나는 본사 개발영업부로 보직을 받았다. 같이 온 보람도 없이 결국 나만 외톨이가 되었다.

"같이 애써온 보람도 없이 나만 서울에 남네?"

"김 형은 본사서 개발하고, 나는 지방에서 생산 관리하여 손발을 맞춰 잘 해보라는 것 아니겠나? 발령이 났으니 따를 수밖에……."

처음 셋방을 얻은 곳이 회사 근처인 후암동 골짜기였다. 남산 바로 밑이다. 저녁 바람도 쏘일 겸 생각도 할 겸 남산타워 있는 데까지 걸어 올라가 난생처음 서울 시내를 내려다보았다.

'정말 대단하다!

시골 촌놈 출신으로 지방도시만 알던 나에게는 너무나 크고 화려했다. 사람은 출세하려면 서울로 가랬는데 이곳이 내가 앞으로 살아갈 전쟁터다.

'저 많은 불빛 중에 라면 하나 얻어먹을 곳 한 집도 없지만, 어디 한번 붙어보자. 내 꿈을 활짝 펼쳐 보일 곳은 바로 여기다. 회사에서 조차 외톨이이지만 처음에는 누구나 이렇게 시작하는 것이다.'

'어릴 적의 소심하고 자신감 없는 내가 아니다. 나는 벌써 달라졌고, 달라져야만 한다.'

나는 다시 한 번 마음을 다잡았다.

회사의 임직원들은 거의 대부분이 장섬유업체인 선경, 코오롱 출신들이었다. 직물을 분해 설계하는 서식들이 혼방단섬유방식을 쓰지 않고 장섬유방식이었다.

　생산지시를 못할 정도는 아니지만 여간 불편한 게 아니었다. 특히 선염인 사방무늬(Check)나 줄무늬(Stripe) 직물은 자세하게 지시할 공간이 없거나 부족했다. 새 양식을 만들어 건의를 했으나 이미 기존 방식을 표준으로 알고 있는 사람들이라 납득시키기가 쉽지 않았다.

　그렇다고 뻔히 알고 불편을 감수할 수도 없고 좀 눈치가 보이더라도 나중에는 이해 할 줄 믿고, 우리 부서 직원들은 내가 만든 양식을 사용하도록 밀어붙였다.

　이미 생산하고 있는 것은 기존 담당자들이 계속 맡아서 하고, 나는 새로운 제품을 개발하면서 신규 거래처를 찾는 쪽으로 방향을 잡았다.

　특히 학생복과 신사복 쪽에 중점을 두고 개발했다. 원진산업 주설비들은 대부분이 안감기준의 설비이므로, 모든 공정은 하청생산을 해야 했다. 그러니 합당한 설비를 갖춘 공장을 찾는 것도 중요한 업무 중 하나가 되었다.

　토요일 오전근무하면 다른 부서는 주말 기분 내고 퇴근하는데, 나는 지방출장이었다. 그때는 지방 공장들은 휴일이 거의 없었다. 따라서 주말 오후와 휴일을 최대한 활용하여 출장을 가서 늦으면 다음 주 화요일이나 수요일에 돌아오곤 했다.

　이미 생산에 착수한 원단들의 품질 및 공기관리, 개발할 상품을 생산할 수 있는 공장설비 파악, 신설 공장 조사와 개발 상담을 하다보면, 지방 출장시간이 본사 근무시간보다 많았다.

일에 미친 남편, 홀로 출산한 아내

나는 서울로 올라온 해 결혼을 하고 총각 때 살던 집에서 그대로 신혼살림을 시작했다. 방 두개에 부엌이 달린 집인데, 강사 부부인 주인이 수입이 좋지 않아 자녀들과 한 방을 쓰기로 하고, 자녀들의 방을 나에게 월세로 준 곳이었다.

주인방과 미닫이로 구분된 작은 방이었는데 혼자일 때는 불편한 것을 몰랐으나 신혼부부가 살기에는 불편한 것이 한둘이 아니었다. 옆방에서 속삭이는 소리가 다 들릴 뿐만 아니라 두 가정이 좁은 부엌을 함께 써야 되고, 아기 우는 소리에 잠도 제대로 이룰 수가 없을 정도였다. 그런데 불편하기는 마찬가지건만, 주인집에서 잔소리를 했다.

"총각이 혼자 산다고 세를 주었는데 신혼살림을 하면 어떻게 해요? 가뜩이나 좁은 부엌에 두 살림을 어떻게 할 생각을 하는지 원⋯⋯."

"죄송합니다. 아직 직장 생활에 적응도 안됐고, 형편이 여의치 못하니 얼마동안만 도와주십시오."

"불편한 것이 한두 가지가 아니잖아요?"

심기 불편한 소리를 심심찮게 들으니, 집에만 있는 아내로서는 참기 어려운 설움을 감내해야만 했다.

장롱은 비키니 옷장으로 대신하고 좁은 부엌에 찬장을 놓을 자리도 없거니와 형편도 여의치 않아 최소한의 주방용품만 넣을 수 있도록 내가 손수 제작한 앵글찬장을 놓고, 그렇게 소꿉장난 같은 살림을 시작했다.

회사에서 하는 내 업무는 점점 중요해졌고, 하는 일도 많아졌다. 휴일도 없고 퇴근 시간도 늦기 일쑤였다.

아내는 첫째를 가져 출산일이 다가오고 있었다. 토요일 오전 근무를 하고 있는데 연락이 왔다.

"애기가 나올 것 같아 이웃집 도움으로 바로 아래 성분도병원에 입원했어요."

아기가 언제 태어날지 알지 못하는 나는 전날 밤에 출장을 갈 예정이라고 얘기를 했다. 갑자기 태기가 있는 것이 아내의 죄가 아니건만 바보같이 와달라는 말은 끝내 하지 않았다.

내 아내는 그랬다. 혼자 할 수 있는 일은 무슨 일이든 말없이 혼자 처리했다. 첫 출산도 그렇게 각오하고 있었다. 다른 때와 마찬가지로 출장 준비를 한 가방을 들고 병원으로 갔다. 아내는 아직도 대기실에서 기다리고 있다.

출산일이 다가 오고 있어도 멀리 시골에 계시는 장모님이나 어머니에게 도움을 청할 수도 없었다. 하시는 일이 바쁘기도 하지만, 불편하게 지내는 단칸방에 차마 오시라고 할 형편이 못되어서였다.

특별히 정을 나누고 지내던 아랫집 아주머니가 우리 사정을 알고 지켜주곤 했다. 입덧이 심해 제대로 먹지 못해 살이 빠진데다 부스스한 얼굴을 볼 때마다 미안함이 더했다. 출근길에 먹고 싶은 것이 뭐냐고 물어봐 퇴근길에 사서 가지고 간 먹을거리로 얼마나 도움이 되었겠나? 수시로 찾아오는 심한 산고로 흐트러진 아내의 모습이 보기가 안쓰러웠다.

나는 그때 회사에서 매우 중요한 일에 매달려 있었다. 학생복 개발을 주관했는데 성공만 하면 수십 가지 개발품보다 물량이 크고, 대외적으로 회사의 이미지를 크게 개선할 수 있는 일이었다.

며칠 내에 첫 생산되는 원사의 품질이 그 결과를 좌우할 것이었다. 아주 중요한 시점이었다. 나는 고민을 하지 않을 수 없었다. 어떻게 해야 하나? 결국은 아내에게 평생 동안 미안해 할 말을 하고 말았다.

"여보, 미안하지만 이번 출장일은 너무 중요해. 내가 가지 않으면 절대 안 되니 의사 선생님을 믿고 고생해줘."

"그러세요……. 다 겪는 건데……. 괜찮아요."

아내는 내가 하는 일에 간여하거나 불평을 한 적이 없었다. 첫 출산의 두려움이 얼굴에 가득해 보이건만 오히려 빙긋이 웃으며 걱정 말고 건강하게 다녀오란다.

"내가 곁에 있다고 할 수 있는 일도 별로 없고……."

말이나 말지. 지금 생각하면 정신 나간 사람이다. 일에 미친 나는 그렇게 출장을 갔다. 두고두고 아내에게 미안한 마음을 지금도 잊을 수가 없다.

더군다나 아버지가 돌아가신 이후 병원이나 의사를 절대로 믿지 않는다고 결심까지 한 나였다. 출산의 고통도 물론이요 경우에 따라서는 첫 출산이라 위험할 경우도 있는데 남편으로써 참으로 무식한 짓을 했다.

그러면서 미안함을 달래 듯, 옛날 어른들은 누구는 밭일 하다 놓고, 누구는 장에 갔다 오다 낳았다는 어디서 주워들은 그런 얘기를 철부지처럼 생각하며, 출장길을 떠난 한심한 예비 아빠였다.

내 머리 속에는 일로만 꽉 차 있었다.

"김 주임님! 댁에서 본사로 연락 왔는데 부인께서 아들 낳았답니다."

1978년 9월 20일이었다. 이 못난 사내가 처음 아버지가 된 날이다. 같이 간 일행과 거래처에서 오히려 더 기뻐하는 것 같았다. 나는 그제야 두고 온 아내가 건강한지 걱정되고 또 보고 싶었다. 물론 내 아들도…….

주변 사람들 권유로, 이름 잘 짓는 사람을 소개받아 이름을 지었다.

'김봉준' 나의 사랑하는 아들이다.

귀여운 내 자식들이지만 어느 정도 성공할 때까지는 아버지의 역할을 시간을 내어 제대로 하지 못했다. 지금도 미안하게 생각된다.

둘째 지영이를 낳을 때도 아내의 곁을 지켜주지 못했다. 내가 일에 빠져있는 동안 아이들은 자상한 아버지의 모습보다는 쉬고 있는 모습이나 무표정하게 생각하는 모습을 보면서 어린 시절을 보냈을 것이다.

그 결과 내가 여유를 찾고 애들과 잘 지내고 싶었을 땐 이미 청소년이 되어 가까워지는데 무척 힘이 들었다. 어린 자식들이 아빠를 필요로 할 때 같이 친구처럼 놀아주는 등 지내는 시간이 많았어야 하는데 그러지 못했으니 나도 힘이 들었지만 애들도 아쉬움이 많았을 것이다.

이젠 저들도 철이 들어 오히려 아버지를 자랑스럽게 생각하지만 오랜 시간 힘든 대가를 치러야만 했다.

나는 냉정한 세미프로

이미 언급했듯이 주말만 되면 출장을 갔다. 일요일, 공휴일도 없었다. 제일합섬과 같이 제대로 된 시설을 갖춘 공장보다 그러지 못한 시설을 갖고 있는 공장과 거래할 경우가 많았다. 하지만 더러는 제일합섬보다 개선된 설비를 이용하여 생산하는 곳도 있었다.

개발한 시제품이 나오면 부장은 꼭 자기가 손수 개발한 것처럼 좋아하며 사장실을 들락거렸다. 칭찬을 들어 좋은 것도 있지만 내가 주인공이라는 생각이 드는 그 순간이 너무 기분이 좋았다.

그리고 그 시제품이 기존 업체나 신규 거래처의 주문으로 이어질 때면 고생해서 키운 자식을 시집 장가보내는 기분같이 정말 좋았다. 아무튼 제일합섬에서는 상상조차 할 수 없었던 일하는 재미가 나를 지칠 줄 모르게 만들었다.

이어령 박사 말씀이 실감이 나는 순간들이었다.

'한국 사람은 신바람 신명이 나면 무서운 능력을 발휘하는 국민이다.'

새로운 아이디어가 떠오르거나 특약상사에서 요구하는 것이 있으면 개발에 들어갔는데, 각 공정을 거치면서 더 좋은 생각이 보태져 기대보다 더 훌륭한 상품으로 개발되어 가는 것을 보는 순간, 퇴근 시간이 오히려 아쉽고 다음날 출근 시간이 기다려질 때가 많았다. 그리고 그 원단이 매출로 이어지니 정말 재미있지 않은가?

남이 시켜서가 아니고 내 스스로, 어떻게 하면 더 나은 아이디어를 보태 더 좋은 상품을 만들 수 있을까, 그런 생각을 하는 시간이 피곤할 까닭이 없다. 제일합섬에서 근무할 때처럼 누군가의 지시를 받아 시키는 일을 한다면, 조금만 무리해도 피곤하고 지친다.

제일합섬에서 그만두기 직전 내 얼굴은 눈가만 하얗고 전부분이 거무스레했었다. 신명이라고는 있을 수도 없는 일과의 연속인데다, 서울로 전직이 결정되지 않아 한동안 속도 많이 태우고 과음을 자주 해 몸이 많이 망가져서였다.

그런데 그때보다 잠도 적게 자고 사람 사귀느라 술 안 마시는 날이 없고 휴일도 반납한 채 여기저기 지방 출장을 다니며 몸을 혹사시키는 데도, 희한하게 피곤한 줄을 몰랐고 검게 탄 얼굴색도 옛날 모습으로 되돌아왔다.

나중에 얼굴이 검게 탄 이유를 알고 보니 B형간염이었다. 너무 심했는지 얼굴이 거무스름하게 되어 눈가만 하얀 부엉이 모양으로 되었던 것이다. 그런데 신기하게도 2~3개월 만에 그것이 자연치유가 된 것이다. 대구로 내려간 걸음에 옛 직장 친구를 만나니 몰라볼 정도로 건강한 모습이라고들 했다. 신기한 일이 아닌가, 몸을 더 혹사시키는 데도 피로감도 없고 병까지 없어지다니 말이다.

나는 그때 소중한 것을 알게 되었다.

'신명나게 일하면 자기 실력이나 능력이 무한대로 늘어난다.'

지금도 삼성 계열사인 제일합섬에서 첫 직장생활을 한 것을 무척 다행스럽게 생각하고 있다. 다른 회사들도 모두 비슷하게 일을 하겠거니 생각을 했는데, 막상 바깥생활을 해보니 다른 회사들의 수준은 50%도 안 될 정도였다. 사원들 교육이나 업무 매뉴얼이 정말 잘 짜여있는 회사였다는 것을 실감했다.

그냥 배운 대로 할 뿐인데 모두가 잘한다고 칭찬을 해주니 더욱 신명이 났고 능력을 넘어선 일까지 감당하고 있는 나 자신을 발견하게 되었다. 스스로 생각해도 놀라움의 연속이었다.

반면에 제일합섬의 문제점도 눈에 들어왔다. 내가 자리를 옮겨 원진에서 수개월 근무하는 동안 제일합섬과 거래하던 공장이나 특약상사 일부가 우리 회사와 거래하기를 간절히 청했다. 이유가 있었다.

첫째, 원가 조사를 철저히 하여 이익을 많이 주지 않고

둘째, 잘못이 있을 때는 너무 야박할 정도로 철저하게 책임을 물으니, 지속적인 거래로 중소기업이 사업하는 재미를 볼 수가 없단다.

그래서 기존 원진의 거래업체 일부를 정리하고 성실한 업체를 엄선하여 신규 거래처로 받아들였다. 그들의 부탁이 있어서가 아니라 장섬유 생산관리방법으로 작업지시가 내려졌다는 것을 빤히 알면서도 로스를 과다하게 요구하거나 생산비가 높은 곳이 일부 있었기 때문이다.

그리고 내가 제일합섬 출신이라 까다롭고 정확하다는 것을 미리 짐작하고 더러는 향응을 베풀거나, 여비나 하라며 금전을 제공하는 업체도 있었다. 그런 제안을 단호히 거절하고, 내가 담당하는 공장들은 내 식으로 밀고 나갔다. 문제가 개선되지 않은 공장들은 과감하게 교체해 나갔다.

'원만하게 좋은 것이 좋다고 적당히 거래할 수도 있겠으나 나는 돈이 없다. 언젠가는 저 분들의 도움이 필요할 수도 있다. 훗날을 기약한다면 모든 일을 바르게 접근하고 집행하는 것이 맞다. 지금은 원청업체와 하청업체 관계지만 혹시 파트너가 된다면 누구를 믿어줄 것인가? 당연히 후자일 것이다.'

한번은 거래하는 공장 가운데 직물 공장 하나가 유달리 협조를 하지 않았다. 품질에 상당량 문제가 생기고 있었는데 그 원인을 내가 찾아내어 지적하자, 공장 측에서도 인정을 했다. 다음 주 출장을 내려갔을 때 완벽하게 개선한 것을 보여주기로 약속했으나, 다시 내려가도 또 다음에 하겠다며 헛된 약속을 되풀이하며 어물쩍 넘어가려고 했다.

나는 열흘 남짓 생산한 원단의 품질도 걱정되건만, 그 쪽은 개선을 위

한 비용, 기계가동을 멈춰야 하는 비용 등을 먼저 생각하고 대충 넘어가겠다는 자세였다.

"사장님! 이 공장에서는 더 이상 생산 할 수가 없습니다."

"이 소장하고 이미 공백을 이용해 개선해 나가기로 얘기가 됐는데 얼마 안갑니다."

"그 동안에 나오는 불량은 누가 책임집니까?"

품질이 나쁘면 영업에 영향을 끼친다. 당연히 영업업무를 겸하고 있는 내 입장에서는 걱정이 되어 지방사무소가 챙겨야 하는 일임에도 불구하고 휴일을 반납하고 시간과 비용을 들여 멀리 출장까지 와서 당부를 했던 것이다. 그런데 서로 생각이 통하지 않고 있었다.

나는 가위를 빌려 제직 과정에 있는 것을 잘라 내기 시작했다. 그제야 정신을 차리고 매달리다시피 하며 개선을 하겠다고 했다.

"김 주임! 우리가 원진하고 하루 이틀 거래한 것도 아니고, 진정하고 나가서 술이나 한잔하며 되도록 의논을 해봅시다."

"품질이 나쁜 원단을 어떻게 팔아요? 안됩니다. 분명히 시간을 충분히 드렸고, 약속까지 하시고도 이러시니 다음을 어떻게 믿습니까?"

"김 주임! 이러시면 우리 회사 부도납니다. 살려주시오?"

"죄송하지만 이미 생산된 수량도 제가 감당하기에는 어렵습니다. 이미 문제없는 업체로 가야지, 이 공장에서 개선을 기다릴 시간도 없습니다."

그 당시에는 시황이 좋지 않아 제직물량이 별로 없을 때였다. 품질관리에 문제가 있어 우리가 타 업체로 옮겼다고 소문이 나면 누가 오더를 주겠느냐, 잘못하면 부도가 날 수도 있으니 살려달라는 것이다.

내가 생각해도 나라는 사람이 어떨 때는 무섭다. 기회를 두세 차례 주었음에도 안 됐으니 어쩔 수 없다며 생산물량을 모두 다른 공장으로 옮겨버렸다.

원칙적으로는 그런 결정은 대구사무소가 해야 한다. 그런데 사람 좋은 이 소장은 영업에 대한 문제를 책임지는 입장이 아니기에 그런 문제로 다툴 때가 더러 있었다.

그런데 몇 달 가지 않아 문제의 그 공장이 정말 부도가 났다. 그런 일이 있은 후 너무 미안한 생각에 괴로워하기도 했지만, 사업은 아마추어리즘으로 하는 것이 아니지 않는가?

모르는 것은 배우고 부족한 것은 채우고, 프로정신으로 고객을 만족시키고 감동시켜야 되는 것 아닌가? 그렇지 않으면 치열한 경쟁에서 살아남을 수가 없다.

같은 일을 하는 비슷한 위치의 다른 사람에 비해 나는 매정했다. 하지만 그렇게 할 수밖에 없었다. 아무도 이끌어 주지 않는 외톨이인 내가 인정을 받고 꿈을 이루기 위해서는 다른 방법이 없었으며, 윗사람들도 그것을 원한다.

경쟁사회에서 항상 공부하고 스스로를 다듬어 고객을 만족시키는 것은 꼭 필요하다. 그럼에도 개선의 여지를 보이지 않고 인정만 내세우며 부탁하는 자세를 바로 잡지 않는 것은, 당장은 정이 없다고 욕할지 몰라도, 프로의 길이 아니다.

이런 태도 덕분에 나는 모질다는 소리를 듣기도 했다. 하지만 시키는 일 위주의 제일합섬 생활과 달리 모든 일에 스스로 책임감을 가지고 추진하는 원진에서의 업무는 내게는 큰 보람이었다.

윗사람들은 원사메이커인 만큼 가능하면 자체 원사 및 원료를 사용하기를 원했다. 그러나 윗사람의 말을 쫓아가는 것만으로는 고객을 만족시킬 수가 없다는 것이 내 생각이었다.

"시장에 팔 수 있는 원단을 생산해야 합니다. 특약상사들의 요구를 만족시키는 것이 우선입니다. 자사 원사를 전부 사용하는 것은 상품이 안 된다는 것은 이미 다 아는 사실입니다. 따라서 부분적으로 사용하여 몇 배나 원가를 높이는 공정을 거쳐 만약 재고가 남는다면 그것은 배보다 배꼽이 더 큰 문제가 됩니다."

"좋은 아이디어가 있으면 소재 관계없이 해봐요."

나의 과감한 건의로 경쟁력이 있는 상품이면 소재에 관계없이 추진하기로 했다. 소모방직물, 면, 마, 아세테이트(Acetate), 심지어 일부이긴 하나 방모직물까지 다양하게 접근했다.

개발은 소신대로 할 수 있지만 시장판매를 위한 대량생산은 주문업체 없이는 불가능하다. 주문이 있다는 것은 품질과 가격에 경쟁력이 있다는 것을 의미한다.

어쨌든 내가 있었기에 그 전에는 감히 생각지도 못했던 상품과 새로운 거래처가 생겨 개발영업부가 전보다 더 활기가 넘치게 됐다고 자찬이지만 확신한다.

멈하라! 그러면 이룰 것이다

7 산이 높으면 골도 깊은 것인가?

원진 그룹의 부도

"우리 원진그룹이 부도랍니다."

"장난하나?"

"아닙니다. 사실입니다. 그래서 본사에서 벌써 난리랍니다."

나는 그때 예비군 동원 교육을 받고 돌아오는 길이었다. 회사버스로
돌아오던 중 개울가에 버스를 멈추고 모두 내려 망연자실해 하던 표정
들이 지금도 눈에 선하다.

대기업들은 대체로 전문화가 되어있다. 모직물, 면직물, 화섬 직물 등으로 거의 한 가지만 전문으로 생산한다. 반면에 원진은 소재에 관계없이 시장요구에 맞추어 제품을 생산 판매하고 있었으니, 따라서 다양한 소재를 이용해 개발이 이루어졌으며 생산업체들을 넓게 아는 것이 필요했다.

소극적인 사람에게는 업무가 너무 다양하여 복잡하고 골치 아픈 일이기도 했겠지만 이론을 바탕으로 꿈을 키워나가던 나로서는 더없이 좋은 회사였다. 그런데 직장생활을 2년 가까이 신명나게 하고 있을 때 원진그룹의 부도라는 청천벽력 같은 사건이 터진 것이다.

당시 대기업들은 여러 개의 자회사를 두고 사업 확장을 계속하고 있었다. 정부는 문어발식 기업 확장에 몰두하는 대기업에 우려와 경고의 메시지를 보냈다. 그럼에도 대기업들은 대마불사라는 태도로 어느 기업 할 것 없이 계속 인수합병에 나서거나 새로운 사업에 경영능력 이상으로 도전하는 일을 멈추지 않았다.

원진그룹도 그 당시 경영상태가 그리 썩 좋지 않음에도 반도체 사업을 막 시작한 삼성, LG에 이어 생산 공장 신설을 기획했던 것으로 알고 있다. 나는 내가 하는 일에나 신경을 썼지 나와 직접 상관이 없는 일에는 신경 쓸 여지도 관심도 없던 터라 정확한 내용은 잘 모르지만 들리는 얘기로는 정부에서 대한전선과 원진그룹을 저울질하다가 시범케이스로 원진을 선택하여 은행지원을 끊어 도산케 했다고 한다.

너무 당황스러웠다. 이미 말했듯이 나는 다른 사람과 입장이 다르다. 갈 데가 없다. 그렇다고 꿈까지 접고 지방 중소기업으로 다시 내려갈 수는 없지 않은가? 게다가 한 달 월급만 없어도 생활비며 동생들 학비며 난리가 나는데, 전혀 예상치 못한 상황에 앞이 캄캄하다.

회사에서도 책임이 있는 위치에 있으니 하청공장과 특약상사에서는 실무 책임을 맡고 있는 나를 상대로 채권회수 방법이 없는지 하소연을 하기도 하고 항의를 하기도 했다.

"그렇게 감쪽같이 숨기고 거래를 할 수 있느냐?"

이렇게 항의를 해올 때면 나도 같이 죄인이 된 입장이 되어 시달림도 컸다.

부도라는 것은 중소업체에서나 더러 있는 일로 알고 판매 상사를 항상 감시해 왔는데 이런 일이 생길 것이라고는 꿈속에서도 상상해 본 적이 없었다. 며칠만 지나면, '김적환, 서울 가서 잘 나간다고 하더니 낙동강 오리알 신세가 됐구나!' 하는 소리가 내 귀에까지 들릴 게 뻔했다. 내가 마치 부도를 낸 것 같이 가슴이 아팠다. 실패에 대한 대가가 얼마나 무서운가를 간접적이나마 절실하게 배우게 된 셈이었다.

언젠가 내가 담당하던 신사복 특약상사가 부도위기에 몰린 적이 있었다. 몇 개월 동안 월말 오후만 되면 상사로 나가 수금내용을 확인하며 속을 태운 적이 있었다. 부도가 나면 상사는 물론, 회사도 손실을 피할 수 없으므로 만약의 경우를 대비하여 채권을 즉시 확보하기 위해서였다.

은행 마감시간이 되어도 돌아오는 어음금액이 부족하면, 우황청심환을 두어 개 먹고 직원들을 몰아붙이는 한편 급전을 마련하기 위해 정신없이 여기저기 전화로 사정하는 것을 보았다. 어음발행이 얼마나 힘들게 하는 지 내 눈으로 직접 볼 수 있었다. 그 점에선 작은 회사나 큰 회사나 다를 게 없었다.

나는 그때 결심을 했다.

'내가 사업을 하게 되면 절대로 어음은 발행하지 않을 것이다. 차라리

울면서 매달리는 한이 있어도, 어떠한 창피를 당하더라도 중도에 끝나
는 일은 절대로 있어서는 안 된다.'

서울에 뼈를 묻겠다

그럭저럭 한두 달이 흘러가니 내가 직접 처리할 부분들은 거의 마무리
되어갔다. 이제 내 진로문제를 해결해야 했다. 내 처지를 안쓰럽게 생각
한 지방 하청업체나 관련업체에서 같이 근무하자는 제의를 해왔다.

그러나 어떤 어려움이 있더라도 지방으로는 내려갈 수 없다는 생각에
변함이 없었다. 어떻게 해서 올라온 서울인데, 내가 희망하는 목표는 서
울이 아니면 절대 이룰 수가 없다는 생각이었다. 어려운 선택이 될지라
도 서울에서 근무지를 찾아야 한다고 마음을 다졌다.

원진에서 최근까지 원사를 매입하던 업체 중 하나인 ㈜대농이 먼저 떠
올랐다. 대농은 원사거래관계로 자주 들르다 자연스럽게 알게 된 회사
였다. 면직물뿐만 아니라 마직물 생산량이 많은 업체지만, 여타 업체와
마찬가지로 실무경험이 많은 개발 전문가가 거의 없었다.

어느 날 인사하러 잠시 들렀는데, 나에 대해 잘 아는 영업담당 안 부장
이 제안을 했다.

"김 과장 같은 사람이 우리 회사에 꼭 필요합니다. 특별한 계획이 없
으면 같이 일해 봅시다."

나는 너무 고마웠다. 하지만 문제가 있었다. 내가 원하는 직책은 과장이었는데 고참 사원으로 밖에 채용할 수 없다고 했다. 면방업체는 승진이 늦어 서울대 섬유공학과 출신이면서 나보다 두 살이나 많은 사람도 아직 사원이라는 것이다.

이미 부도업체가 되었지만 나는 그 나름으로는 간부직에 있었다. 그래서 소신껏 일할 수 있게끔 직책을 고려해 달라고 간청을 했다. 그러나 그는 나를 얻고 다른 많은 직원을 잃을 수는 없다며 차라리 나보다 부족하더라도 같은 일을 할 수 있는 사람을 추천해 달라는 부탁을 했다. 나는 결국 그렇게 거꾸로 청을 받고 물러서야 했다.

자나 깨나 새 직장 구하는 일만 생각하든 중에 전혀 다른 생각이 떠올랐다.

'직장이 아니라 차라리 시장에서 뛰어보는 것은 어떨까?'

큰 회사에서 개발과 영업을 같이 겸했지만 깊이 있는 영업을 경험했다고 보기는 힘들었다. 도매업을 하는 특약상사에서 보증금을 받고, 부동산을 담보로 근저당을 설정하여 신용한도 정하고, 그 한도를 벗어나지 않는 선에서 원단을 출고하고, 월말이 되면 출고된 금액만큼 어음을 받는 식이니 별로 신경 쓸 것이 없었다.

영업에서 가장 중요한 것은 '어떤 아이템을 선택하여 팔 것인가' 이다. 수만 가지 아니 수십만 가지 가운데 선택하는 것은 보물찾기나 다름없다.

남이 선택하는 것만 보아 왔을 뿐 내 스스로 판매할 것을 선택해 본 적이 없다. 거래처에서 요구가 있거나 아이디어가 떠오를 때 개발만 했을 뿐이다. 시장의 흐름을 모르고 개발하는 것은 상품이 아니라 작품이 되는 경우도 더러 있지 않던가?

한 가지라도 잘못 결정해 판매부진을 초래하여 재고가 난다면 끝장이다. 나로서는 단 한번이라도 실수를 하게 되면 다시 일어설 수 있는 힘이 없었다.

'그렇다. 아직까지 동생들이 중고교에 다니고 있고 내 자식 남매도 아직 어리다. 생활비가 적게 들어갈 때 최소한의 생활비만 된다면 체면을 따지지 말고 원단가게나 상사에서 시장바닥부터 배우자.'

사람은 서울로 보내라고 했다. 서울에서도 남대문과 동대문 시장은 가장 경쟁이 치열한 곳이다. 시장에 대해 관심을 가지고 원단 집단상가인 종합시장과 동대문광장시장을 둘러봤다.

수만 개나 되는 가게가 있고, 한 가게에서 적어도 서너 가지 많게는 수십 가지 원단을 진열해 놓고 판매하고 있었다. 용도별, 소재별 전문 가게가 모두 각양각색이다. 소비자도 종전의 맞춤복에서 거의 기성복 시장으로 기울었다. 특히 숙녀복은 일부 정장을 제외하곤 대부분 만들어 쌓아놓고 파는 기성복으로 완전히 기울어져 있었다.

직장생활을 하면서 시장조사를 그렇게 많이 다녔는데도 모든 게 새롭게 보였다. 특약상사나 아는 도매점을 둘러보고 다닐 땐 메이커 간부라고 깍듯이 인사나 받으며 우쭐대고 헛돌아 다녔다는 생각이 그제야 들었다. 모든 것이 낯설고 새롭게 느껴졌다.

저 많은 사람들이 저렇게 많은 상품들을 어떻게 결정하고 생산하며 판매관리는 어떻게 하는 것일까? 유행을 타지 않고 매년 꾸준하게 판매되는 상품도 많이 있지만 그런 것은 개발하는 사람이 취급할 것이 못 된다. 위험부담이 적은 만큼 마진이 적고 취급하는 가게는 더 많았다.

반면에 자신만의 독특한 유행상품을 개발한 사람들도 꽤 많은 것 같

다. 인기상품으로 적중하게 되면 한 철 만에 큰돈을 벌어 단숨에 일어서
는 가게나 상사도 있었다. 그런 쪽은 거의 여성 캐주얼 의류용 원단이라
는 것을 알았다.

시장에서 길을 찾는다면 내 능력으로 출발이 가능한 도매상이 답이었
다. 실수요자와 더욱 가깝게 접근하는 길이기도 했다.

'내가 경험할 방향은 바로 이쪽이다. 좋은 회사만 찾을 것이 아니라 내
가 갈 지름길을 찾아가자. 회사의 부도를 전화위복으로 만들 길을 찾자.'

바닥부터 새로 배우기

"여보! 식사 좀 더 하세요?"

"……"

"그러다 몸 상하겠어요. 잠도 설치고……."

"여보! 나 말이야. 좋은 직장을 찾는 것보다 차라리 시장에서 뛰어보
는 게 어떨까? 개발과 생산은 해보았지만, 영업은 제대로 안다고 볼 수
없잖아?"

"나는 당신을 믿으니 당신이 생각하시는 대로 해보세요."

그러던 중 초등학교 동기이면서 일가이기도 한 부산에 사는 인환이로
부터 안부전화가 왔다. 그 친구는 원단생산회사에 근무하고 있는데 그
회사가 서울 원단도매업체에 납품을 하고 있었다.

내 얘기를 듣고는 인환이가 말했다.

"장사를 한 지도 꽤 오래되었고, 재정도 튼튼한 도매업체가 있는데 영업을 좀 더 활성화시키기 위해 개발 능력이 있는 너 같은 사람을 찾는다고 하더라."

그렇게 소개를 받아 알게 된 업체가 유진상사였다. 그 곳에는 절친한 친구 두 사람이 동업을 하고 있는데 각자가 독립적으로 할 수 있는 능력이 있으면서도 사이좋게 오순도순 장사하는 모양이 보기에 좋았다. 사무실을 가지고, 원단가게인 수도직물 20호를 직영하고 있었다. 취급품목 중 일부는 위탁판매도 하고 있었다.

나는 처음 만난 두 사장에게 솔직히 이야기했다.

"얼마동안 일을 할 수 있을지 약속할 수는 없으나 상사에 보탬을 주면서 시장장사를 배우고 싶습니다."

"대우는 어떻게 하면 좋겠습니까?"

"현 직장에서는 과장으로 삼십만 원 정도 받는데 그만큼은 부담이 크실 것이니 최소 생활비 15만원만 주시면 되겠습니다. 그 대신 제가 개발한 상품이 성공하면, 성과급으로 좀 챙겨주세요."

"김 형! 좋습니다. 같이 열심히 한번 해봅시다."

기분 좋게 얘기가 잘 되어 며칠 후 출근을 시작했다. 열 평 남짓 되는 사무실은 책상 두 개에 소파가 전부였다. 책상 하나는 경리직원용이고, 나머지 하나는 두 사람이 교대로 쓰고 있는 것을 내가 쓰기로 했다.

영업직원은 여섯 명 있었는데 책상이 없었다. 거의 사무실에 있을 이유가 없다고 생각한 것 같다. 영업직원은 일과 후에는 소파에 앉거나 서서 보고하고 바로 퇴근을 했다.

주로 취급하는 품종은 내가 이미 잘 알고 있는 PR직물로 숙녀용 캐주얼 원단들이었다. 내가 지향하고 있는 방향과 똑같았다. 이미 생산하고 있는 상품에 조언도 하고, 그들이 쉽게 접근 못한 상품들을 개발하는 일을 하기로 했다.

우선 주로 거래하는 기성복 도매업체를 알아야 했기에 남대문, 동대문 새벽시장을 둘러보았다. 지금도 마찬가지지만 여러 집단상가 안에 한두 평 정도의 공간에 몸도 제대로 못 움직이는 매장을 갖고 있는 업체 들이 주 거래처였다.

모양새만 보면 실망스러울 정도로 영세한 소매상 같지만 알고 보니 그렇지가 않았다. 자체 봉재공장을 갖고 많은 직원을 채용하여 직접 옷을 만드는데, 한 달 매출액이 수억씩 되는 중소기업 규모의 도매상들도 많았다.

시장 전체 분위기가 오직 돈을 벌기위해 모인 거대한 집단 같았다. 밤 11시경에 가게 문을 열고 아침에 닫았는데, 더러는 소매를 하기 위해 낮에도 계속 영업을 했다. 밤낮을 거꾸로 사는 사람들이다. 가정생활 특히 자녀들 얼굴 보는 것은 휴일이 되어야만 가능할 정도였다. 참 어려운 직업이다.

그런 만큼 신경을 최고로 곤두세우고 피 터지는 경쟁을 하는 모습은 살벌할 정도였다. 디자이너를 두고 적극적으로 연구하는 업체도 있지만 백화점이나 다른 집에서 잘 팔리는 옷을 카피하는 곳도 많았다. 가끔은 이웃가게끼리 카피했다고 원수같이 싸우는 풍경도 더러 목격됐다. 다들 그런 건 아니지만 돈을 벌기 위해 도의도 체면도 다 버린 모습 같이 보였다.

어느 정도 거래가 지속되면 믿고 외상으로 원단공급을 하는데, 한 철 끝나고 정산을 하면 한 푼이라도 더 깎으려고 했다. 돈이 있으면서도 주는 돈은 최대한 늦게 주는 것이 장사의 기본이었다. 제때 정산하는 가게는 인간적으로도 잘 지내는 A급 거래처다.

새로운 원단을 개발하면 거래처 중 매출액이 크고 믿음도 가는 집 위주로 원단에 대한 평가를 받는데, 그 결과와 사장의 경험에 따라 생산 여부와 물량을 결정했다. 공정이 긴 원단은 원사준비부터 제직가공까지 적게는 2~3개 공장을 많게는 4~5개 공장을 거쳐야 완성된 원단이 된다. 그래서 거래처에서 주문이 들어오기 2~3개월 전에 생산에 착수해야 한다.

거래처에서 주문량을 미리 예약해 줄 수도 없고 그렇더라도 책임지려는 업체도 없는 것이 재래시장인 만큼 믿을 수도 없었다. 원단생산업체에서 신중히 고민해서 결정해야 한다.

계절에 따라 새로운 원단을 만들어내야 하니 이로 인한 스트레스가 이만저만이 아니었다. 아침 먹고 설거지하기 전에 점심꺼리 걱정하는 식이다. 상품의 라이프사이클이 한두 달로써 끝나는 것이 대부분이고 예약주문물량도 없이 생산량을 결정해야 하니 보통 어려운 일이 아니다.

너무 많은 생산량을 계획하면 잘 팔릴 때는 큰 이익을 보지만, 그렇지 않을 경우 재고가 많이 나 덤핑 처리를 해야 한다. 몇 년 벌어 결국 한꺼번에 날리는 식의 위험이 있다. 그렇다고 너무 적게 기획하면 대박을 터트렸을 때 생산량이 수요를 쫓아가지 못해 돌아서자마자 원단이 없다는 소리를 듣게 될 수도 있다.

물량을 확보 못한 상인은 '당신들 믿고 있다가 한 철 장사 망쳤다'고 원망을 하기 마련이다. 그럴 때면 욕은 욕대로 먹는데도 미수금도 안 주고 애를 먹이기 일쑤였다. 하지만 그보다 더 아쉬운 것은 너무 소심하게 결정해 큰 장사를 놓치는 것이었다. 안타까운 생각에 발을 굴러도 그때는 이미 늦은 일이다.

이런 식의 씨름을 일 년에 네 번을 해야 했다. 패션 관련업종, 원단 및 기성복업체에 종사하는 사람들은 그래서 마음의 여유가 있을 수 없었다. 항상 날카롭게 신경을 곤두세우고 뛰어야 했다. 시간 나는 대로 백화점을 돌고 심지어 일본이나 유럽시장 조사도 나가는가 하면, 해외 신상품 책도 구입해 봐야 했다.

혹시 대기업에서 신소재가 나온 것은 없는지 찾아다니고, 특별한 가공방법을 찾아 새로운 시설을 한 공장은 없는지, 다른 업체는 무엇을 하고 있는지, 혹시 우리의 신상품보다 품질이 더 좋거나 가격 경쟁에서 앞서는 제품을 생산하는 업체는 없는지, 늘 긴장을 해야 했다.

그야말로 전쟁이요 매일이 전투인 잠시도 쉴 틈이 없는 전선이었다. 거기에 잘 적응하고 끈기 있게 뛰어 좋은 상품을 개발하면 수십 아니 수백이나 되는 기성복 업체에서 원단을 달라고 찾아와 아우성을 치곤 했다.

그런 만큼 한 철에 수백만 야드도 팔 수 있는 엄청난 기회가 찾아오는 곳이기도 하지만, 잘못되는 날이면 십년 단골도 하루아침에 등을 돌려 한 방에 거덜 나는 곳이기도 했다. 한 철이 지나면 극과 극을 달리는 업체들의 소문이 집단상가 안에 금방 돌았다. 그렇게 부침하는 업체가 한 철에도 부지기수였다.

과연 나는 이 어려운 환경에 잘 적응 할 수가 있을까? 쉬운 일이 아닌 줄은 알았지만 짐작한 것 이상으로 예사롭지 않았다.

나는 유진상사에서 새로운 상품개발을 도와주기도 하고, 직접 생산하는 위험보다 대기업과 거래를 모색하는 등 몇 가지를 시도해 봤다.

외관만 다르게 하는 단순한 개발은 쉽다. 그러나 그것은 수명이 짧고,

금방 카피하여 따라온다. 남이 시도하기 어려운 개발은 시간도 많이 걸리고 초기에 실패로 끝나는 경우가 많다. 따라서 실패한 이유를 근거로 한 번 정도는 다시 도전을 해야 한다. 그런데 한 번의 결과에 만족하지 못하면 대부분은 포기해버렸다.

두 사장은 명문대를 나왔다고 들었다. 성격도 원만하고 사업도 열심히 하는 편이었다. 하지만 시장에 바로 나온 사람들이라 그런지 내가 생각하는 것과 문화가 맞지 않다는 것을 감지했다. 순서대로 일하는 것이 몸에 밴 나와 달리 그들은 빠른 결과를 중시했다.

어느 날 대기업인 동국방직에 상담을 하러 같이 간 일이 있었는데 큰 사무실에 들어서니 여느 때와 달리 언동이 자연스럽지 못했다.

'아! 그렇구나, 좁은 공간에서 일하는 것이 몸에 밴 사람들이라 큰 사무실에 사람이 많으니 긴장을 하는구나. 일찍 시장에 뛰어들어 성공은 했지만, 나와 같은 경험을 하지 못한 약점도 있구나!

그러나 나는 이 사람들보다는 시장을 한참을 모르는 입장이다. 나에게는 시장을 아는 것이 필요했다. 일이 별로 없을 때는 상인들과 접촉하는 것이 좋겠다고 생각하고, 원단가게에 앉아 있었다. 어떻게 보면 가게도 사무실과 같이 엄연한 직장이다.

4~5평의 좁은 공간에 놓인 작은 의자에 쪼그리고 앉아 있는 내 모습이 정말 처량했다. 명색이 큰 회사의 간부를 지내고 많은 특약상사를 관리했던 내가 가게 점원처럼 앉아 있자니……. 혹시 아는 사람이 지나다 볼까봐 등을 돌리고 앉아 있었다.

그러다가 원단 주문이 겹쳐 들어와 손이 딸릴 때면, 나도 원단을 어깨에 메고 집단상가 좁은 골목을 돌아 손님의 택시에 실어주기도 했다. 이런 환경에 적응이 덜 된 나로서는 감내하기가 힘들었다.

그럭저럭 일 년여가 지날 때쯤 내가 더 이상 있을 곳이 못 된다는 생각이 들었다. 창피한 것은 시간이 흘러감에 따라 자연스럽게 적응되었다. 문제는 이 어려운 시장에서 내가 살아남기 위해서는 지금까지 해온 사람들처럼 해서는 안 된다는 것이었다. 나는 다른 길을 찾아야 한다고 생각했다.

한 마디로 좀 더 전문성이 높은 고객과 접촉하여 눈높이를 한껏 높여야만 되겠다는 생각을 하게 된 것이다. 그래서 내린 결론이 하이패션업체 영업이었다. 그 방면은 많은 정보에 보다 효율적으로 접근할 수 있고 전문가의 수준이 높다. 다다익선이라고 그 쪽도 알아야 시야를 크게 가질 수 있다는 생각이 들었다.

전화 온 곳 없어요?

몇 년 전까지만 해도 사람들은 백화점이나 전문점에서 기성복을 사 입기보다는 양복점이나 양장점에서 옷을 맞추어 입었다. 하지만 지금은 오히려 기성복 메이커뿐만 아니라, 남대문과 동대문 재래시장에서 조차 기성복시장이 더 커지고, 맞춤시장은 사양길로 접어들었다.

그러나 당시는 원단 메이커를 제외하곤 대기업 의류업체를 상대로 영업하는 중소기업은 그렇게 많지 않았는데 1980년대 초부터 영업하는 회사가 하나둘 생겨나고 있었다.

그 중에 선두 업체가 제일모직 출신인 이구상 사장이 설립한 동보텍스타일이다. 이 사장은 나보다 두어 살 손위이고 제일모직 출신으로 선배인 셈인데, 초창기 사업을 시작할 때 만난 적이 있었다.

"나는 모직물만 전문이니, 김 형이 복합소재를 맡아 같이 일을 하면 시너지 효과가 클 것 같은데 같이 일해 보면 어떻겠습니까?"

이 사장이 그렇게 같이 일하기를 청한 적이 몇 차례 있었다. 내가 모르는 분야라 관심을 갖게 하려고 패션쇼 티켓을 준비하여 같이 구경도 두어 번 한 기억이 있다.

그러나 그때는 회사에서 열심히 일하며 주어진 일에 만족하고 있던 터라 별 관심이 없었다. 솔직히 그때는 개발능력을 갖추고 하청생산하며 기성복업체에 납품을 주로 하는 컨버터 업체가 없을 때라 대기업이나 할 수 있는 위험한 사업이라고 생각했다.

내가 그때 잘못된 판단을 한 것이다. 대기업은 기동성이 없고 보수적이라 대부분 기성복업체의 요구를 만족시키지 못했다. 그는 바로 그 문제만 해결하면 승산이 있다는 생각으로 치밀한 사업계획을 세우고 있었던 것이다.

개발한 상품을 가지고 디자이너와 상담하면, 단 한 번에 만족할 수도 있지만 개선을 요구해 올 경우, 기획에 차질이 없도록 빨리 협조해줘야 한다.

나중에 직접 들은 얘기인데, 이 사장은 디자이너의 개선 요청이 있으면, 사무실로 가지 않고 곧바로 공항 또는 서울역으로 가서 비행기나 기차를 타고 생산 공장으로 바로 내려갔다고 한다. 밤사이 공장에 머물며 문제점을 개선하여, 이튿날 아침 비행기나 기차로 올라와 디자이너의 책상 위에 견본을 올려놓았단다.

출근하자마자 그것을 본 실무 디자이너의 마음이 어떠했겠는가? 만족이 아니라 감동을 받았을 것이다. 한 번 먹은 감동은 다음 거래로 이어지게 마련이지 않는가?

대기업은 옛날이나 지금이나 그런 서비스를 상상조차 할 수가 없다. 훗날 제일모직 본사에서 오더가 점점 줄어드는 상황을 보고 자기한테 여비까지 주면서 친정으로 와서 후배들에게 교훈이 될 만한 얘기를 좀 들려달라는 요청을 해왔다고 한다. 그래서 하는 수 없이 자기의 노하우인 고객감동서비스를 강연했단다.

지금이야 많이 달라졌지만 그 당시 대다수 대기업들은 결제하는데도 대리, 과장, 부장, 임원 순으로 올리면 4~5일이 걸리는 경우가 대부분이었다. 그리고 공장에서도 똑같은 경우를 거치고 개선된 것을 담당 실무자가 고객에게 갖다 주는데 보름 이상이 걸렸다. 자기 강연 덕분에 제일모직이 결제단계를 상당히 단순화시켰다고 한다.

그때는 원단업체가 개발한 샘플을 제시하며 영업하는 것보다 기성복업체가 외국으로부터 들어온 견본을 주면서 똑같으면 더 좋고 유사하게라도 만들어달라는 오더를 하는 경우가 많았다.

거래처만 확보된다면 사업도 하고 해외로 나가지 않고도 좋은 원단을 볼 수 있어 향후 패션경향을 짐작하고 개발하는 데 큰 도움이 된다. 하지만 나는 쉬운 길이 아닌 시장을 밑바닥부터 배우는 재래시장을 먼저 선택한 것이다.

동보 등 선발업체에 갈 수도 있겠지만, 내 꿈을 이루려면 근무기간이 길어야 고작 1~2년일 수밖에 없었다. 따라서 그때 그만 두는 순간 본의 아니 어떻든 엄청 욕을 먹을 것이 뻔했다.

내가 필요로 하는 영업방법을 익히고 거래처 정보도 몽땅 알고 나왔는데 경쟁관계가 되는 것이 불가피 하다면 그것은 바른길이 아니다. 그렇다고 원단가게 때처럼 솔직히 얘기하면 받아 줄 리도 없지 않는가?

그때 마침 대농에 근무하던 안봉조 부장이 상무로 승진하여 근무하다 사직하고 독립하여, 재래시장 원단도매상을 상대로 사업을 시작했다는 소식을 들었다.

언젠가 기성복 메이커 쪽 납품에도 관심을 갖고 있다는 얘기를 들은 적이 있어 그를 찾아가 제안을 했다.

"월급은 필요 없습니다. 대신 재래시장에 파는 단가로 기성복 메이커 쪽 납품권을 주십시오. 가격을 더 받은 차액은 저에게 주시고 설계나 개발에 도울 일이 있다면 아는 대로 돕겠습니다."

"나야 마다할 이유가 없지만, 김 형이 얻는 것은 별로 없지 않아요?"

"저는 기성복 메이커 영업을 배우고 싶습니다. 솔직히 사무실을 열 형편도 못되고 사장님 회사인 리노상사 명함을 가지고 영업만 하게 해주세요. 저를 통해 회사도 알려지고 나쁠 일이 없잖습니까? 수금도 회사 이름으로 하니 저의 신용에 신경을 써야 할 일도 없고요."

리노를 통하여 패션업계를 아는 길이 되는 만큼 내 처지로는 최선의 방법이었다. 그분 입장에서는 부담 없이 얻는 것만 있으니 마다할 이유가 없었다. 나는 다음날부터 리노로 출근을 시작했다.

대기업 임원으로 근무하신 만큼 함부로 사업을 시작할 분이 아니었다. 고정경비를 최대한 줄이고 조심스럽게 출발하는 입장이라, 사무실이 방

산상가 5~6평 가게였다. 경리책상만 달랑 하나 있으니, 소파에서 의논을 하고 손님 오면 그나마 비켜주고, 그렇게 하이패션 영업에 문을 두드리기 시작했다. 정식직원도 아니고 그렇다고 거래처라고 보기도 그렇고……

그런데 이것도 생각보다 만만찮았다. 잘 알려진 큰 회사도 아니고 거래실적도 없는 구멍가게와 같은 명함을 가지고 뛰어보니 잡상인 취급이었다.

바쁘다, 줄 것이 있으면 놓고 가라. 시간이 없다, 다음에 와라. 관심도 가져 주지 않는 사람에게 잠깐이나마 내 경력을 얘기하려고 하면, 핀잔을 주기 일쑤였다.

"그렇게 잘 한다고 이야기 안하고 영업하는 사람 어디 있어요?"

3개월 동안이나 희망을 갖고 정말 열심히 뛰었지만 결과가 없었다. 절망감이 느껴지던 기간이었다. 하루 종일 지하철과 버스를 번갈아 타고, 정류장에서 멀리 떨어져 있는 방문할 회사까지 걸어서 돌아다니다 오면 다리가 천근만근이었다.

그것보다 더 힘든 것은 사무실에 돌아와 달랑 한 사람 있는 여직원으로부터 듣는 '전화 온 데가 없다'는 말이었다. 그 소리는 나를 더욱 지치게 만들었다.

그 만큼 열심히 뛰었으면 오더를 주겠다고 오라고 하는 얘기는 없더라도 제시한 견본에 대한 궁금한 점을 물어보는 전화 정도는 있어야 하지 않는가? 아니면 '당신이 어떤 소재를 주로 하는 것 같으니 자기들이 찾고 있는 원단을 찾아봐 달라'거나 '당신이 엔지니어라니까 이런 원단을 개발해보라'는 등의 반응이라도 있을 수 있는 것 아닌가? 그런 전화라도 있어야 희망이라도 보이는데, 석 달이나 열심히 돌아다녔건만 전화 오는 곳이 한 군데도 없었다.

'불가능은 없다' '진인사대천명' '하면 되지 안 되는 것이 없다' '나한테는 안 된다는 소리를 하지마라' '노력과 생각이 부족한 것이다' 지금까지 그렇게 살아 왔는데 결과가 말이 아니었다.

"전화 온 곳 없었어요, 미스 안?"

"없는데요?"

퇴근시간 되어 사무실로 돌아오면 습관처럼 묻는 내 모습에, 여직원조차 안타깝다는 표정이 역력했다.

드디어 집에서는 생활비 문제가 생기고 내가 쓰는 교통비 등 잡비도 바닥나기 시작했다. 게다가 공부하는 동생들은 학비지원을 요청하는 편지까지 보내오고 있었다. 내가 능력에 없는 일을 하고 있는 것인가, 세상 탓이나 주변 환경 탓을 하고 살아가는 많은 사람들이 이렇게 사는 것인가' 온갖 생각이 머리를 어지럽혔다.

잠도 제대로 오지 않아 소주를 들이키는 밤이 잦아지고, 사람을 만나도 그 전 같은 패기가 나오지 않았다. 어디 하소연할 때도 물어볼 데도 없으니 미칠 지경이었다.

듣고 가지 그냥 못갑니다

그날도 여느 때와 같이 오라는 곳 한 군데 없지만 사무실을 나섰다. 바쁘다는 얘기를 들으면 지치도록 기다리면서도 눈인사라도 해야겠다는 마음으로 ㈜서광에 들렀다 돌아오는 길이었다. 가리봉역까지는 1km정도 되었는데 중간쯤에서 한전 직원들이 전기 설비 공사를 하고 있는 모습이 보였다.

바쁜 걸음을 재촉하고 있는데 공사하던 직원 하나가 갑자기 쓰러져 부들부들 떨고 있다. 쫓아가 보니 감전 사고였다. 급한 김에 가방으로 치고 발로 차서 전선에서 떨어지게 만들었다.

기진한 상태에서 숨을 쉬고 있는데 그제야 같이 일하던 동료들이 쫓아왔다. 절전 차단기를 내리기 전에 신호를 잘 못보고 생긴 일이란다. 경황이 없었던지 그들은 고맙다는 인사도 없이 사고자를 들쳐 업고 사라졌다. 사람은 작은 실수로도 생명을 잃을 수 있다는 사실을 듣기는 했어도 직접 사고를 목격한 것은 처음이었다.

얼마나 놀랐을까? 정신이 돌아오면 무슨 생각을 제일 먼저 할까? 가리봉역에 도착했으나 놀란 가슴을 진정시킬 수 없어 역전에 있는 다방에 들러 차를 한 잔 마셨다. 나는 커피를 좋아하지 않아 다방에 갈 일을 거의 만들지 않았다. 업무는 거의 사무실에서 처리하는 편이고, 한가하게 사람을 만날 일도 만들지 않았으니, 다방이 생소하기만 했다.

편한 의자에 앉으니 일어나기가 싫었다. 이대로 한숨 자거나 좀 쉬고 싶었다. 그런데 몸은 나른한데 잠은 잘 오지 않고 이 생각 저 생각 상념에 젖어 있었다.

'이렇게 사람대접 제대로 못 받을 바에야 가난에서 벗어나는 것도, 가장의 의무도 다 잊어버리고 보통 사람처럼 내 가정이나 최대한 지키며 살아가는 쉬운 길이 있지 않는가? 차라리 대구로 내려갈까?

이런 저런 생각을 하다 깜박 졸았나 싶은데 불현 듯 깜짝 놀랄 아이디어가 떠올랐다. 제일모직에 입사하여 제일합섬에 근무했으니 제일모직 공장에는 입사 동기들이랑 설계과원끼리 친목 모임도 갖고 해서 아는 사람이 꽤 있었다. 그들을 통해 내가 제대로 평가를 받을 수 있다면 이렇게까지 힘들지 않을 것 아닌가? 제일모직으로 가서 지금까지와는 다른 방법으로 한번 부딪혀 보자. 내가 누군지 인정받을 수 있는 유일한 업체 아닌가? 한 사람의 목숨을 구해준 덕택일까? 뜻밖의 아이디어였다.

제일모직은 일찍부터 패션사업부를 만들어 라보떼 외 6~7개 브랜드로 기성복 영업을 이미 활발하게 하고 있을 때였다. 그동안 보아온 각 브랜드의 MD중 그래도 말을 쉽게 건넬 수 있는 사람을 지하철 속에서 생각해 봤다. 라보떼 MD 황모, 발라드 MD 도을호 씨 둘 중에 한사람을 만나기로 결심하고 찾아갔다. 마침 발라드 도을호 씨가 자리에 있었다.

"나를 위해 10분만 시간을 내주시기 바랍니다. 10분 동안에 나눈 얘기 결과에 따라 내 진로를 결정하고자 하니 바쁘시더라도 꼭 부탁드립니다."

"부담스럽게 왜 그렇게 정색을 하고 말하세요?"

"도형과 얘기 나눈 결과에 따라 내 진로를 정하고 싶으니……."

"사람 참 곤란하게 하는 분이네."

"바쁘시면 일이 끝날 때까지 기다리겠습니다."

"알아서 하세요?"

나는 업무에 지장을 주지 않는 구석에 죽치고 앉아 기다렸다. 한참동안 신경도 안 쓰고 일하던 이 친구가 기지개를 켜며 고개를 들고는 그대로 앉아 있는 나와 눈이 마주쳤다.

"아니, 안가셨어요?"

“한 말씀 듣고 갈렵니다. 신경 쓰지 마시고 일 다 보십시오.”

그럭저럭 두어 시간 흘러 어느 듯 퇴근시간이 되어가고 있었다. 일을 거의 끝냈는지 나를 자기자리로 불렀다. 내가 사람은 잘 골랐다. 좋은 사람이었다. 너무 미안했던지 옆에 의자를 권하며 앉으란다.

그래서 내 경력을 설명하고 보통 영업하는 사람과 다르다는 얘기를 짧은 시간 안에 했다. 너무 급하게 얘기하지 말고 시간은 충분히 줄 테니 천천히 얘기하란다.

나와 학교 동기면서 간부로 있는 두어 사람을 이 사람도 알고 있기에, 얘기는 좀 쉽게 풀려갔다. 이야기를 끝까지 다 듣더니, 이 친구 서랍에서 한 뭉치의 서류를 꺼냈다.

자세히 보니, 외국산 조각 견본이 붙어 있는 가(假)발주서였다. 마침 결재를 올리려고 준비하고 있는 참이었다. 내 앞에 내밀며 원단을 많이 아신다니 기획 견본에 대해 아는 대로 조언을 좀 해달란다.

나는 즉석에서 세 가지 부류로 나누어 넘겨주었다.

“왜 세 가지로 분류했습니까?”

“한 그룹은 내가 할 수 있는 전문분야이고, 두 번째 그룹은 국내 전문업체에서 생산하면 안전하고 가격도 좋을 것입니다. 잘 모르면 가르쳐드릴 수 있습니다. 마지막 그룹은 원단은 좋으나 국내에 원료나 설비가 없습니다. 소량생산을 하려면 기술적으로 너무 어렵고 발주를 하더라도 생산업체가 잘 모르고 덤벼들어 사고가 날 개연성이 높습니다. 나중에 어려움을 겪지 않도록 발주 안에서 빼는 것이 좋겠습니다.”

이 친구 믿어지지 않는다는 듯 충분한 시간을 줄 테니 그 이유를 자세히 설명해 달라고 했다.

앞에서도 얘기 했듯이 나는 다른 전문 업체출신과 달리 여러 소재를 공부하고 경험했기에 아는 대로 열심히 설명을 할 수 있었다. 나는 그 순간을 지금도 잊지 못한다.

제일모직에서 오더 좀 받았습니다

이 친구는 그 이후로, 나에게 정중하게 대하면서 자기가 맡은 발라드 브랜드뿐만 아니라 다른 브랜드 MD에게도 좋은 업체를 발굴했다며 소개해 주었다. 기성복업체 실무자로서는 원단생산을 믿고 맡길 수 있는 업체선정이 엄청 중요하다. 원하는 원단의 품질이 기대에서 벗어나지 않고 시기를 놓치지 않고 공급을 받는 것은 영업결과를 크게 좌우하는 셈이어서 내가 찾고자하는 것과 상반될 뿐 관심은 그들도 마찬가지라는 것이다.

아주 많이 아는 사람이고 자기들이 많이 배워야 할 사람이라고 추커세워 주었다. 그때부터 일은 일사천리로 풀렸다. 한 달도 안 되어 5만마나 주문을 받고, 타 업체에서 납품을 받은 원단에 문제가 생기면 자문까지 해 주었다.

제일모직에서만 주문을 받을 수는 없다. 다른 업체도 문을 열어야 했다. 생각 끝에 가방을 열면 보이게끔 제일모직의 발주서를 맨 위에 올리고 다녔다. 심지어 이미 납품이 끝난 주문서도 함께 가지고 다녔다. 상담을 할 때 견본을 꺼내는 순간 눈에 띄도록 의도적으로 그렇게 해보았다. 기성복 판매결과는 MD나 디자이너에게 능력을 인정받는 셈이므로 그들도 항상 동종 타 업체의 기획내용을 알고 싶어 하는 것은 당연한 것이다.

"어디에서 그렇게 발주를 받았어요?"

"예, 제일모직에서 좀 받았습니다."

"어디 좀 볼 수 없나요?"

"죄송하지만 안 됩니다. 저희를 믿고 준 발주서인데 도의적으로 그럴 수가 없습니다. 귀사 입장에서도 마찬가지로 생각되지 않겠습니까?"

끝내 보여주지는 않았지만 나를 보는 눈이 달라졌다. 제일모직은 까다롭기로 정평이 나있고, 여러 검증을 거쳐 믿음이 가지 않으면 거래를 터는 것조차 힘들다는 것을 어느 업체 할 것 없이 잘 알고 있기에 자연히 관심을 가져주고 대화가 되기 시작했다.

주문받은 원단 중에는 안 사장이 취급하지 않겠다며 거절하는 것도 생겨났다. 안 사장은 자신이 잘 모르는 것은 안하고 싶다면서 나더러 직접 하라는 거였다.

그럴 때는 내가 직접 원료를 구입하고 하청생산을 했다. 영업하랴, 지방공장 다니랴, 바쁘게 뛰는 것도 힘들었지만 더 큰 문제는 돈이었다. 내가 받은 오더로 정산할 때 받을 수 있는 돈도 생겨나고 있었지만 필요할 때 미리 도와주신 안 사장께는 지금도 감사하게 생각한다.

내가 단독으로 해야 할 원단을 생산하면서 한편으로는 새로운 원단개발도 형편이 되는 대로 꾸준히 연구하여 몇 가지는 성공을 거두었다.

그중 나염용으로 개발한 레이온 강연직물이 맘에 들었다. 내가 아는 나염 전문 판매업체에서 5만 야드 주문을 받았다. 내가 직접 주문을 받아 생산하는 원단 대부분은 다품종소량생산이라 일이 많은 만큼 수익도 높았다. 그러나 이것은 수량이 너무 많았다. 계약금을 충분히 받았으나 신용으로 생산할 공장의 도움이 필요했다.

사람이 아니고 돈이 거짓말하지요

내가 원진산업에 근무할 때 거래관계로 아는 공장이 작은 공장까지 하면 수십 업체는 되었다. 근무하는 동안 명절에는 떡값, 평상시도 출장비나 용돈에 보태라며 돈을 내미는 업체가 한두 군데가 아니었다. 나는 그때마다 훗날 내가 독립하여 어려울 때 믿음으로 도와달라며 한사코 사양을 했다.

"김 과장 같은 사람이면 당연히 돕지요. 다른 사람은 못 믿어도 당연히 믿고 도와야지요?"

모두들 당신 같은 사람이라면 동업도 좋고 당연히 적극적으로 돕겠다고 했다. 그 말들을 곧이곧대로 믿은 것은 아니지만 그래도 몇 개 업체는 도움을 줄지도 모른다는 기대감으로 대구로 내려가 3일간 옛날 원진 거래업체 여기저기를 돌아다녔다.

단지 나를 믿고 기존 거래업체처럼 생산해 주고, 월말에 정산하여 결제하는 거래관례대로 해달라고 하는데도 받아주는 곳이 없었다.

"사람은 믿을 수 있으나, 사업은 믿을 수 없습니다. 사람이 거짓말 하는 경우는 드뭅니다. 돈이 거짓말을 하지요.”

“원자재 대금은 충분하니, 생산만 해주시면 관례대로 월말에 출고 마감하고 다음 달 초에 결재를 하겠습니다.”

“출고 전에 결재를 하지 않으면 결국 신용거래가 되는데, 만약 판매에서 문제가 생기면 대안이 있습니까? 돈도 경험도 부족하신 분이니 공장에서는 걱정을 할 수 밖에 없어요. 우리도 김 사장 같은 사람 도와주다 부도를 수없이 맞았습니다. 미안하지만 생산량에 대해 먼저 결재를 하고 출고를 요청하는 조건으로 해주세요.”

“사장님! 그런 관례가 어디 있습니까? 저를 도와주시기는커녕 오히려 제가 사장님을 도와드리며 거래하자는 말씀 아닙니까?”

“미안하지만 안 되면 하는 수 없습니다.”

그렇다, 이게 사업하는 사람들의 세상이다, 그 사람들 말이 다 맞다. 그 말을 믿고 조금이나마 기대를 한 내가 바보였다.

하는 수 없이 대출이 아직 있는 집을 담보로 은행에 통사정하여 돈을 빌려 일을 시작했다. 어떻게 마련한 집인데 만약 생산이나 판매에서 어떤 사고라도 나면 이거 죽는 길 아닌가? 그 오더가 끝날 때까지 가슴 졸인 것을 생각하면 지금도 식은땀이 난다.

옆에 있는 사기꾼

어느 날 이전부터 잘 알고 지내는 CEO사장과 간부들이 근무하는 회사에서 방문해 달라고 하는 연락이 왔다.

"이거 우리 회사가 주문을 받아 생산해야 할 외국산 견본인데, 수량과 가격도 나와 있습니다. 김 사장님 실력을 믿으니까, 할 만 하시면 바로 해보시지요."

그러면서 원자재 값이 넘는 계약금을 주겠단다. 원가 계산을 해보니 마진도 괜찮다. 너무 고마웠다. 그 직물은 설계기술이 특히 중요하고 성질이 모직물에 가까운 것이라 부산에서 생산해야만 했다.

이것저것 하는 일이 바빴으므로, 생각한 끝에 옛날 내가 잠시 있었던 유진상사의 거래처인 부산의 모 사장과 의논을 했다. 처음 만났을 때는 내가 원단에 대해 많이 안다고 하여 선생이라 하다가, 알고 보니 같은 밀양사람이라 자청하여 형, 동생 하자고 한 사람이었다. 상담이 잘 되어, 설계서를 작성해 주면서 생산계획에 합의하고 원사구매대금까지 지불했다. 당연히 이익은 나누기로 하고서…….

나는 그 사람을 지금도 용서하기 힘들다. 가공을 하다가 문제가 생겼다고 해서 내려갔더니, 어디에서 원사를 구입했는지 잡사 아니면 생산하고 남은 잔사를 사용하여 제작한 것 같았다.

백포 상태의 생지에서는 안보이던 문제가 염색가공 중에 여러 가지 원사가 혼합된 모양이 드러났다. 개선할 방법이 거의 없었다. 납기가 정해져 있으니 시간도 없었다.

"생산을 오랫동안 해온 분이 이게 어떻게 된 겁니까?"

"이 사람아! 나도 속았네. 자네 도우다가 운이 나쁘게 생긴 일이니 날 탓 하지 말고 나는 손 뗄 테니 자네 알아서 하게, 나도 내 일이 바빠지니 시간도 없고……."

그렇게 친하게 고향사람들 얘기를 하면서 우리가 남이 아닌 것처럼 한 사람이 문제가 커지니 자기는 도와주다가 그렇게 됐을 뿐이라며, 관여하지 않을 테니 알아서 하라며 발을 뺀 것이다. 이 사고는 누가 보아도 문제가 있는 싸구려 원사를 구입한 때문이었다.

"사고가 터졌으면 같이 의논해 해결할 생각을 해야지 그런 무책임한 말을 합니까?"

"뭐라고? 나는 너를 도와 준 것뿐이야. 그렇게 말하면 더 이상 이 일로 만날 이유도 없어. 내 일도 지금 바쁘니 알아서 해."

벼룩의 간을 빼먹지 이제 시작하는 후배에게 사기를 치다니, 이럴 수가 있는가?

약 한 달간 거의 부산에 머물면서 문제해결에 매달렸다. 많은 물량을 가공하는 공장 입장에서는 문제된 내 원단만 신경을 쓸 수가 없다. 그러나 나에게는 전부가 달린 문제였다. 주간보다 야간이 조금은 여유가 있고 간부 한 사람을 붙잡고 사정하면 그래도 좀 나았다. 자존심 같은 것은 다 팽개치고 밤을 새워 기계 옆에 붙어 서서 골라내고 문제가 덜 드러나게 온갖 아이디어를 내는 등 최선을 다해 매달렸다. 지금 생각해도 악몽 같은 한 달이었다.

그럼에도 나를 믿고 밀어준 당시의 회사 사장과 간부에게 부담까지 주면서 그 동안 벌어놨던 돈까지 제법 날렸다.

'하루 강아지 범 무서운 줄 모른다.'는 속담이 있듯이 세상에 무서운 사람도 있다는 사실을 큰 돈 안 날리고 알게 되었다. 이것을 교훈으로 삼자. 갈 길은 아직도 멀고도 험난하다, 그렇게 마음을 추슬렀다.

그러나 내가 알고 있는 세상은 아직도 일부분에 지나지 않는다고 생각에 '하면 된다.'는 내 신념이 무너지는 심정이었다.

8 깨어있는 자에게 기회가 오다

동대문시장에 가게를 열다

그렇게 1년여가 지난 1984년 2월 어느 날 내 추천으로 대농에 근무하게 된 장철원 씨가 찾아왔다. 그는 대구 영남대학교 섬유공학과 출신인데 처음부터 직장을 잘못 선택해서 다른 곳에 있다가 늦게 원진산업에 입사했다. 따라서 실무경험이 거의 없는 편이라 새로 일을 배워야 했는데 마침 나한테 배치가 되었다.

나이도 나와 거의 같은 사람을 가르치며 일하려니 어려움도 있었지만,

사람이 원만하여 자존심 같은 것은 생각지도 않고 늦게나마 열심히 배우겠다는 열의가 있었다.

그런데 그가 입사한지 얼마 되지 않아 원진이 부도가 난 것이다. 나도 너무 황당한 처지였지만 그 사람도 아주 낭패스러워했다. 이제 겨우 제자리를 잡고 일도 제대로 배우고 있던 차에 당한 일이니, 어떤 면에서는 기술을 갖고 있는 나보다 더 당황스러웠을 것이다.

신입사원으로는 나이가 있고, 경력사원으로는 실무경험이 부족했으니 말이다. ㈜리노상사 안봉조 사장이 대농 직물사업부 부장으로 근무할 때, 내가 필요했으나 과장직급이 아니면 안 된다고 사양하는 나 대신에 경력사원을 추천해 달라고 해서 그를 추천했던 것이다.

배웠던 기간이 짧아 경력사원으로 추천하기에는 걱정이 되었으나 다른 선택의 여지가 거의 없는 실정이라 일단 들어가서 잘 모르는 것이 있으면 전화로든 만나서든 가르쳐 주기로 하고 대농에 입사를 시켰다.

대농에서 근무를 시작한 지 1~2개월 정도 됐을 때였다. 따라서 그날도 모르는 것을 묻고 싶어 오는 줄로만 알았는데 뜻밖에 견본을 내밀었다.

"이게 뭡니까?"

"제가 입사하기 전에 수출하고 남은 악성재고랍니다."

"그래요?"

"계속 판매가 안 되고 이월돼 있는 원단인데, 시장에서 판매 처리해보라고 저에게 지시가 떨어졌는데 판매방법이 없겠습니까?"

"가격이나 수량은 얼마나 되요?"

"수량은 십여만 야드가 되고 단가는 싼 것 같습니다."

나는 그 견본을 보는 순간 눈이 번쩍 띄었다. 어느 나라에서 누가 주문했는지 모르지만, 지금까지 내가 개발하거나 구경한 어느 원단보다 품질과 가격이 아주 좋았다. 레이온 마 혼방 강연직물, 즉 RF[1] 원단으로 어떤 소재든 방적사 강연직물은 나도 해본 경험이 있으나 그 견본만큼은 강연으로 시도해본 적은 없었다.

그때의 내수 시장 트렌드로 보나 가격 면에서 보나 걱정 없이 무조건 판매할 수 있다는 확신이 가는 원단이었다.

나는 흥분을 자제하고 제안을 했다.

"내가 책임지고 독점판매 해보면 어떻겠어요?"

"회사에서는 분명 거래 관례대로, 요구조건이 있기 마련인데 되겠습니까?"

이미 이 친구는 내가 돈이 별로 없고, 담보능력도 만족할 정도가 아니라는 것을 알고 있어 걱정이 됐던 것이다.

"저도 김 사장님께 많이 배우고, 취직까지 시켜주신 고마움을 항상 잊지 않고 있습니다만 입사한 지 얼마 되지 않아 힘이 없으니 그것이 고민입니다."

분명히 상품이 좋고 가격도 괜찮았다. 내 형편에 돈도 없고 장사경험도 미천한 입장에서는 좋은 상품을 찾거나 개발이 최선이었다. 지금까지 줄곧 찾아보았으나 그만한 상품은 처음 보았다. 고민 끝에 리노 안 사장과 상의를 했다.

"대농과 계약하시어 다른 원단과 비슷한 이익만 보시고 공급해주시면 가게를 열고 판매하겠습니다. 한번 도와주십시오."

각주1) RF : 레이온 Rayon 마 Flax

"김 사장 실력은 믿습니다. 하지만……."

"판매 경험이 없으나 이 상품은 절대 자신이 있습니다. 파는 대로 매일 입금하면 신용에도 크게 문제가 될 것이 없지 않습니까?"

"계약한 물량을 전량 판매하지 못하면 어쩔 겁니까?"

"저를 지금까지 보아오시지 않았습니까? 경솔하게 함부로 말한 적이 없었지 않습니까? 며칠 동안 시장성을 충분히 검토했습니다. 한 번 도와주십시오."

어쩌면 안 사장 자신이 대농에서 영업을 맡고 있을 때부터 갖고 있던 재고인지도 모른다. 그래서 판단이 어려울 수도 있었다. 그러나 유행은 일정한 기간을 가지고 돌고 돈다. 안 사장은 성품이 원만한 분이었다. 나의 간절한 요구에 결국은 흔쾌히 동의하였다.

나는 바빠졌다. 패션 영업은 서서히 마무리를 해나가면서 가게도 알아보고, 보증금과 직원채용 문제 그리고 월세를 포함해 최소한 3개월 정도의 고정경비도 마련해야 했다.

어림잡아 당시 돈으로 최소 500만 원을 만들어야 했다. 리노에서 납품하여 좀 벌긴 했어도 대출 원리금 갚느라고 여유 돈이 별로 없었다. 그런데다 다섯째, 여섯째의 학비까지 도와야 하는 처지였다.

이 형편에 독립한다는 것은 사실상 불가능했다. 내가 아무리 자신 있게 본 원단이라도 만에 하나 예측이 어긋날 수도 있었다. 막상 시작할 결심을 하니 잠이 제대로 안 왔다.

나는 지금까지 살아온 일들을 회고해 봤다.

'힘내자 남들이 안 된다고 말한 일들을 해냈지 않았느냐? 지금 닥친 일도 마찬가지다. 나는 충분히 견문을 넓혀 왔고 내가 본 것이 틀림이 없다. 안 되면 다른 방법이 나올 것이다. 그동안 어렵다고 주저앉은 적이 없지 않느냐? 한 번 부딪쳐보는 거다.'

집을 살 때 받은 대출 잔액이 아직 제법 있으나, 그간 갚은 만큼 대출을 추가로 받고, 있는 돈 긁어모아 동대문 수도직물 6호에서 '고운상사'라는 상호로 1984년 4월 15일 오픈을 했다.

큰 회사 출신들은 독립할 때 가게보다 사무실을 선호했다. 우선 경비가 적게 들고 모양새도 나쁘지 않다. 하지만 장사 경험이 거의 없는 나로서는 아무리 창피하더라도, 구매자가 필요한 것을 찾아다니는 집단상가에서 시작을 해야겠다는 생각을 일찍이 해왔기에 그렇게 시작한 것이다.

희망의 원단은 오판인가

처음 시작할 때 고운상사 식구는 나와 세 명이었다. 친척 조카를 경리 겸 전화 당번으로 앉히고, 넷째인 동생 관환이가 영업을 맡았다.

여덟 살 아래인 관환이는 내가 하라는 대로 아래 두 동생과 같이 인문고를 나왔다. 대학을 갈 수 있는 길을 열어주기 위해서였다. 내가 도울 수 있는 능력이 있으면 좋고, 그럴 형편이 못 되면 대개 열악한 일반기업보다 공무원이 되거나, 열심히 하면 진학의 길도 얼마든지 있을 것이라고 생각했기 때문이다.

실업고는 전공과목 위주로 공부를 한 다음 공장이나 사무실로 현장 실습을 나간다. 그러므로 공무원이든 훗날 가정형편이 나아져 진학을 하고 싶어도 중학교 실력이라 생각하고 새로 공부를 해야만 한다. 그래서 동생들이 내 정도의 의지만 있으면 나보다 나은 기회를 만들어 주는 것이 형으로써 첫째로 할 도리라고 생각했다.

군복무를 마치고 복직하여 한참 헤매다가 설계과로 발령받아 다시 열심히 배우며 일하던 어느 날 관환이가 시골에서 올라와 내 자취방으로 찾아왔다.

"형! 재수를 해서라도 진학을 해야겠습니다. 학원에 들어갈 형편은 못 되니 절에라도 들어갔으면 합니다."

그렇지 않아도 고등학교를 졸업하고 진로를 정하지 못하고 있는 것을 알면서도 걱정만 하고 형으로써 마땅한 방법을 찾아주지 못하고 있는 중이었다.

그 당시는 실업학교를 나와야 겨우 취업의 길이 있었으나 인문학교 나와서는 공무원이 되거나 진학하는 길 말고는 별다른 방법이 없었다. 셋째처럼 농사나 짓는 사람들은 더러 있었지만 차마 그 소리는 못하겠고, 그렇다고 밀어 줄 힘도 없었다.

"너도 알다시피 형이 널 도울 형편이 아직 못된다."

"알고 있습니다. 혼자 해볼 랍니다."

"혼자서 1년을 공부해서 좋은 성적으로 대학에 들어가 장학금이라도 탈 수 있겠나?"

"……."

"안되면 아르바이트라도 할 결심을 하고 끝까지 고생을 감수할 수 있겠나?"

"닥쳐보고 부딪쳐 나가야지요."

"내년이면 명환이도 대학을 가야하고, 막내 구환이도 뒤따라 올라오고. 깊이 생각을 해봐라. 집에서 다닐 수 있는 도시출신 학생과 달리 시골출신 학생은 매월 하숙이나 자취비도 더 들어가야 한다."

차라리 나와 같이 실업고에 보냈더라면 지금쯤은 직장생활을 하고 있을 지도 모르는데 내 실수라는 생각이 들었다. 이제 와서 후회한들 무슨 소용이 있으랴. 당사자인 동생은 당연히 장래에 대한 고민을 많이 하고 나에게 상의를 했을 것이다.

"그러면 저는 어떻게 합니까?"

갓 고교를 졸업한 어린동생에게 현실을 똑바로 볼 수 있도록 설명하기가 무척 어려웠다.

"내가 아는 곳이라곤 원단도소매업종 밖에 없다. 섬유부분의 전문가가 되어 언젠가는 사업을 하는 것이 꿈이다. 그것을 반드시 이루고 말테니 현재 모양에 연연하지 말고 원단 관련 판매상가에 들어가 영업을 배우는 것이 어떻겠나? 훗날 형제간에 서로 도움이 되지 않겠나? 지금 당장보다 먼 훗날이 중요하지 않겠느냐?"

아마 2~3시간이 넘게 설득을 한 것 같다. 그렇지 않고는 다른 선택이 없었다. 동생이 고집을 부리다가 잘 안될 경우도 낭패요, 잘되어도 내가 뒷감당을 할 수가 없었다. 그러니 결과는 뻔한 것이지만 어린 마음에 상처를 줄까봐 달래면서 얘기하다보니 시간이 가는 줄도 몰랐다.

결국 관환이는 대구 서문시장에서 영업을 배우기 시작했고, 내가 서울로 왔을 때 나를 따라 서울로 올라와 내가 담당하고 있던 특약상사에서 근무했다. 그래서 어쩌면 형인 나만큼이나 내가 독립하기를 기다려온 셈이다.

그때나 지금이나 기존 원단의 가격이 싸거나 그 질이 개선되었다면 쉬 접근을 하고 거래가 성사되지만, 처음 출시되어 너무 생소한 것에는 신중해 질 수밖에 없다.

그럴 정도로 내가 선택한 원단은 그때까지 유사한 원단이 전혀 없었던 것이다. 그러니 보기만 하거나 만지기만 할 뿐이었다. 한 달이 가고 두 달이 가도 주문이 없었다. 동생은 그동안 절매가게나 단체복판매상사에서 8년간이나 근무했다. 그러나 그때 배운 것과는 거리가 너무 먼 여성 캐주얼 원단이라 나름대로 물어가며 마음고생을 하며 뛰고 있으나 묘책이 없는 모양이었다. 나는 당황하기 시작했다.

여름용 옷은 5월 초순부터 팔기 시작한다. 소비자가 구매하는 시점보다 한 달 정도는 빨리 움직인다. 그런데 5월이 다 가고 6월초가 되어도 꼼짝도 않는 것이다.

그럼 의류용이 아니란 말인가? 현재 유행에 안 맞는 것인가? 자신 있게 판단한 것인데 내가 오판한 것인가? 이런 저런 생각이 들어 가만히 앉아있을 수가 없었다.

옷감이 아니라면, 인테리어용이나 침장용으로 접근해보자. 그런 업체에서 사용하는 원단은 옷감처럼 유행을 타지 않아 거의 고정 거래업체에서 구매하고 의류용 업체처럼 재래시장에는 잘 나오지 않는다. 내가 원진에 근무할 때 인테리어사업부 쪽은 직접 관련이 없었으나 개발 측면에서 도와준 적이 있고 직물이므로 관심을 가져 잘 아는 바였다.

'커튼 쪽 악성재고를 의류용으로 돌렸더니 대박이 났다더라.' 그래서 악성재고를 의류용으로 판매를 시도한 적이 있었다. '청바지의 시초가 군용텐트에서 나왔다지 않는가? 어떤 용도로든 판매를 해야 한다. 그래야 모두가 다 사는 길이요, 신뢰를 얻을 수 있는 첫 기회가 된다.'

그래서 호텔의 침대커버로, 인테리어업체에 레이스 커튼으로 영업을 시도하던 중 어느 날 몇몇 업체에 무상 제공한 원단으로 몇 벌의 옷을 만들어 매장에 걸었더니 당일 싹 팔려나갔다고 했다. 희망이 보이기 시작한 것이다.

'이제야 가능성이 보이는구나!'

그렇게 희망을 키워가고 있는데 내 마음을 아프게 하는 사건이 생겼다. 우리 가게에서 30m 정도 떨어진 가게에 우리가 독점하고 있는 원단이 진열되어 있지 않는가? 알고 보니 리노에서 재고 소진이 걱정되어 오랫동안 장사경험이 있고 많이 팔기로 소문난 서울직물과 여울직물에 우리 원단을 공급했던 것이다. 나는 가슴이 터질 것 같은 흥분과 배신감을 느꼈다.

"어떻게 된 것입니까? 안 사장님! 이 원단은 우리가 독점 판매하기로 약속한 것 아닙니까?"

"김 사장! 두 달 가까이 판매를 전혀 못하고 있으니, 재고 걱정을 안 할 수 있겠습니까? 걱정 끝에 거래처 중 판매경륜이 많은 여울과 서울직물에 출고를 했어요."

알 수가 없었다. 시장은 정보가 엄청 빠르다. 상품의 반응을 알고, 그때까지 모르고 있던 안 사장의 약점을 찌르고 들어갔는지도 모른다.

"저 나름대로 여러 가지 방법으로 판매방법을 찾아, 늦기는 했으나 지금부터는 아무 걱정을 하지 않아도 되는데, 의논만이라도 해주셨으면……."

너무 답답하여 미칠 지경이었다. 원단판매의 결정도, 판매가 안 되어 두 달 간 가슴앓이 하면서 판촉 하느라 고생도 내가 다 했건만……. 이제 겨우 풀려나가는데 이게 무슨 청천벽력이란 말인가? 그러나 한 편으로 생각하면 나라고 그렇게 하지 않았겠는가 하는 생각도 들었다.

오랜 기간 주문조차 못하고 있던 형편이었다. 잘못되어 자금이 묶이거나 악성재고로 덤핑을 친다면, 그 손실은 누가 책임져야 하는데 어찌 나만 믿고 기다릴 수 있었겠는가? 원통하고 안타깝지만 어쩔 수 없는 일이니 마음이나 편하게 갖기로 했다.

그런데 그렇게 애를 먹이던 원단이 6월 중순경부터 주문량이 쇄도해 재고분을 소화하고도 모자랄 것으로 판단하고 추가 생산에 들어갔다. 생지야 있는 것이지만 염색가공이 주문량을 못 쫓아올 정도로 팔리기 시작했다.

“아니, 김 사장! 원단 공급이 점점 줄어요? 우리만 적게 주는 것 아니요?”

“형님! 어떻게 알았는지 우리 창고 앞에 줄을 서서 난리에요.”

아침에 출근하는 곳은 우리 가게가 아니고 리노상사의 창고 앞이었다. 리노에서는 고운상사, 서울직물, 여울직물 세 집에 공평하게 나눠 주었는데 단 몇 야드라도 더 감긴 것을 찾아가기 위해서였다.

물건을 사려고 창고 앞에서 줄을 서서 기다리고 있는 실정이니 판매는 걱정할 것 하나도 없었다. 팔 원단을 하나라도 더 확보하면 되는 셈이었다.

욕심은 끝이 없다더니 안 팔려 고민하던 며칠 전은 다 잊어버리고 나눠 팔수 밖에 없는 설움이 북받쳐 올랐다. 상대의 입장을 이해해야 된다고 생각을 정리하였는데도 똑같이 나누어 받을 수밖에 없는 현실에 치밀어 오르는 분통을 참을 수가 없었다.

이 원단은 내가 도와준 사람한테 도움을 요청받아 갖게 된 내가 지은 농사인데, 그 열매를 엉뚱한 사람들과 나누고 있으니 마음의 여유를 가질 수 없었다. 그 당시에는 피눈물이 나는 것 같았다.

원단 공급이 부족하자, 거래처에서도 아우성이었다. 심지어는 다른 업체에 많이 주고, 자기들한테 적게 주는 줄 알고, 전화로 주문을 받고 창고 앞에 가면 벌써 줄을 서서 기다리고 있을 정도였다. 어떻게 창고의 위치를 알아냈는지 정말 대단하다. 대농의 악성재고는 오래지 않아 바닥을 드러냈다. 그래서 대농과 리노가 합의하여 이미 추가 생산에 들어갔으나 생산이 판매를 쫓아오지 못했다.

다른 회사에서는 생산하지 않는 원사로 생산한 직물이라 원사부터 뽑

아야 했다. 그러니 생산에 총력을 기울여도 한계가 있었다. 추가분은 여름장사가 거의 마무리되는 시점이 되어서야 나오기 시작했다. 판매기간이 지나더라도 이 정도의 시장 반응이라면 내년에도 기득권을 가지고 팔 수 있다고 생각하고 재고에 대한 걱정을 하지 않는 모양이었다. 재고 소진은 물론 추가 생산분 일부까지 다른 상품은 종결시점인데도 늦여름까지도 판매가 계속되었다.

만약 독점으로 판매를 했다면, 사업을 시작하는 첫 해에 정말 큰돈을 벌 수 있을 뻔했다. 아쉽기는 하지만 무엇보다 지금까지 갈고 닦은 실력으로 누구보다 정확한 판단력을 발휘했다는 자신감을 가질 수 있었다. 뿐만 아니라 작은 힘이나마 도전할 수 있는 사업밑천도 마련했다.

약자의 설움

리노상사는 마직물을 소재로 하는 춘하용 원단을 전문으로 하는 업체이다. 차라리 쉬어가더라도 다음 해를 준비하고 가을 겨울용 원단은 하지 않는다. 그러므로 추동용 원단은 우리 힘으로 능력껏 개발하여 계획생산도 해나가야 했다. 집단상가에서 장사를 제대로 하려면 계절이 바뀌면 그 철에 맞는 새로운 원단을 어떻게든 준비해 놓고 있어야 한다.

조심스럽게 몇 가지를 개발하고 생산하여 많은 물량은 아니지만 그런대로 판매가 되어 점점 재미가 생겼다. 그렇다, 나도 모르게 진정한 프로의 길에 접어든 것이다. 아무튼 시작만큼은 나에게 할 수 있다는 자신감을 주었다.

이런 프로의 세계를 경험하기 위해 공부도 열심히 하고 힘든 과정도 묵묵히 거쳐 왔다. 비로소 내가 살아온 길이 막연한 공상이나 헛공부를 해온 것이 아니었다는 자부심이 샘솟았다.

'자 이제 시작이다.'

'운 좋게 한두 번 잘 하는 경우는 누구에게나 있을 수 있다. 앞으로 계속 잘해 나가기 위해서는 힘들더라도 프로로서 가야할 길을 끝까지 지치지 않고 가야 한다.'

나는 휴일도 마다않고 백화점을 돌아보고 또 돌았다. 알게 된지 얼마 안 된 패션업체라도 계속 들락거렸다. 소비자 반응이 좋은 원단을 눈여겨 보며 안목을 높이고, 작은 오더라도 마다 않고 받으며 관계를 넓혀갔다.

대기업 의류업체를 주요 고객으로 하는 원단은 거의 1년 앞서 개발에 들어가야 하지만 재래시장용은 6개월 정도 여유만 있으면 된다. 여름철 원단이라면 11월경에 개발해도 무난하다.

대농의 RF원단은 대기업 패션업체를 대상으로 영업하기에는 시기가 이미 늦었기도 했지만 다른 이유 때문에도 앞으로는 영업을 하지 않기로 결심했다. 규모가 큰 기업에서는 반드시 원가 계산서를 첨부한 견적서를 요구한다. 그러다 보면 그 원단의 기술 부분이 노출되기 십상이다. 그것이 첫째 싫었고, 견본을 제시하여 결제 받기까지 거의 열 번 정도는 들락거려야 되는데 잘 팔리는 원단을 군이 그쪽으로 판매하느라 그나마 적은 인원을 힘들게 할 필요가 없다는 생각이었다.

대기업에 납품하려면 먼저 상품을 보여주고 채택되면 견본제작용 원단을 제공한다. 그리고 품평을 통해 수량과 색상이 결정된 발주서를 받고, 이를 공장에 의뢰해 초두 생산 견본을 다시 보여주는데, 이때 조금만 틀려도 수정요청이 들어온다. 수정요청이 오면 몇 번을 되풀이해서라도 바로잡아야 허락을 받을 수 있었다. 그런데 그것으로 끝이 아니다. 납품하면 또 검사가 기다리고 있고, 사소한 결점에 대해서도 로스합의를 해야 한다. 그리고 나서 부족분을 보충한 뒤에야 계산서를 발행할 수 있다. 그런데도 대금은 일정기간이 경과한 뒤 현금도 아닌 어음으로 받게 된다.

거기에 비하면 재래시장은 소기업이 주 고객이라 까다롭지 않아 조금 틀려도 문제가 없다. 기동성이 좋아 그날 판매량을 보고 거의 매일 연속해서 주문을 한다. 따라서 가게 한 업체의 주문량이 대기업보다 많아 수금만 잘 하면 된다. 그런 만큼 대량판매 측면에서는 패션업체보다는 재래시장 쪽 영업이 매력적이다.

메이커인 대농이나, 리노상사 그리고 경쟁가게들은 대기업 의류업체 쪽 영업은 하지 않으니 내가 그들과 같은 쪽으로 영업을 하지 않으면 기술이 노출될 염려는 없었다.

재래시장만이 갖는 새로운 사실도 알게 되었다. 장사가 잘 안 되면 기성복 업자들이 그 중 잘 팔리는 원단으로만 모인다. 디자인 개발만 생각해서는 한계가 있으니 당연하다. 따라서 성공한 개발 원단은 호경기 때보다 경기가 나쁠수록 더 많이 판매된다. 나는 그것을 알고 난 다음부터 불경기를 오히려 기회로 생각했다.

대농과 리노에서는 10월이 오기도 전에 의논이 끝났는지 다음해 여름용으로 RF원단 생산에 본격적으로 들어간다는 소문이 들렸다. 수백만 야드까지 판매 가능할 것으로 확신하고 일찍 착수한 모양이었다.

나는 그 상품을 기술적으로 보완해 판매기간을 늘릴 수 있는 방법을 생각해 놓고 기다리고 있었다. 그런데도 나와는 일절 의논도 없이 생산을 시작한 것이다.

나는 불안했다.

'혹시 약자인 나를 배제하고 내년 영업계획을 세우고 있는 것은 아닐까?'

시치미를 떼고 리노 안 사장에게 내년 판매계획을 물었다. 만약을 위해 원단개선책은 뒤로 미루고 내가 팔 수량만 넌지시 얘기했다. 그랬더니 안 사장은 고운상사는 제외하고 판매업체별로 선수금을 받고 이미 계약이 끝났다고 한다.

"사장님 이럴 수가 있습니까?"

항의를 했으나 돌아온 대답은 냉정했다.

"아직 큰 물량을 소화하기에는 우리 여건이 넉넉하지 못한 것을 김 사장도 잘 알지 않습니까? 대농에서는 어려운 시기라 공장을 돌릴 물량이 많지 않다며 수량을 늘려달라고 했어요. 그에 상응하는 자금이 필요한 상황이었는데…….. 마침 서울, 여울직물에서 고운상사를 배제하는 조건으로 선수금을 넉넉히 제시하니 어쩔 수가 없었어요."

"그러면 저는 어떻게 합니까?"

"대신 다른 원단들은 얼마든지 팔 수 있도록 도와주겠습니다."

그가 말하는 다른 원단이란 쉽게 말해 재고원단이다. 그 말을 듣는 순간 피가 거꾸로 치솟는 느낌이었다. 분통이 터졌다. 처리를 못해서 고민하던 악성재고를 빛을 보게 한 사람은 나다. 배은망덕도 어느 정도이지 이럴 수가 있나? 기가 찰 노릇이었다.

어느 누구한테도 하소연할 방법이 없었다. 생존경쟁에서 질 수 밖에 없는 약자만의 설움이었다. 나는 며칠 동안 절망감에 쌓여 어찌할 줄을 몰랐다. 그냥 술이나 한 잔하고 사내대장부가 혼자 울기만 했다.

그러나 나는 프로다. 사회의 냉혹함이 뼈 속 깊이 파고들어 왔으나, 계속 이렇게 시간만 보낼 수는 없었다. 나는 언제나 스스로 자신을 보호하지 않으면 그 누구도 나를 보살펴줄 수 없다는 생각으로 살았다. 나는 성격이 다혈질이면서 강직한 편이었지만 입장을 바꿔 생각하는 습관은 몸에 배어 있었다.

'그럴 수도 있겠다. 나라도 그렇게 하지 않았겠는가?

나는 그렇게 스스로를 위로하며 마음을 다졌다.

리노도 예상치 못한 큰 물량을 독점하여 돈을 벌기는 했어도, 시작한 지 일 년밖에 안 됐다. 그런 만큼 대농에서 요구하는 조건에 맞추어 가기는 어려운 형편일 것이다.

특히 전직 회사이니 서로 도움을 주고받을 수도 있겠으나, 다른 한편으로 생각하면 임원이나 간부가 모두 후배인지라 차라리 모르는 회사보다 어려움이 있을 것이다.

'그렇다! 그래서 자금력이 있는 서울직물과 여울직물에서 선수금으로 큰 자금을 내밀며 제시하는 조건을 뿌리치지 못했구나!

나야 번 돈을 조금 내놔봤자 있으나마나 한 정도라 큰 도움이 되지 않았을 것이고, 자금 지원하는 업체는 과당경쟁을 막고자 고운상사를 배제시키는 조건을 제시했을 것이다.

이런 상태라면 도의적으로 애기해도 될 일이 아니었다. 비집고 들어갈 구멍이 이미 다 막힌 셈이었다. 그렇다면 나 나름대로 길을 찾는 수밖에 없었다. RF만큼 검증된 원단은 지금 우리나라 그 어디에도 없다. 그러나 신세타령이나 하고 있을 수는 없었다.

위기를 기회로

그때 대농에 근무하던 장철원 씨가 컨버터업체인 ㈜마젠타에서 영업과장으로 근무하게 됐다고 인사를 하러 왔다. 그 친구는 현재의 내 처지를 설명할 필요가 없을 정도로 누구보다도 잘 알고 있었다. 자기가 자리를 옮긴 사정도 얘기하고 나를 위로도 할 겸해서 들렀단다. 내가 입사시킨 회사를 그만 두었으니 당연한 도리였다.

대농은 큰 회사이나 보수적인 회사다. 월급을 좀 더 받고 간부로 가는 이유도 있겠지만, 본인의 장래를 위해 활동적이고 패션소재를 전문으로 하는 회사로 옮기는 것이 좋겠다고 생각해 결단을 내렸다고 한다. 같이 소주잔을 나누며 울분을 토했다.

"장 과장! 약자에게는 너무 지독한 세상이요."

"김 사장님! 용기를 내세요. 내가 생각해도 남의 일 같지 않게 분통이 터집니다만, 그래도 사장님은 아이디어가 많은 분 아닙니까? 마음을 가다듬고 다른 것을 연구해보셔야지요?"

"아이디어가 보호를 못 받으니 고생만 하지 이게 뭡니까?"

"낙심하지 마시고, 사장님이 다른 아이디어가 있으면, 제가 일하는 회

사가 중소기업이기는 하나 자금력이 있는 회사니, 길을 다시 한 번 찾아
봅시다. 저에게 실적을 올릴 기회도 주시고요.”

그 친구는 모든 것을 합리적으로 생각하는 크리스천답게 내가 도와준
고마움을 잊지 않고 나와는 앞으로도 계속 서로 도울 사람이라 생각하고
있었다. 그는 자기가 할 수 있는 한 최대한 협조를 할 테니 연구를 해보라
는 것이다. 그때 나는 느꼈다. 내가 아는 대로 가르쳐주고 아는 정보를 조
금 일러줬을 뿐인데 어려울 때 힘이 되어 주겠다며 응원해 줄 줄이야!

나는 냉정을 되찾고 거래처를 돌면서 주워들었던 RF원단의 좋고 나쁜
점을 깊이 있게 점검하기로 했다. 그때 판매한 RF원단은 레이온 85%, 마
15% 원사를 초강연하여 제직한 것이 아이디어의 핵심이었다.

레이온의 장점은 화섬과 같은 금속광택이 아니라 견과 같은 부드럽고
은은한 광택이 있고 고급스러우며 흡수성이 좋은 소재다. 그래서 레이
온은 신사, 숙녀복 안감으로 주로 많이 쓰인다. 따라서 모양과 중량이 같
은 다른 소재보다 시원한 것이 특징이다.

레이온과 같이 사용된 마(Flax)는 사용량이 15%에 불과하지만 특유의
천연색상이 표면에 흩어져 있다. 마직물이 유행의 절정에 있을 때에 마
직물로서의 효과를 확실히 보여주면서도 100% 마직물과는 비교가 안
될 정도로 원가가 쌌다.

반면에 레이온은 어떤 의류용 소재보다도 강도가 약하고, 특히 습식강
도가 약하다는 취약점이 있어 단일 소재로는 특수한 경우가 아니면 잘
사용하지 않는다. 그래서 흔한 안감도 강도가 높은 화섬과 교직을 하는
것이다.

RF원단은 강도가 약한 레이온을 강하게 꼬아 처음에는 카랑카랑하면

서 구김도 적고 옷맵시도 산뜻하게 나오지만 몇 번 계속 만지기만 해도 촉감이 물러진다. 그러니 세탁을 하면 더욱 더 물러져 처음의 옷맵시가 거의 나오지 않는 약점이 있다.

그렇다! 결론은 나왔다.

그렇다면 RF원단이 갖는 약점을 보완하면서 Copy 원단이라는 비난도 피할 수 있는 방법을 강구한다면 대농을 이길 수 있다. 방법은 간단했다. 강력이 아주 좋은 원료인 포리에스테르를 20% 정도 집어넣는 대신 레이온의 양을 줄이면 된다. 즉 PRF[2] 혼방원단을 만드는 것이었다.

장 철원 씨를 불러 원료부터 제직 가공기술은 내가 해결할 테니 서둘러 거래방법을 찾아달라고 했다. 개발원사 생산이 가능하고 시설도 큰 메이커가 반드시 필요하므로 시제품을 내고 품평회를 거쳐 대량 생산까지 하려면 미리 서둘지 않으면 안 된다. 우여곡절 끝에 ㈜마젠타가 중간 업체가 되어 대기업 거래조건을 충족시켜주기로 하고 생산은 동국방직에서 하기로 했다.

나는 혼방정도, 섬유의 길이와 꼬임정도, 실의 굵기, 가공 전 제직조건, 가공방법 등을 충분히 연구 검토한 다음,㈜마젠타 사장 승인 아래 장 과장과 동국방직 본사에 들러 당시 장래후 부장을 만나 PRF원단을 개발하면 성공할 수 있는 배경을 설명했다. 1차 검증된 대농의 RF원단을 보완한 상품이니 동국을 위해서도 특별히 관심을 가지고 추진해봐 주기를 요청했다.

대기업은 신제품 개발에 대해서 어떤 면에서는 중소기업보다 적극적이지 못하고 아주 보수적이라 추진하는 것이 무척 어렵다는 것을 알고

각주2) PRF : Polyester, Rayon, Flax

있었다. 확실한 정보로 판단에 확신을 주지 않으면 개발하는데 어려움
이 많다. 다행히 그 당시 경기가 좋지 않아 생산할 새로운 상품에 회사도
관심을 가지고 있는 중이라 상담은 쉽게 되었다.

그 후 공장도 방문하여, 처음이라 이해가 부족할 수도 있는 각 부서별
담당들을 열심히 도왔고, 결국 완성된 시제품이 나왔다. 외관상으로는
짐작한 대로 폴리에스테르 함량만큼 천연색상이 조금 떨어지는 아쉬움
은 있지만, RF원단의 약점은 완전히 개선된 만족스러운 품질이었다. 성
공이었다!

더군다나 대농의 RF원단은 하복용 한 가지뿐이었으나 PRF원단은 봄
용도 가능하도록 조직을 변경하고 중량을 올린 제품을 한 가지 더한 것
이 더욱 마음에 들었다.

나는 두 가지 원단에 대해 판매시기와 판매 가능 수량을 결정하는 즐
거운 고민을 해야 했다. 지금까지 개발한 일들도 쉬운 일이 아니었지만
상인으로서 책임질 수량결정을 하자니 보통 고민이 아니었다.

내 나름대로 성공은 확신하지만 대농 RF를 처음 시판할 때 일이 자꾸
생각났다. 그때는 재고 원단이라 책임감이 적은 편이었으나 동국방직은
내 말만 믿고 생산을 해야 하는 만큼 더욱 어깨가 무거운 것이다.

어느 회사에서 예약주문을 받은 수량이 있는 것도 아니고, 판매하면서
수시로 물량을 조정할 수 있는 것도 아니었다. 원사를 처음 개발하는 것
이므로 동국에서는 다른 용도로 전용할 아이디어가 없었다. 원사재고는
무조건 내가 책임지고 해결해야 했다. 그리고 생산에서 판매까지 모든
과정이 순조롭게 진행되기 위해선 제직가공공정을 거치는 동안 완급을
잘 조절해야 했다. 판매보다 생산이 빠르면 대금결제에 쫓기고, 늦으면

판매에 지장이 생긴다. 대기업에서는 내수는 물론 수출을 같이하고 품종도 많다. 우리가 원하는 데로 따라와 주길 기대해선 안 될 노릇이었다. 미리 기간을 정하고 시기별 생산량이 사전에 협의돼야했다.

내가 고민하고 있듯이 ㈜마젠타도 고민을 많이 하고 있는 것 같았다. 시장 경험이 1년밖에 안 된 젊은 사람이 담보나 계약금도 넉넉히 제시하지 않은 채 최소한 수십만 마를 한다고 했으니 걱정이 되는 것도 당연했다.

하루는 동생이 당황한 표정으로 말했다.

"형! 형이 개발한 원단을 한두 가게도 아니고, 여기저기서 영업을 하고 있어요. 어찌된 일입니까?"

㈜마젠타는 대표이사 장 사장의 매부가 되는 황모란 분이 회사의 실질 오너였다. 이 분이 재래시장에 친구가 몇 명 있었는데, 내가 재래시장을 배우기 위해 잠시 있었던 유진상사 이 사장도 하고도 친구관계였다.

과연 이 원단이 걱정 없이 많은 수량을 판매할 수 있는지 혼자서 조사를 여기저기 했던 모양이다. 그런데 보는 사람마다 계약금은 얼마든지 줄 테니, 고민하지 말고 자기들한테 공급하라고 했던 것이다.

어느 날 출근하여 주변에서 하는 얘기를 듣고 온 동생의 말이 우리가 개발한 원단을 한 가게도 아니고 서너 가게의 영업직원이 영업하러 다닌다는 것이다.

즉시 장 과장한테 확인을 했다.

"그래요? 저도 모르는 일입니다. 알아보고 연락을 하겠습니다."

자기도 모르는 사이에 진행된 것으로 본인도 지금 알았단다. 나는 마젠타로 달려갔다. 같이 일한 장 과장을 합석 시키고, 마침 자리에 있는 장 사장에게 먼저 항의를 했다.

"이게 어떻게 된 일입니까?"

"김 사장님 심정 충분히 이해 갑니다."

"이해만 하실 일이 아니지 않습니까? 이미 서로를 이해하고 협조하여 가기로 한 것 아닙니까? 내가 힘이 있다면 왜 마젠타를 찾았겠습니까?"

장과장이나 두 사람 모두 한참동안 묵묵부답이었다. 사람 좋은 대표이사 장 사장은 나의 고등학교 한 해 선배인 것을 처음부터 말없이 서로 알고 있었다. 거래관계로 불편할까봐 거래 끝날 때까지 같이 모르는 척하는 것으로 하고 있었다. 속마음은 나를 돕고 싶지만 오너인 황 사장 결심을 꺾을 수 없어 걱정하는 눈치였다.

나는 미칠 지경이었다. 내 자식 잘 키워 놓고 남한테 강제로 뺏기는 것이나 뭐가 다른가? 우리 엔지니어들은 자기가 개발한 원단은 자기 자식이라고 표현을 한다. 아무리 돈이 좋고 매정한 시장이라지만 내 자식을 뺏길 수는 없는 것 아닌가? 이 원단은 내년 상반기를 준비한 내 농사였다. 새로운 준비는 시기상 불가능했다. 한 번도 아니고 또 이런 일이 생기다니 기가 찰 노릇이었다.

내 자식을 돌려주세요

잠이 올 리가 없었다. 예민한 성격인 편이라 중요한 결정을 할 땐 잠을 설친 적이 한두 번이 아니지만, 아예 잠이 오지 않았다. 식구들이 깰까봐 혼자서 누웠다 일어나 앉기를 되풀이 하며, 줄담배를 피우며 늦은 밤을 보내고 있었다.

아내가 자다 일어나 컴컴한 방에 담뱃불만 오락가락 하는 것을 보고, 크게 놀란 것 같다.

"누구……?"

겁에 질려 말도 제대로 안 나오는 모양이다.

"나요."

"도깨비 같이……. 당신 그 일 때문에 그래요?"

"잠이 잘 안와서……."

잠에 취한 상태로 보니, 거무스름한 모습에 움직이는 담뱃불이 겹쳐 보이니 영락없는 도깨비 모습이었다나? 놀란 아내를 진정시키고 애들도 자고 있어 점퍼를 걸쳐 입고 밖으로 나갔다. 늦가을 밤공기가 꽤 차갑다. 현관 밖 계단에 앉아 담배를 물었다. '시간이 없다. 내일은 어떤 방법으로든 담판을 지어야 한다.'

그때 문득 언젠가 읽은 '야마오카 소하치' 라는 일본작가가 쓴 '대망'의 한 줄거리가 생각났다. 자수성가한 한 주인공의 얘기였는데 불가능할 정도로 어려운 일에 직면했을 때, 상대방의 집에 찾아가 엎드려 절하고 진심을 털어놓아 감동시켜 해결한 얘기가 문득 떠올랐다.

'그렇다. 나도 그렇게 한번 시도해보자.'

그렇게 결심을 하고서야 눈을 좀 부칠 수 있었다. 아침 햇살을 맞이하기 위해 달마저 기우는 새벽녘이었다.

아침에 출근을 하자마자 장 과장을 찾아가 내 결심을 얘기했다.

"지금 상황에 만나 주겠습니까? 더군다나 자기 집에까지 찾아가면 쉬는 시간에 예고도 없이 찾아왔다고 짜증을 내면 더 어렵지 않겠어요?"

"쫓겨나는 일이 있어도 다른 선택이 없어요. 사정을 하든지, 도의적으로나 법적으로나 리노하고는 차원이 다르지 않아요? 이렇게 앉아서 내 자식을 또 뺏길 수는 없잖아요?"

다른 선택도 없을 뿐더러, 왠지 쉽게 해결될 지도 모른다는 생각도 들었다. 지금까지 한두 번 어려운 고비를 맞은 것이 아니지 않는가? 내게는 하면 된다는 생각과 강한 의지로 진심으로 대하면 대부분은 해결되었던 경험이 있었다.

'하면 된다.'

'꺾이지 않고 노력하는 자에게 불가능은 없다.'

장 과장을 설득하고 다른 직원을 통해 황 사장의 주소를 알아냈다. 찾아가는 일만 남았다. 혹시 늦게 들어올지도 모르겠으나, 만약 제시간에 퇴근한다면 저녁식사를 끝내고 뉴스를 볼 9시경이면 좋겠다.

과일 몇 개를 사들고 사장 댁을 방문하니 내 예상대로 거실에서 부인, 자녀들과 함께 뉴스를 보고 있었다.

"아니 늦은 시간에 말씀도 없이 웬 일이십니까?"

"불시에 찾아뵙는 실례를 용서하십시오. 오래 있지는 않겠습니다. 잠시 시간을 좀 주시기 바랍니다."

당황해 하는 모습이 역력했다. 문을 열고 들어섰으니 나가라고 할 수는 없고, 본인도 내가 찾아온 이유를 짐작한 것인지 아주 거북스럽게 맞았다. 과일바구니를 부인에게 건네고 무조건 무릎을 꿇었다.

"사장님! 가족과 함께 하시는 소중한 시간에 예고도 없이 찾아 온 것을 다시 한 번 사과드립니다. 그리고 사모님과 가족에게도 사과드립니다."

당황해 하며 소파에서 바닥에 내려앉는 모습을 보고, 갑자기 찾아온 것에 대해 미리 정리한 내용을 얘기하기 시작했다.

"사장님이 걱정하시고 판단하신 것을 충분히 이해합니다. 길은 여러 갈래 있습니다. 저에게 기회를 주어 성공하면 더욱 좋지 않겠습니까? 사장님은 존경받을 분이 되시고, 나는 용기를 가지고 열심히 사는 보람을 얻게 되고, 사장님은 여러 방법과 기회가 있는 분이지만, 나에게는 다른 길이 없습니다."

"내 눈을 보아 주십시오. 거짓이 있거나 확신이 없어 보입니까? 시장 경력은 부족하나 오랫동안 상품을 개발하여 많은 상사들에게 장사를 할 수 있게 일해 왔습니다. 대농에서 악성재고로 처리를 못한 원단을 보물로 찾아낸 사람도 접니다. 이만하면 검증받았지 않았습니까?"

"김 사장님 저도 압니다."

"이제 시작하는 젊은 사람의 가슴에 대못을 박아서야 되겠습니까? 부디 초심으로 도와주시길 간절히 바랍니다."

나도 모르게 말하는 동안 눈물을 글썽이며, 그렇게 간절하게 온 정성을 다해 부탁했고, 정신없이 인사를 하고 나왔다. 너무 긴장한 나머지 내가 어떻게 나왔는지조차 기억에 없다. 어느새 아파트 앞길을 걷고 있었다.

이튿날 출근을 하자, 장 과장으로부터 기쁜 소식이 날아왔다. 지금까지 상담했던 업체들은 없었던 것으로 하고 고운상사에만 공급하기로 결정을 했다고 한다. 나는 문제가 해결되어 만족하기도 했지만 그보다 '내가 또 해냈다'는 생각에 흥분을 감출 수가 없었다. 그 동안의 노심초사하며 잠 못 이룬 밤이 모두 꿈만 같고, 이렇게 극적으로 만들기 위한 시나리오 같았다.

그때 초등학교 1학년 큰 놈과 작은 애를 어머니한테 맡기고 아내도 같이 일을 하고 있었다. 동생은 어찌 돌아가는지 어느 정도 알고 있었지만 무슨 일이 있었는지 그날따라 보이지 않았다.

부부가 포장마차에 들러 소주잔을 나누며 가슴 졸인 얘기를 나누는 순간 너무나 행복했다. 차마 무릎 꿇었다는 얘기는 못하고……

내가 황 사장 댁에 9시 전후에 찾아간 건 이유가 있었다. 단 한 번에 설득하기 위해선 그 사람의 가족까지 내 편으로 만드는 것이 필요하다고 생각했던 것이다. 가족과 함께 있는 시간대가 바로 그 타이밍이었다.

나의 간곡한 청을 들어줄 경우, 그분도 상당히 난처한 일을 풀어야 할 처지였다. 잘못된 약속이긴 해도 어쨌든 잘 아는 친구들한테 원단을 공급해 주겠다고 약속까지 했기 때문이다.

약속이나 하지 않았으면, 그래도 나를 도와 줄 결심이 쉬웠을 테지만 여하튼 그러한 어려움을 모두 감수하고 그 분은 나와의 약속을 이행하기로 결정했다. 그것은 우선 그 분이 도의적으로 잘못된 결정을 한 것에 대해 미안한 마음이 있었기 때문일 것이다. 하지만 그 분 가족들의 권유도 작지 않은 동기가 됐으리라 짐작된다.

"여보 그 사람 당신이 도울 수 있으면 도와주면 좋겠어."

"아버지 그 사람 누구야? 아버지 비슷한 어른인데 왜 아버지한테 무릎을 꿇고 얘기해?"

존경받는 남편이요 아버지이길 원치 않는 가장은 없다. 내가 황 사장에게 그 가족이 있는 자리에서 그렇게 간청을 한 것은 그 점을 생각해서였다. 가족 모두가 기분 좋게 도와주기를 청할 때 가족을 위하는 가장으로서는 그 청을 무시할 수 없었을 것이다.

대기업도 신의가 없다니

그날 이후 나는 더욱 더 신중해지기로 결심을 했다. '실수는 안 된다. 내가 확신 하는 물량에서 줄여 안전한 방향으로 믿음에 보답해야 한다.'

주문 물량을 고민한 끝에 처음 생각한 수량에서 반을 줄여 봄철용과 여름용 합쳐 50만마를 주문했다. 그런데 동국방직에서는 이미 나름대로 시장조사를 했는지, 못해도 100만 마를 해야 된다며 수량을 늘리라고 했다.

나도 그러고 싶지만 만약에 재고가 남으면 나쁜 사람이 된다. 확신대로 하면 나도 두 배로 큰돈을 버는데 그것이 싫어서 안하겠는가? 사정을 설명하고 초두 판매 반응을 보고 추가 주문을 하겠다고 했다.

어렵사리 서로 양해를 했다. 나는 마음 편하게 기성복 메이커에서 받은 오더와 많지는 않았으나 추동용 원단판매에 일단 열중했다. 하지만 그것은 거의 거래처 관리 목적이었고 내심으로는 3월에 나올 동국의 PRF원단에 온 신경을 쓰며 기다렸다. 드디어 3월이 오고 초두 상품을 공급받아 열심히 영업에 들어갔다.

기성복 상인들이 작년에 재미를 본 RF원단 확보를 위해 사전 작업에 들어갈 때였다. 비축을 하지 않으면 판매량을 따라가지 못할 수도 있다. 작년에 우리와 거래한 업체들을 상대로 새 상품을 선보였다. 그런데 난리가 났다. PRF원단이 RF원단보다 훨씬 못하다는 것이다.

"원단이 왜 이렇습니까? 작년 원단하고는 완전히 다르잖아요?"

"생산량이 많다고 해서, 올해는 고운상사 원단으로 봄, 여름 장사 계획을 다 짜놓고 있는데 작년 것보다 영 못하네요?"

나는 열심히 설명했다.

"지난해는 유사한 원단이 없어 판매가 잘되어 다소 문제가 있어도 모르고 넘어갔지만, 입어본 사람은 벌써 알고 있습니다. 물성이 너무 약해 세탁을 몇 번 하면 흐느적거리고 찢어지는 것입니다. 그런 문제점을 알고 우리가 보완하여 개발한 것입니다."

"그런 얘기는 기술자 입장에서나 하시는 얘기이고, 작년 마지막까지 없어서 못 판 시장의 반응을 무시할 수 있습니까?"

"아닙니다. 며칠만 가면 우리 원단이 이길 것을 확신합니다. 원단업체는 잘 팔리니까 모를 수 있지만 소매업자나 소비자 의견을 들어 보세요. 아마 일찍부터 봉제를 한 업체는 벌써 알고 있는 지도 모릅니다. 작년에는 창고에 상품이 있을 시간이 없었지만, 지금은 예비생산하여 만져도 보고 이리저리 옮기고 하다보면 우리가 지적하는 문제를 알기 시작 할 때입니다."

이미 지난 해 원단에 눈이 익은 기성복 업체 사람들은 외관이 조금 틀려 보이는 것만 신경을 쓰며 내 말을 귀담아 들으려 하지 않았다. 거래처 대부분이 리노를 통해 나온 가게로 현금 들고 몰려갔다.

그렇게 대농 원단은 쉽게 접근을 하는데, 우리 원단은 만지작거리며 고개만 갸우뚱거렸다. 그 해도 경기가 너무 좋지 않아 이미 검증된 원단을 찾아 나서는 것은 너무나 당연한 것인지 모른다.

시장에서는 금방 소문이 돈다. 안 좋은 얘기였다.

"고운상사에서는 올해 대농 RF는 못하고, 궁여지책으로 다른 공장에서 했는데 원단품질이 떨어진단다."

그러니 작년에 그렇게 잘 해주고 친하게 지낸 업체들도 전부 대농 RF로 몰려 주문하고 난리였다. 우리 원단은 실패라는 말까지 나돌기 시작했다.

나는 다시 초조해지기 시작했다. 아무리 잘 만들어도 팔리지 않으면 끝이다. 엎친 데 덮친 격으로 동국 PRF원단을 여기저기서 팔기 시작했다. 조사를 해보니 동국방직에서 ㈜마젠타를 거치지 않고 직접 원단가게에 공급을 하고 있었던 것이다.

마침 동국방직에 근무하는 아는 간부가 있어 사정을 알아보니 기가 막혔다. 동국에서도 지금까지 하던 다른 품종들이 판매가 부진하여 공장 가동이 부분적으로 중단된 상태인데, 할 만한 것이 없어 수량을 늘릴 것을 요구했으나 듣지 않으니까, 다른 원단업체에서 주문을 받아 생산량을 늘렸다는 것이다.

㈜마젠타는 패션업체 위주로 영업하던 회사라 재래시장용으로 계약 생산하는 것이 처음이고, 두 사장은 시장사정을 깊이 몰랐다. 단지 장 과장과 나만 믿고 시작한 셈이고 확보한 물량도 대단히 큰 수량이라 오히려 계약 위반한 동국에 할 말이 생겼으니 내심 다행이라 생각하고 심하게 따질 생각도 없는 모양이었다.

그렇다고 개발한 나는 계약 당사자가 아니니 내 말이 먹혀 들어갈 리가 없었다. 울분을 삼키고 영업에만 몰두 할 수밖에 없었다.

'대기업마저도 사업에선 도의도 없고 신의도 없단 말인가?

'오직 강한 자만이 살아남고, 큰소리치며 시장을 지배한다고는 들었으나 해도 너무하다.'

내가 강자가 되어 시장에서 인정을 받아 함부로 무시당하지 않는 길밖에 없다. 내가 개발하는 것마다 성공하면 대기업들도 나를 무시하지 못하게 될 것이다. 나를 배반하면 손해가 되고, 믿음으로 약속을 지키면 자기들이 생각지 못하는 새로운 개발품을 생산할 때 덤으로 기술과 정보도 얻을 수 있고 매출도 늘어난다는 사실을 실적으로 보여주는 길밖에 없다.

나는 더욱 이를 악물고 PRF의 장점을 열심히 강조하며 더러는 무상으로 원단을 주고 옷을 만들어 비교해 보라고 했다.

지성이면 감천이라 드디어 내가 확신한 결과가 현실로 나타나기 시작했다. 어느 정도 시일이 지나자 대농 RF의 결점이 눈에 들어오기 시작했던 것이다.

옷걸이에 걸어놓았을 때 손이 자주 가는 부분이 대부분 한쪽 어깨인데, 좌우의 촉감이 완전히 달라진 것을 눈으로 확인한 것이다. 비교해보라고 무상으로 준 우리 원단은 아무리 만져도 문제가 없었다.

손으로 만지기만 해도 그러니 소비자가 물빨래를 하면 더욱 큰 문제가 된다. 그래서 대농의 수출업체에서 주문량을 계속 이어가지 못한 것이리라!

그때부터 판매 경쟁은 역전이 되었다.

더구나 봄용으로 능직이면서 조금 두꺼운 원단을 한 가지 더 한 것이 더 반응이 좋았다. 그것은 나만의 독점이었다. 다른 사람들은 작년의 결과만 보고 괜히 복잡하게 할 필요를 느끼지 못했으니 다행이었다.

내가 독점한 그 능직은 늦은 봄용이기도 하지만 여름용으로도 응용이 가능했다. 여름용 원단은 당연히 가벼워야 되는 것으로 생각하면 거의 평직일 수밖에 없다. 그러나 평직은 안감을 넣지 않으면 속살이 살짝 드러나 보인다. 반면에 능직은 안감이 없어도 속이 보이지 않고 부인용으로도 가능하니 용도가 넓다.

그 내용을 알게 된 기성복 업체들은 두 가지 원단을 취급하는 우리 고운상사로 거래처를 옮겨 단골고객이 늘어났다. 그리고 내가 품종을 늘려 생산한 마 100% 또는 교직물 등도 같은 방법으로 생산하여, 기존 조직만 생각한 업체보다 시너지 효과가 있어 판매가 더욱 활발했다.

다른 분야도 그렇지만 판매가 잘되는 원단은 신용판매가 적다. 있더라도 걱정되는 업체까지 신용판매를 할 필요가 없다. 공급이 판매를 쫓아가지 못하는데 그럴 이유가 없는 것이다. 독점판매를 못한 아쉬움이 있었지만, 이제 스스로의 힘으로 어떤 대기업하고도 거래할 수 있는 힘을 가지게 되었다. 시장에 뛰어든 지 2년 만의 일이었다.

9 ㈜고운섬유 설립

힘차게 신나게

나는 그때까지 조용히 생각하고 연구할 수 있을 정도의 작은 사무실을 얻어 있었다. 그러다 큰 사무실로 이사를 하고 마침내 ㈜고운섬유를 설립했다. 1986년 초순이었다.

직원도 십여 명으로 늘었다. 재무관리, 생산기획, 영업부는 패션영업과 재래시장영업으로 분리하여 제대로 된 회사 체제를 갖추었다.

원단을 개발하고 생산할 때에는 믿을 수 있는 하청업체를 찾아 개발

관련 정보가 일체 노출되지 않게 했다. 좇아오는 업체를 피해가야만 할 만큼 소문이 나기 시작했던 것이다.

그동안 중간업체를 통해 하던 계약을 직접계약으로 바꿔 가격 경쟁력을 높여 나갔다. 여러 가지 상품을 계절마다 생산했지만 대부분은 내가 직접 개발했다.

특별히 견본을 제시해 주문을 받는 것도 있고, 우리 회사의 판매력을 믿고 생산업자가 공급해 주는 원단도 일부 있었다. 하지만 그것은 내가 손수 개발해 판매하는 재미에 비할 바가 못 되었다.

돈만 벌기 원한다면 '누가 개발했느냐' 하는 과정은 그다지 중요하지 않을 수 있다. 그러나 온 정성을 다해 개발하고 생산 판매해본 사람만이 느낄 수 있는 자부심을 장사만 하는 사람은 모른다.

나는 많은 종류의 개발품 중에서 레이온 혼용 직물에 크게 메리트를 느끼고 있었다. 천연섬유는 소재 개발에 한계가 있다. 화학섬유는 이미 연구 개발하는 업체가 많았다. 재생섬유인 레이온 계열은 생산성이 까다로우므로 연구하는 업체가 적었다.

따라서 그 분야에 경험이 많은 내가 관심을 가지는 것은 당연했다. 난이도가 높아 위험은 있으나 특징과 장점을 잘 활용하여 다른 소재와 혼방하거나 다른 소재의 실을 같이 사용하여 취약점을 보완한다면 개발의 여지가 많고 경쟁 업체도 적어 과당 경쟁에서 벗어날 수도 있었다. 그 중에서 지금까지 중심원단이 된 여름용 혼용직물에 관심을 많이 가지게 되었다.

다시 10월이 왔다. 내년 여름용 원단을 생각할 때였다. 나는 대농의 악성재고인 RF혼방 원단을 진주처럼 만들었고, 동국의 PRF혼방 원단을 개발하여 내가 일어설 수 있는 기회도 얻었지만, 그 과정에서 설움도 참 많이 받았다. 그런 점만 생각하면 다른 상품과 같이 내가 직접 하청 생산하는 방법이 옳을 수도 있었다. 그러나 원가와 품질의 안정성 면에서 보면 원사를 생산하고 베를 짜고 가공까지 해내는 일괄시설을 갖춘 큰 회사에서 생산하는 것이 더 좋은 게 현실이었다.

나는 믿을 수 있는 회사를 찾고, 올해 원단보다 더욱 개선된 원단을 연구하는 등 준비를 해나가야 했다. 개발의 중요한 핵심을 먼저 생각해 보았다. 유행은 계속 바뀐다. 5~6년간 선호하던 마직물과 그런 느낌을 주는 원단의 유행이 끝나가는 것을 나는 감지했다.

그렇다면 내년에는 마의 느낌이 전혀 들지 않는 깔끔한 분위기로 방향을 바꾸자, 마 원료는 다른 원료에 비해 비싸다, 굳이 비싼 원료를 사용하여 유행에 역행해 갈 필요가 없다, 그렇게 결론을 내렸다.

다른 것은 메이커가 결정된 후 더 생각하기로 하고, 우선 여러 업체를 조사한 결과를 토대로 삼일방직을 메이커로 결정했다.

첫째, 생산설비가 적은 편으로 과욕을 부리지 않을 것이고,

둘째, 수출을 위주로 하는 업체로 재래시장에는 수출하고 남은 재고나 조금씩 판매하는 실정으로 주 거래처가 없다.

셋째, 마침 개발 담당부장이 제일합섬 출신이어서 개발하는데 도움이 될 것이 분명했다.

나는 제일합섬 출신 노경래 개발부장을 찾아가 내 뜻을 타진했다. 그랬더니 노 부장은 한 마디로 답했다.

"멋지게 한 번 해봅시다."

이미 노 부장은 옛날에 자기가 알던 내가 아니라는 것을 알고 있었다.

오히려 나보다 더 적극적인 듯, 대답에 힘이 배어나왔다. 그리고 삼일방직 내에도 나는 그들을 몰라도 나에 대한 소문을 듣고 아는 사람이 제법 있었다. 내가 힘이 부족하여 대농, 동국 등과 간접적으로만 거래하는 동안 어느새 섬유업계에서 알아주는 사람이 많아졌다는 사실을 실감했다.

훗날 들은 얘기지만 대농은 몇 년 동안 재고 소진에 애를 먹었고, 직접 계약한 업체는 물론 위탁판매 가게들까지 수많은 업자들의 속을 태웠다고 한다.

부러움의 대상이면서도 한편으로는 경쟁관계로 상대하다보니 자연스레 더 많이 알게 되었다. 동대문, 남대문 재래시장에서 동국의 PRF 원단만큼 많이 판매한 원단이 없었다. 그런 만큼 관계없는 업체들까지도 알 수밖에 없었다.

시작한 지 두 해 만에 나름대로 성공한 셈이니 부러워들 했지만, 내놓고 말 못할 사정은 그 누가 알까? 아무튼 그런 속에서도 나는 업계에서

(주)고은섬유 설립 후 내 방에서 잠깐

자리매김을 해 나가고 있었다.

마직물 분위기가 유행에서 멀어져가고 있다는 사실도 모르고 동국방직에서는 벌써부터 대량생산에 들어갔다는 소문이 들렸다. 들리는 소리마다 다르긴 해도 대농 RF까지 잡고는 수백만 마를 계획한다는 게 대략의 얘기였다.

노 부장에게 시장의 소문과 내 계획을 얘기했더니 이 양반 덩달아 흥분을 했다.

"적극 협조할 테니 개발해 봅시다."

PRF 원단을 개발할 때와 마찬가지로 설계를 하여 원료부터 제직가공 방법까지 제시했다. 그것이 포리에스테르 30%, 레이온 70%, 2 데니어(denier : 실의 굵기를 표현하는 단위) 44mm 강연방직사 직물이었다.

이전이나 지금이나 PR 직물은 거의 1.5~1.3 denier 38mm 직물이 대부분이다. 그래서 부드럽게 가공하여 모직물(Wool) 느낌이 나도록 하는 것이다. 개발의 핵심은 힘이 있는 원료를 사용하면서 강하게 꼬임을 주고, 그래도 부족한 점은 알칼리로 처리해 레이온을 경화시켜 카랑카랑한 맛이 나게 하는 직물로 시원한 원단을 만드는 것이었다.

개발에 착수하여, 원사방적과 제직까지는 잘되었는데, 염색가공 방법에서 덜컥 걸렸다. 1차 가공한 원단을 받아보니 내가 원하는 상품이 아니었다. 급히 공장으로 내려가 가공방법을 점검했다.

지금도 삼일염직에 근무하는 조 상무가 그때 이사급으로 공장장으로 있었는데, 영남대학교 섬유공학과 출신으로 회장도 아끼는 성실한 사람이었다.

"조 이사님! 내가 원하는 원단은 레이온을 약간 손상을 입혀, 외관도 고급스럽고 봄, 여름용으로 시원한 느낌을 주는 것이 핵심 아이디어인데, 지금 나온 것은 그런 점이 많이 부족합니다."

"저도 들어서 압니다. 고운에서 원하는 대로 하면, 강도가 약해져 소비자가 오래 입을 수 없지 않아요? 나는 엔지니어의 양심으로 그렇게 할 수가 없습니다."

그는 질겨서 소비자가 오래 입을 수 있는 가공 방법을 선택해야 된다고 주장했다.

"조 이사님의 말씀이 맞습니다. 나도 그 정도의 상식은 압니다. 그러나 폴리에스테르가 있어 시장에 가장 많은 면직물보다 약하지도 않습니다. 뿐만 아니라 원단의 용도도 여성용으로 늦은 봄과 한 여름용으로 헐렁하고 시원하게 입는 쪽입니다. 따라서 강도가 전혀 문제되지 않습니다."

"영업을 모르는 입장으로 나는 이해하기 힘듭니다. 다른 용도로 판매될 지도 모르겠고……."

개발은 경우에 따라 상식과 이론을 뛰어넘어서도 생각해야 된다는 내 생각을 납득시키기가 무척 힘들었다. 전문 업체 한 곳에서 오래 근무한 사람으로, 그리고 섬유전문 엔지니어가 배운 대로 말하는 입장을 이해는 하나, 그렇다고 그냥 따라갈 수는 없지 않은가? 나는 지난 두해 동안 있었던 대농과 동국 관련 얘기를 해주었다.

"상식으로 만들면 옛날 것과 마찬가지로 개발이라 할 수도 없고, 엄청난 양을 생산 착수한 동국 원단과 경쟁에서 이길 수 없습니다. 모든 문제는 내가 책임질 테니 시험 삼아 제가 원하는 대로 해주세요. 결과를 보고 다시 의논합시다. 그때도 옳지 않다고 생각되면 시험도 해보고 주변의 의견도 들어봅시다."

아무튼 끈질기게 설득을 하여 내가 원하는 상품을 개발했다. 그리고 결과를 가지고 조 이사가 우려하는 부분도 납득을 시켰다. 이제 남은 일은 조직별 수량 결정뿐이었다. 경기가 더욱 나빠져 가고 있었고, 대농의 악성재고와 동국이 오판으로 재고가 쌓여 가격을 내렸을 때 뺏길 시장까지 고려해 50만 마를 주문했다.

삼일측은 내수시장에서 이처럼 큰 수량은 처음이라고 했다. 물론 삼일방직에서 요구하는 계약조건은 있었다. 하지만 나는 그것을 충족시키는 조건으로 당당히 계약을 했다. 여기까지 도달하기 위해 얼마나 많은 설움을 받았는가? 너무 기쁜 나머지 애기처럼 울고 싶은 심정이었다.

여름장사 준비가 잘 되어 가는지 확인하러 2월쯤부터 공장에 내려가기 시작했다. 삼일염직은 모기업인 삼일방직 원단과, 임가공 수량이 많은 다수의 중소기업 원단을 임가공을 하는 공장이다. 그런데 그것이 큰 문제가 될 줄은 전혀 몰랐다.

삼일방직 각 부서 담당자가 챙기는 원단과 오랫동안 거래해온 임가공 의뢰업체의 원단은 제때 가공이 되는데, 첫 거래하는 우리의 원단은 움직일 생각을 안 하고 있었다.

어느 회사나 일정규모만 되면 위계질서가 있기 마련인지라, 계장부터 만나기 시작하여 밥도 먹고 술도 한잔하면서 인간적으로 부탁해도 돌아서면 그뿐이고 도대체 생산 진행이 되지 않았다. 과장, 차장, 부장, 이사까지 순서대로 다 챙겼는데도 주문한 초두제품은 나올 기미가 보이지 않았다.

초두제품을 빨리 보고 싶은 마음에 일찍부터 챙기기 시작한 것이 이렇게 시간을 허비하다니, 기가 찰 노릇이다. 판매시기를 감안할 때 시일이

촉박할 정도로 여유가 없었다.

그래서 공장을 책임지고 있는 송 전무란 분의 집으로 찾아갔다. 마젠타와 거래할 때, 황 사장 집을 찾아간 이유와 방법이 똑 같았다. 지금 까지 사정 얘기를 하고, 간곡하게 말했다.

"이러다간 삼일도 큰일 납니다. 이 원단은 가공비만 받고 임가공을 하는 원단이 아니라는 것을 잘 알지 않습니까? 원사와 생지가 남으면 모 기업인 삼일방직은 큰 손해를 볼 것이고 우리도 마찬가집니다."

"그래요?"

"벌써 문제가 생기기 시작했습니다. 계절장사이고 유행원단이라 제철이 지나면 덤핑판매로 이어지는데, 나중에 어떻게 감당을 하시겠습니까?"

"시장을 잘 모릅니다만 아직 봄이 많이 남았지 않습니까?"

"아닙니다. 적정시기에 맞춰 계약이 되었는데 이미 늦어지고 있습니다. 계약을 위반하게 되면 저보다 삼일측이 엄청난 손실을 입게 됩니다."

송 전무는 생산 공장에 계실 분이 아니라 선생님 같은 분이었다. 내 얘기를 성의껏 경청하고는 답했다.

"잘 알겠습니다. 더 이상 걱정하지 마시고 돌아가 주세요. 내일부터는 특단의 조치를 취하겠습니다."

나는 이젠 됐다고 생각하고 기분 좋게 돌아왔다. 그런데 서울에서 전화로 아무리 챙겨도 대구 공장에서는 별로 달라진 것이 없었다. 이젠 남은 방법은 단 하나 사장을 만나 직접 담판을 지어야겠다고 생각했다.

통하는 사람도 있었다

지금의 노희찬 회장은 그때 몇 개 회사의 사장을 겸직하고 있었다. 격일로 공장에 출근하는 것을 확인하고, 대구로 내려갔다.

공장 사무실로 들어서니 여러 사람이 인사를 했으나 건성으로 답하고 곧장 사장실로 향했다. 평소와 다른 내 행동을 보고, 나를 지켜보던 사람들이 쫓아왔다. 특히 관리담당이사가 내 행동을 알아차리고 차나 한잔하고 얘기를 나누자며 붙잡았다.

"나는 놀러 온 사람이 아닙니다. 내가 얘기할 분과 가부 간의 결론을 확인하고 빨리 올라가야 합니다."

"김 사장님! 이런 결례가 어디 있습니까? 사장님이 일개 업체 하나까지 신경을 쓰시는 분도 아니고."

"내가 웬만하면 이러겠습니까? 한 두 사람 만나 하루 이틀 부탁한 것도 아니고, 지금까지 얼마나 기다렸습니까? 우리와 이 회사가 같이 걸린 문제입니다."

"다시 한 번 임원 간부들과 얘기해 풀어 봅시다."

"이 공장에서 얘기할 사람과 모두 다 얘기했습니다. 그리고 제대로 하나도 안됐습니다. 그간 거지같이 동냥하러 온 것도 아니고, 부탁하러 온 것도 아닙니다. 당당히 서로의 이익을 위해 계약한 회사의 사장자격으로 왔습니다. 계약서에는 모든 사항이 사장명의로 되어 있습니다. 그 동안 나는 이 회사가 어떤 회사인지 알게 되었습니다. 이젠 얘기할 사람은 단 한 분 사장님 밖에 없다는 확신을 가지고 왔습니다."

넓은 사무실에 있는 사람들이 거의 다 들리도록 말했다.

"그러니 간섭하지 마세요? 이사님은 사장이 아니지 않습니까?"

사장실 앞에서 옥신각신하니 노 사장이 소리를 듣고 들어오게 했다. 그와 마주앉아 그 동안의 사정을 얘기했더니, 그간 진행에 차질이 생긴 것에 대해 정중히 사과를 했다.

그분에 대한 이야기는 일찍부터 들어서 알고는 있었지만 처음으로 직접 만나 대화를 해보니 판단도 빠르고 말씀도 명쾌했다. 더군다나 그분도 나와 같은 엔지니어 출신으로 연구를 많이 하여 가공분야에서 크게 성공한 분이었다. 그러니 이심전심으로 긴 얘기가 필요 없었다. 기업가로 이익 창출도 중요하지만, 개발하여 성공한 보람에 대한 자부심 또한 대단한 분이었다.

"사장님은 정말 대단히 존경받을 분이지만 회사 임직원들은 문제가 좀 있습니다. 저녁에 소주 한 잔 할 때는 안 될 일이 없었는데, 아침에 술이 깨면 어제 얘기를 모두 잊어버리는 것 같습니다."

내가 농담 삼아 이렇게 말했더니 이 분 말씀이 한 술 더 떴다.

"회의하고 계단을 내려가면 다 잊어버리는데, 어제 것을 기억하지 못하는 것은 당연하지요?"

노 사장과 나는 초면이기는 했지만 오랫동안 만난 사이같이 대화 분위기가 좋았다. 내가 보는 앞에서 임원 및 공정별 간부들을 사장실로 집합시켰다. 그리고 나에게 충분히 얘기할 시간을 줄 테니 문제점과 앞으로 어떻게 해야 할지를 설명해 달라고 했다.

내 얘기가 끝나자 노 사장은 분명하게 말했다.

"앞으로 고운섬유 원단 담당은 나다. 직접 챙길 테니 매일 진행사항을 보고하고, 김 사장님은 문제가 있으면 언제든지 나한테 말씀하시길 바랍니다."

책임자급 이상 되는 사람들이 다 모인 자리에서 노 사장의 그 말을 듣는 순간, 십년 묵은 체증이 다 내려가는 것 같았다. 그 후로 대구로 내려가면, 시장 흐름과 향후 개발할 상품에 대해 격의 없이 자주 얘기를 나누었고, 해외시장 조사도 같이 다니며 늦은 밤이 되도록 술잔도 나누는 사이가 되었다. 섬유업계에서 존경하는 몇 분 가운데 한 분으로 나는 지금도 안부를 묻고 지낸다.

그 일이 있은 이후부터 생산은 문제없이 풀려 판매에 집중하게 되었다. 시장으로 나간 우리 원단은 처음부터 공급이 판매를 못 따라 가는 공급자 중심 시장을 형성했다. 원래 재래시장 기성복 업체들은 대기업보다 대체로 정보가 늦다. 백화점에 나온 옷들을 보고 판단하는 거래업체가 그때는 대부분이었다. 그러나 이젠 내 말을 믿어주는 업체가 늘어났다. '이제는 마직물 느낌의 원단은 피해야 한다' 고 했던 내 말에 믿음도 생긴 것이다.

예상대로 작년 생각만 하고 시장의 흐름을 잘 모른 채 동국방직의 PRF 원단을 구매하는 업체도 있었지만, 이미 게임은 우리 PR 원단 쪽으로 기울어져 있었다.

치열한 경쟁에서 한 발짝 앞서 금메달을 목에 건 메달리스트가 된 것이나 다름없었다. 우승자의 기쁨에 포상금은 덤일 뿐이다. 피나는 노력으로 우승을 일구어낸 기쁨 아니던가? 일본에서 활약하고 있는 조치훈 기사는 '목숨을 걸고 바둑을 둔다' 는 말을 했다. 내가 해낸 일이 그에 비할 바는 아닐지 몰라도, 최선을 다하면 안 되는 것이 없다는 소중한 경험을 다시 한 번 실감한 것이다.

다니던 직장을 배신하거나, 어제의 동료를 딛고 일어서서 성공한 사람은 많다. 그러나 나는 스스로 도전하여 성취한 것이다. 그래서 나는 내가 자랑스러웠다. 신바람이 나를 무섭게 변화시키고 있었다.

하기휴가 중 가족과 함께

10 견문을 넓히자, 해외로

화섬의 본고장 일본으로

'지금까지 이렇게 빨리 성공한 비결은 무엇일까' 하고 잠시 멈춰 생각해 보았다

첫째 원단개발에 대한 전문지식을 넓게 갖고 있었다. 이를 위해 제일합섬에서 누구보다 폭 넓고 깊이 있게 공부했고, 원진에서는 소재에 대한 제한을 받지 않고 개발하면서 다양한 공장들을 알고 있다.

둘째 최고의 전문가에게 듣고 배웠다. 모르는 것이 있으면 여기저기

발품을 팔아 그 분야에서 최고가 되는 사람을 찾아가 듣고 배우기를 게을리 하거나 부끄러워하지 않았다.

셋째 도전정신이 있었다. 해낼 수 있다는 긍정적인 생각을 가지고 최선을 다해 노력하면 반드시 길이 있다.

넷째 시장의 흐름을 정확히 파악했다. 조금이라도 남는 시간이 있으면 함부로 보내지 않고, 평일은 물론 휴일에도 열심히 정보지를 찾아보거나 시장 조사를 열심히 했다.

그렇다면 지금부터 더욱더 잘하기 위해선 어떻게 해야 하는가?

이미 알고 있는 것은 더 보태고 모르는 것은 듣고 배우면 되겠지만, 정보를 모르고 연구개발하면 상품이 아니라 작품이 되는 경우가 많다.

너무 빨라도 늦어도 안 되니 다음 계절의 트렌드(trend) 즉 유행의 흐름을 정확히 읽어야 한다. 개발하는 사람은 정도만 다를 뿐 누구나 작품을 만든다. 그것을 줄이는 길만이 더 잘할 수 있는 가장 확실한 지름길이다.

그 길을 찾으려면 지금부터 보다 폭넓게 정보에 접근해야 한다. 국내에서 볼 수 있는 것은 부족하다. 관련 정보가 넘치는 해외로 나가야만 한다.

그 당시에도 유럽까지 시장조사를 다니는 사람이 더러 있었지만, 많은 경비가 부담이 되어 한국보다 앞서가면서도 지리적으로는 가까운 일본 시장으로 관심을 가지기로 했다.

그때나 지금이나 일본이 제직가공방법이 한국보다 앞서가기는 한다. 하지만 수입원단이나 신소재를 소개하는 책자를 보면 우리가 못할 이유가 전혀 없는데 우리나라 메이커가 개발해 판매하는 원료나 원사가 없어서 못하는 경우가 많았다.

일부 대기업이나 수입업체가 우리나라에 없는 원료나 원사의 수입을 시도하긴 하지만, 활성화 되려면 낯선 원료를 선뜻 사용하고자 하는 원단개발업체가 있어야 되고 개발업체는 주문하는 판매회사가 있어야한다. 대부분 개발과 생산하는 회사와 판매회사가 다르다. 부담이 크므로 주문하면 생산하겠다와 생산하면 팔겠다는 상반된 생각으로 진행이 잘 되지 않는다.

그러나 나는 다른 업체와 달리 개발 생산능력과 판매능력도 겸하고 있으니 다른 업체들처럼 절름발이가 아니다. 따라서 신소재가 많은 일본 시장에 관심을 가지고 보다 폭넓게 개발에 나설 생각으로 적극적으로 조사를 시작하기로 했다.

섬유전문여행사가 춘하 및 추동 신상품전시회에 맞춰 일본시장조사단을 모집했다. 신상품전시장과 의류전문상가를 중심으로 4~5일 둘러보고 오곤 했다. 처음 몇 차례 나갔을 때는 모든 것이 좋아 보였다. 그 수많은 것들 중에 어느 것이 보석이 될지 갈피를 잡을 수가 없었다.

처음 해외시장 조사차 간 일본 오사카

일행 모두가 같은 목적으로 간 사람들이라 원단가게 앞에 버스가 서면 달리기 하듯이 몰려가 좋아 보이거나 조금밖에 없는 것은 통째로 사기도 하고 장사를 잘 하는 사람이 사는 원단을 곁눈질해 사는 등 같은 한국인으로서 보기에 민망스러울 정도였다.

지금은 그런 사람이 없겠지만 당시에는 한 번 전시회에 가서 다음 철 양식을 장만한다는 마음가짐이었고, 외국에 나가서도 그렇게 창피한 경쟁을 해야만 했다. 나 역시도 기술 부분을 아는 것만 다를 뿐 똑같은 입장이라 겉보기만 태연한 척할 뿐 하는 짓은 마찬가지였다.

돌아가서는 비싸게 산 걸 버리게 되든지 보석이 되든지, 한국 가서 생각하기로 하고 괜찮다 싶은 원단은 이것저것 많이도 사고 좋은 원단을 찾아 바짓가랑이 바람소리 나게 돌아다녔다.

전시장과 여러 군데로 흩어져 있는 백화점과 전문시장으로 버스로 이동하는 시간을 제외하고는 계속 걸어서 다니니, 오후 무렵이면 눈은 벌겋게 충혈 되고 허리는 꺾어지는 듯한 통증이 왔다. 퉁퉁 부은 발 때문에 운동화를 새로 사서 신었을 정도였다.

그렇게 고생고생하며 구입한 물건들을 귀국해 찬찬히 분석하고 검토해보면 버려야 할 것이 90%였다. 누가 생산해 납품을 했는지 국내 백화점에 이미 나와 있거나, 원료가 너무 특수하여 취급할 수 없는 것이 대부분이었다. 괜히 덩달아 사서 비용만 들이고 헛고생을 한 것이다.

두어 차례 다녀보니 시장조사방법을 바꾸어야겠다는 생각이 들었다.

"나 혼자 나가니 편견으로 잘못 보는 것이 많은 것 같아."

"그래서요?"

"당신도 같이 가야겠어. 우리가 여성용 원단을 주로 하니, 소비자 입장에서 당신이 같이 보며 다니는 것이 좋겠어."

"비용이 많이 들잖아요?"

"비싼 원단 적게 사고, 개발 밑천 제대로 많이 가져오면 그만이잖아. 그리고 일본가기 전에 국내시장부터 완전히 파악하고 가야겠어."

"나야 구경도 하고 좋지요?"

그 다음부터 해외로 나가기 전에 우리 부부는 국내 시장에 이미 나온 원단부터 훑어보고 다녔다. 시장조사를 염두에 두고 재래시장 옷 가게와 백화점을 돌아보니 그동안 눈에 들어오지 않던 것이 보이기 시작했다. 지금까지는 내가 관심을 가지고 있는 한정된 상품만 보아왔다는 것을 느꼈다.

잘 팔리는 원단은 어떤 생산업자든지 노출을 기피한다. 혹시 카피라도 할까 봐 조심하는 것이 당연하다. 나도 내 사무실 쇼룸에는 친한 친구라도 같은 업종이면 못 들어가게 했다. 큰 물량이 움직이면 저절로 소문

아내와 함께 동경에서

이 나돌게 되고 공개가 불가피하게 되지만, 조심스레 움직이는 적은 물량 가운데는 마진을 많이 남기는 짭짤한 원단도 있었다.

외국으로 나가서 사온 원단이 벌써 국내에도 유통되고 있는 경우가 없지 않았는데 오픈된 공간이 아닌 조심스런 공간에서 거래되는 실태를 모르고 있던 탓이었다. 나는 그때부터 처음 일본 위주에서 나중에 유럽으로 20여 년간 시장조사를 나갈 때마다 사전에 국내 원단 조사부터 충분히 하고 나가게 되었다.

이젠 한 두 품종으로 만족할 수 없을 만큼 회사도 커졌고, 더러는 지금까지 해왔던 원단의 유행수명이 다 되어갔다. 새로운 먹거리를 만들어내지 않으면 안 되었다. 그러나 무리를 하면 실수할 개연성도 높았다.

어느 날 거래관계로 알고 있던 ㈜갑을 정 전무라는 분으로부터 전화가 왔다.

"일본에서 원단메이커 손님들이 오셨는데 김 사장님 같은 분을 찾아요."

"예?"

"한국에 좋은 파트너를 찾아 자기들 원단을 수출하고 싶데요. 영업하는 사람들이 있으니 덤으로 수입원단도 경험해보고, 개발 자료도 얻을수 있으니 내가 소개해도 괜찮을 것 같은데……."

그리하여 우선 한국 시장을 알고 싶다고 하여 이틀 동안 우리가 거래하는 패션업체를 소개하고 조사를 도와주었다. 마침 일행 가운데 부장이라는 사람이 한국말을 잘해서 일본말은 겨우 유치원생 정도의 실력인나는 안내만 해주면 되었다.

그들은 일본으로 돌아가면서 너무 고맙다는 인사를 하며 가능하면 자기 회사를 꼭 한번 찾아 달라고 간절히 요청했다.

"우리 회사는 많은 종류의 원단을 생산하고 있습니다. 그것을 보고 한국 시장에 팔 수 있는 것은 수입해 주면 좋겠습니다. 수입을 하지 않더라도 정보와 자료를 서로 나누고 싶습니다."

큰 기대를 하지 않았는데 정중히 초청해 줘서 고마웠고, 시장도 한번 둘러 볼 때가 되어 며칠 후 일본으로 갔다.

몇 번의 전시회 참석으로 비행기를 타고 지하철을 바꾸어 타는 정도는 가능하지만 변두리에 있는 회사를 찾아가는 것이 은근히 걱정되었다. 한국에서 받은 명함을 택시기사한테 건넸더니 몇 번인가 전화를 하더니 회사 앞까지 데려다주었다.

일본인들에 대해서 이미 많이 알고 있었지만 책임감과 친절함이 정말 놀라웠다. 한국말 잘하는 부장의 명함을 내밀며 상담을 요청했더니 상담실로 안내했다.

그런데 어찌된 영문인지 한국에서 본 다른 사람들은 다 있는데 우리말을 잘 하던 그 부장만 없었다. 사정설명을 열심히 하는 것 같은데 도무지 무슨 말인지 알아들을 수가 없었다.

서로 얼굴만 마주 쳐다보고 민망한 시간이 길어지니 숨이 막혔다. 다른 것도 조사해야 하지만 이곳까지 와서 상담도 못하고 가면 말이 안 된다. 냉정을 되찾고 곰곰이 생각해 봤다. 그때 갑을 정 전무가 떠올랐다. 그는 일본어가 아주 유창했다. '그렇다, 그와 전화해 보자.'

전화를 가리키며 한참 만에 기억해 낸 서툰 일본말로 겨우 말했다.

"스미마셍가 칸고꾸에 오뎅화 데끼마스까?"

"すみませんが かんこくへ おでんわ できますか?"

(미안하지만 한국으로 전화할 수 있을까요?)

그렇게 하여 한국에 있는 정 전무한테 국제전화를 걸어 통역을 맡겨 상담을 마칠 수 있었다. 2~30분은 족히 전화했으니 요금이 꽤 나올 것으로 생각하고 대충 계산하여 전화요금이라고 내어 놓았다. 그랬더니 오히려 자기들이 큰 실례를 했다면서 사양을 했다. 내가 믿고 간 한국어가 능통한 부장은 마침 그날 출근길에 사고가 나는 바람에 출근을 못했다며 미안하다는 것이다.

일본에서 돌아와 얼마 지나지 않아 인사하러 갑을에 들렀더니 모두들 전보다 더 친절해진 것 같았다. 전무님이 간부회의에서 나와 국제전화로 통역한 얘기를 한 것이다.

"그런 상황에서 당황하지 않고 김 사장처럼 영업할 수 있겠습니까?"

민망하기도 했지만 한편으론 기분이 나쁘지 않다.

한번은 오사카 전시회에 친구와 둘이 가기로 했다. 친구는 자기 매제가 재일교포로 가와사키에 살고 있는데 마중을 나와 안내해 주기로 했으니 걱정하지 말고 같이 가자고 했다.

그런데 공항에서 아무리 기다려도 나타나지 않아 곧바로 전시장으로 가 상담을 마쳤다. 호텔로 가야 하는데 전화연락조차 되지 않아 어디에 예약을 했는지 알 수가 없었다.

동생가족에게 줄 선물 보따리까지 나누어 메고 택시를 타고 가까운 호텔을 아무리 다녀도 빈 객실이 없었다. 행사기간이라 예약이 찬 상태였다. 무거운 짐을 가지고 몇 군데 호텔을 돌아다니고 나니 지치기도 했지만 배가 고파서 저녁을 먹고 싶었는데도 짐 보따리가 많아 들릴 만한 식당이 없었다. 게다가 이 친구는 나보다 일본말을 더 못하니 기가 막혔다.

하는 수 없이 유사시를 대비해 적어놨던 오사카 한국영사관 전화번호를 찾아 전화를 했다. 직원은 영사관 근처까지 오면 해결해 주겠다고 하는데 어디가 어딘지 동서남북을 알 수가 없었다.

지금처럼 누구나 핸드폰을 가지고 다닐 때도 아니었다. 지나가는 택시를 잡아타고 사정을 하여 공중전화부스로 가서 기사와 영사관 직원이 직접 통화하게 하여 숙식문제를 겨우 해결할 수 있었다.

오사카에 상주한 그때 그 영사관 직원의 친절은 지금도 잊을 수 없다. 세금 낸 보람을 처음으로 크게 느꼈다.

패션의 메카 유럽으로

한 3년 정도 일본 위주로 다니며 유행의 본거지는 뉴욕, 동경, 유럽(파리 및 밀라노) 세 군데라고 말해 왔는데, 파리 및 밀라노 위주로 유행의 중심지가 급변됐다는 얘기가 들렸다. 일본인과 미국인들도 1년에 두 번 개최되는 파리의 '프리미어 비종' 과 밀라노의 '모다인 텍스' 양대 전시회에 가서 정보를 가지고 간다는 것이다. 그 뒤부터 일본은 거래관계 외에는 가지 않고 유럽으로 다니기 시작했다.

처음 나가보니 듣던 대로 일본 동경이나 오사카 전시회 하고는 비교가 되지 않았다. 세계 각국에서 패션 관련업체, 기성복업체, 원단업체, 부자재업체 등 판매하거나 생산하는 사람들이 다음 계절 원단을 상담하거나 정보를 얻기 위해 다 모이는 곳이었다. 전시회에 참가하는 업체 수나, 상품의 수준이 세계적인 전시회다웠다.

일본, 한국, 대만 사람들은 들어오지 못하게 하는 업체가 상당히 많았다. 주문을 받을 목적으로 출품했는데 카피할 목적으로 들어오는 사람이 많아서 그렇단다. 수입하는 업체에서 온 사람도 초청장이 없으면 입구에서 막았다.

이런 회사 원단일수록 더 보고 싶은 것은 나뿐만 아니었다. 몇몇 알고 있는 수입업체 명함을 빌려 끝내 들어가 구경을 하는 창피한 방법도 썼다.

전시회를 보고 나면 도심지 시장조사를 하는데, 백화점은 일본이나 한국처럼 그렇게 많지 않았다. 오히려 거리 주변에 개별 매장이 많았다. 백화점은 걷는 시간도 적고, 조사하기가 효과적인데 거리의 골목길을 돌아다녀야 하니 누구나 할 것 없이 엄청 걸어 다녀야 했다.

처음 다녀온 후 여행사 사장한테 개선점과 준비할 것을 얘기했다.

이태리 밀라노 MODA IN을 참관하고
두오모성당에서

"브랜드별 매장 위치가 표기된 지도를 준비해 줬으면 좋겠어요. 전문여행사로써 해외시장조사 나가는 사람들에게 최고의 서비스가 될 것이요."

내 말에 공감을 했는지 그다음부터는 매장이 그려진 지도를 준비해와 전문매장 시장조사의 고생이 반으로 줄었고 충실한 조사가 되었다.

지금 섬유 관련 전문여행사로 가장 알려진 김항중 씨가 대표이사로 있는 매일항공 여행사였다. 내가 제안한 아이디어 때문만은 아니겠지만, 고객 만족도가 높은 여행사로 평가되어 지금은 동종의 원단 및 의류전문 여행사로 크게 성공을 했다.

그렇게 다니기 시작한 20여 년 동안 일 년에 춘하와 추동 두 번씩 하는 전시회는 단 한 번도 거르지 않고 다녔다. 한번 나가면 2주 정도니 일 년에 거의 한 달이었다. 유행기간(life cycle)이 짧아진 탓도 있지만 다녀오지 않으면 혼자 결석한 학생모양 불안해서 견딜 수가 없었다.

시장조사는 한 두 번 가서는 만족한 결과를 얻을 수 없다. 최소한 4~5

파리 Preniere Vision 전시회장

번은 가야 제대로 알 수 있다. 그래야 신상품과 이미 나왔던 것을 확실히 구분할 수 있고, 브랜드별 기획의 흐름을 감지할 수도 있다. 처음 시장조사 나갈 때 서툴고 창피한 순간들에 비하면 시장조사도 프로가 되었다.

그렇게 고생하며 얻은 정보와 카피목적으로 싸들고 온 것들도 개발해 보면 다 성공하는 것은 아니었다. 기술수준이 다르고 설비가 부족해 비슷하게 시도는 해보지만 개발비용을 날리는 경우가 많았다. 그러나 해가 갈수록 성공률이 높아졌다.

덤으로 보고 배운 점

우리보다 잘 사는 유럽인들은 우리와 다른 점이 있었다. 그때 보고 배운 것을 정리해 본다.

첫째, 준법정신이 투철하다.

특히 독일과 스위스로 가본 사람이라면 다들 느꼈을 것이다. 지나가는 사람이 없어도 운전자는 신호등이 빨간불이면 기다린다. '한 시간 기다리는 사람은 독일인이고 새벽까지 기다리는 사람은 스위스 사람이다' 라는 우스갯말이 있을 정도다. 축구장이나 극장에서 줄이 아무리 길어도 새치기는 없다.

둘째, 정리정돈이 잘 되어 있다.

농촌 어디를 가도 자기 집 마당이나 논밭에 낡은 농기계가 쓰러져 있거나 나무 한 토막, 덮게 비닐 한 장 버려져 있는 곳이 없었다. 연료용 장작도 우물 정(井)자로 반듯하게 그림처럼 쌓아놓았다. 멀리서 보나 가까이에서 보나 엽서에 나온 그림과 같은 풍경이었다.

우리의 농촌풍경이나 관광지를 다녀보면 어떠한가? 안 보이는 곳은 물론 보이는 곳도 이리저리 어지럽기는 마찬가지다.

셋째, 고발정신이 투철하다.

누군가가 법과 질서를 어기면 설사 자기 이웃이라도 고발을 한다. 너무 매정하다고 할 수도 있으나 더불어 사는 정신이 아니겠는가? 이웃집 정원에 잔디가 너무 길어도, 낯선 사람이 들락거려도 고발을 한다. 그러니 다른 부분은 말해 뭘 하겠나?

넷째, 과시하지 않는다.

있는 자와 없는 자, 고급공무원이나 하수도 수리공이 같이 친구가 되어 맥주잔을 기울인다. 직업에 귀천을 따지지 않으니 3~4대가 한 회사에 근무할 수도 있고, 가업을 이어 받아 그 기술이 전수된다.

유럽은 가내 공업이나 중소기업의 기술이 세계 최고로 인정받는 곳이 많다. 반면 우리는 어떠한가? 부모가 해온 일을 자식에게는 하지 말라고 하는 경우가 얼마나 많은가?

다섯째, 교육문제.

설사 부자라 하더라도 자식에게 좋은 대학이나 대학원에 보내려 애쓰지 않는다. 자녀도 적성이 맞는 길을 찾아 부모에게 의존하지 않고 독립해 나간다.

일찍부터 가정교육을 중요하게 생각하여 용돈을 함부로 주지 않고 할 수 있는 일을 시켜 그 대가로 주어 자립심을 키워준다.

여섯째, 혼례 및 장례 문화.

우리나라처럼 화환이나 조화가 가득하고 여기저기 아는 사람은 다 불러 요란스럽게 하지 않는다. 혼수가 적다고 싸울 일도 없다. 결혼반지 하나씩 나누면 끝이다. 품앗이 하듯 축의금이나 조의금도 없다. 그냥 마음으로 같이 슬퍼하거나 축하해준다.

묘지는 할아버지가 묻힌 자리에 손자도 묻힌다. 그것도 동네 한 복판이다. 돌아가신 분이 생각나면 자녀들과 꽃 한 송이 들고 산책삼아 들러 시들은 꽃은 갈아 놓고, 살아 있는 사람을 만나고 오듯이 앉았다가 돌아온다.

물론 우리나라에는 우리만의 문화가 있다. 오랫동안 내려온 그것을 함부로 바꾸거나 무시 할 수는 없다. 그러나 좋은 것은 받아들여 조금씩 바꾸어 가는 것이 좋지 않는가?

우리도 앞으로 조금씩 나아질 것이다. 그리고 언젠가 그렇게 될 것이다. 그런데 가능하면 빨리 됐으면 좋겠다.

11 나는 이제 프로다

섬유공학은 응용공학이다

섬유는 이론도 물론 중요하지만 실제 문제를 해결해야 하는 응용공학이다. 서울대학교 섬유공학과 모 교수가 가장 기본 조직인 평직 하나를 완벽하게 설명하려면 백과사전 한 권 분량이 부족하다는 말을 했다.

직물조직의 기본인 평직, 능직, 주자직 그리고 삼원조직을 변형한 수많은 조직을 제대로 설계한다는 것은 참으로 어렵다. 그래도 견본이 있으면 조금 낫다.

하지만 견본도 없이 상상력만으로 개발하는 것은 정말 어렵다. 집을 짓는 설계보다 어렵다고 나는 생각한다. 원료마다 단위중량 당 부피 즉 비중이 다르고, 얼마나 꼬임을 주느냐, 어떤 직기에서 짤 것이며, 어떤 염색기에 염색하고, 또 가공방법을 어떻게 할 것인가 하는 생산 공정과 생산할 공장에 따라 설계가 달라진다.

너무 좁게 제직하여 가공할 때 당겨서도 안 되고, 그 반대는 더욱 안 된다. 단위길이 당 수치인 밀도가 1~2본 차이로 촉감과 옷맵시가 다르다.

그런 만큼 크게는 정장이냐 평상복이냐 남자용이냐 여자용이냐에 따라, 용도별로는 재킷, 바지, 치마, 원피스, 블라우스, 셔츠 등 용도에 따라 다르게 생각해야 한다.

그러므로 기초 지식은 쉽게 배울 수 있지만, 여러 가지 소재를 다양하게 사용하면서 제일 적합한 공장과 공정을 선택할 줄 아는 사람은 많지 않다.

나는 제일합섬에서 제대로 배웠고, 부도가 난 원진에 근무하면서 소재와 관계없이 다양하게 경험해 봤다. 거의 모든 소재와 공정을 알고 있기에 개발하는 범위가 누구보다 넓었다.

원가가 비싼 소모방적 공정을 면방적공정으로, 단섬유 원리를 장섬유 원리로, 또 그 반대로 장단점을 활용해 웬만한 대기업보다 더 많은 개발을 했다.

더러 실패한 것도 있지만 한 번 성공하면 타 업체에서 쉽게 따라오지 못하게 했다. 단순히 제직이나 가공방법을 개발하거나 무늬를 개발하는 것이 아니라, 시장 흐름을 쫓아 원료를 수입하거나 원사를 개발하는 제품이 대부분이었다. 그래서 최소한 한 해는 기본이고, 2~3년 동안 독점으로 판매할 수 있는 원단을 만들었다.

그래도 카피업체가 나오면 야구에서처럼 치고 달리는 작전으로 나갔다. 이미 개선된 상품을 만들어 놓고, 기존 상품의 판매단가를 원가 또는 그 이하로 판매하는 영업 전략을 구사했다. 그랬더니 우리 회사 상품을 카피하여 따라오다가 장사를 망치는 업체도 더러 생겨났다.

긴장을 늦춰 고생한 개발품

한 번은 동생이 손톱만한 크기의 견본을 거래처에서 수집해 왔는데, 분석한 결과 재생섬유의 일종인 큐프라(Cupra)와 면 교직물인데 너무 맘에 들었다. 짐작컨대 일본산인 것 같았다.

그런데 큐프라는 고급원사로 일본에서만 나왔다. 비슷하면서도 원가를 줄여야만 국내시장에 대량으로 판매할 수 있는 상품이 될 수 있다. 재래시장에서는 백화점과 달리 상품의 가격이 비싸면 품질이 아무리 좋아도 많이 판매하기가 힘들기 때문이다.

소비자의 구매단가에 맞춰야 가능하기에 소량 다품종 고마진을 추구하는 고급 패션브랜드와는 개발 방향을 달리해야 했다. 나는 큐프라 대신에 Rayon Filament를 사용하여 개발하기로 마음을 먹었다.

앞에서 언급했듯이 레이온은 견직물과 같은 우아한 광택에 흡습성이 좋아 인체에 좋은 소재이지만 단점도 많다. 신축성이 너무 높고 강도가 약하다. 제직준비(정경)와 제직도 힘들지만 흡수성이 좋아 염색가공을 할 때 돌덩어리 같이 딱딱해지고 강도가 30% 이상 떨어진다. 그런 연유로 염색가공이 특히 힘들다. 염료를 받아들이는 속도가 너무 빨라 촉염제를 사용하는 다른 소재와 달리 완염제를 사용해도 너무 빨라 불균일하게 착색되어 불량이 나는 경우가 많았다.

그래서 다른 소재와 혼용하여 사용하는 경우가 대부분이었다. 그런데 이 원단견본은 레이온이 원단 표면으로 대부분 노출되므로 100% 레이온 직물이나 다름없어 생산성이 좋지 않다.

나는 다소 모험을 각오하고 레이온 직물의 선발업체이며 당시 가장 많이 생산하는 ㈜갑을 측과 상담을 했다. 다른 공장에서는 품질을 보장받을 곳이 없었다.

담당자는 호감을 가지면서도 장력차이가 없도록 제직하기 위해서는 30,000마는 주문해야 시제품 생산이 가능하다고 했다. 조금만 신경을 쓰면 다른 방법도 있으련만 한마디로 안 된다고 했다.

영업담당이니 생산에 대해 깊은 지식이 부족해 설득이 어렵다고 판단하고 그를 거치지 않고 공장 측과 직접 의논하려고 했으나 서울 영업을 거치지 않고는 거래가 불가능한 체제였다. 하는 수 없이 그의 요구대로 30,000마를 계약했다. 그 뒤에 고생한 생각을 하면 지금도 끔찍하다.

소량으로 시작해서 큰 수량으로 여러 차례 되풀이하며 염색을 시도했지만 도저히 판매할 정도가 못 되었다. 그나마 나중에는 조금이나마 나아졌지만 표면에 거미줄 같이 진하거나 연하게 흔적이 나타났다. 주름을 가하면 결점이 효과로 보이는 상품으로 변신이 가능할 것 같아 주름가공을 했다.

그러나 원단이 너무 힘이 없어 제대로 된 모양이 나오지 않았다. 원료에서 올 수밖에 없는 문제는 어쩔 수가 없으니, 원단에 힘을 주는 가공을 해야만 됐다.

생각 끝에 그동안 구경만 했지 한 번도 해보지 않은 친즈(Chintz)와 코팅가공을 겸한다면 힘도 생기고 당초 생각한 표면효과도 전혀 다른 좋은 상품이 될 것 같았다. 제대로 되지 않으면 30,000마를 버려야 한다. 그것은 큰 부담이다. 그러나 다른 선택의 여지가 없었다, 하는데 까지 해보는 수밖에…….

포기하지 않고 끝까지 매달린 결과 대성공을 거뒀고 그 제품은 그 후 2년여 동안 독점 판매하는 효자 노릇을 톡톡히 해줬다. 하지만 몇 마디 말로 그 고생을 어떻게 표현할 수 있겠는가?

㈜갑을 영업담당이 시장조사를 하러 방문했을 때 자기가 제직 염색까지 해 준 원단이 코앞에 있는데도 몰라보았다. 그런 원단을 어떻게 쉽게 카피해 따라올 수 있겠는가?

역시 끈기와 자신감을 가지고 '할 수 있다'고 생각하면 이루어진다는 확신을 다시 확인하는 계기가 되었다.

한국에서 가장 많이 판매한 원단 개발

별 어려움 없이 패션업체에서 주문을 받아 생산하는 것은 제외하고, 기획 생산하는 것만 5~6가지 되도록 재래시장용으로 꾸준히 개발해나갔다. 이월되는 원단까지 합치면 수십 가지가 되었다.

우리나라는 가격경쟁에서 중국 등 후발국에 밀려 부도가 나거나 폐업을 하는 회사가 늘어났다. 인건비 비중이 높은 견직물업체에서 방모업체, 모직물업체에서 면직물업체에 이르기까지 모두 어려운 상황이었다. 정부에서도 섬유업종을 사양사업이라고 말하고 있을 정도였다.

그런 가운데 우리가 재래시장은 물론 패션의류 메이커에서도 쉽게 쓸 수 있고, 수출도 할 수 있는 원단을 개발하여, 다 쓰러져가던 면방업체들이 거의 10년 가까이 생산하지 않은 곳이 없었던 원단을 개발하는 쾌거를 이루었다. 그 업체들이 수십억 아니 수백억 마를 팔 수 있는 상품의 실마리를 만들어 주게 됐던 것이다.

이탈리아 북부 밀라노에서 북쪽 스위스 방향으로 가면 '꼬모' 라는 도시가 있다. 그 곳은 옛날부터 물이 좋아 고급 섬유 특히 고급 견직물을 주로 생산하는 곳으로 알려져 있다.

그 곳에 들러 시장조사를 하던 중 우연히 보게 된 옷 가운데, 견직물을

이태리 북부 꼬모에서

청바지처럼 제조업체에서 미리 세탁을 심하게 하여 마찰을 받은 돌출 부위가 탈색된 것을 보았다.

　나는 한눈에 반했다. 출장에서 돌아와 며칠 동안 그것만 생각했다. 견직물은 너무 비싸고 약한 소재라 최고급 의류용으로 일부 사용이 되지만, 많이 판매할 수 있는 것은 아니다. 대중성이 있는 마땅한 소재로 대체하여 개발할 방법이 없을까? 견직물에 가장 가까운 효과를 낼 수 있는 것은 역시 레이온계열이었다.

　그때 레이온의 결점을 보완한 개량된 소재가 이미 나왔거나 나오기 시작했다. 포리노직 레이온(Polynosic Rayon), 모달(Modal), 텐셀(Tencell), 리오셀(Leocell) 순으로 결점 보완정도가 다르면서 가격도 순서대로 비싼 소재가 나왔다.

　그리고 이미 일본에서 개발되어 한국에 들어온 지 오래된 큐프라가 비슷한 물성을 가지고 있었으나 필라멘트이고, 앞에 언급한 4가지는 방적사였다. 모두 우리나라에서 생산되는 것이 아니었다. 오스트리아 렌징사와 영국의 코털스, 일본 등에서 개발 생산된 원료였다.

　그때는 봄과 여름용을 개발할 시기라 우선은 광택이 나고 시원한 느낌이 나는 큐프라를 먼저 시작하기로 결심했다. 레이온과 외관이 비슷하나 강도가 높아 강한 세탁에도 견딜 수 있지만 값은 두 배나 비쌌다. 그러나 실크에 비하면 엄청 싼 편이었다. 가을과 겨울용으로는 레이온이 개량된 방적사를 사용하면 된다고 결론 내렸다.

　‘그렇다. 큐프라(일명 Bemberg Rayon)부터 시작해보자.’ 큐프라는 주로 고급 안감이나 벨벳용으로 일본에서 수입해 쓰는 업체가 5~6군데 있는 것으로 확인을 했다.

큐프라는 일본 '아사이카사이' 라는 회사에서 독점으로 생산해 판매하고 있었는데, 한국 업체끼리의 과당경쟁을 막기 위해 용도별, 실적별로 수량을 조절하며 수출하고 있었다. 그 중 이미 거래를 한 적이 있는 ㈜갑을에 수입량이 제일 많이 배정되어 있는 것을 알아냈다.

전량 안감용으로 쓰는 기존업체와 달리 우리는 겉감용으로 쓸 것이므로 중량이 많아 원사소모가 많다. 그런 만큼 제일 먼저 원사를 충분히 확보할 수 있는지부터 확인해야 했다.

때마침 경기가 좋지 않아 큐프라 안감은 수출은 물론 내수도 줄어 원료 재고가 적정수준을 넘어 고민하고 있었다. 더 필요하면 갑을이 수입량 1위 업체라 타 업체보다 우선으로 수입이 가능하다고 했다.

주저할 필요가 없었다. 봄용은 능직으로 조금 두껍게 하고, 여름용은 얇게 평직으로 설계하여, 문제점이 생기면 반드시 서로 의논하는 조건을 달고 개발을 의뢰했다.

한 달이 지나자 염색까지 된 시제품이 나왔다. 이제는 탈색가공을 해주는 Bio Washing(일명 Sand Washing)업체를 찾아 가공하는 일만 남았다.

탈색가공공장은 대부분 영세업체로 시키는 작업만 하지 스스로 연구하는 업체가 거의 없다. 그래서 가공비를 거꾸로 계산해 주겠다며 요청하는 원단을 만들어 달라고 서너 군데 던져놓고 들락거리기 시작했다. 그런데 어느 공장 할 것 없이 방법을 바꾸어가며 몇 번이고 되풀이해도 내가 원하는 상품이 나오지 않았다. 값비싼 원단만 수천 마를 버렸다.

무조건 덤벼들 것이 아니라 초심으로 돌아가 원사의 특징을 다시 확인했다. 실크는 천연섬유로 강도가 약한 소재지만 큐프라는 강도가 높고

물속에 들어가면 엄청 딱딱해 진다. 그러므로 강도가 높은 만큼 마찰을 더 많이 주는 가공방법을 강구해야 했다. 더욱이 물속에서는 딱딱해져 꺾인 부위가 마찰로 인해 탈색이 고르게 되지 않고 줄이 생긴다. 따라서 중간에 기계에서 자주 꺼내 풀어줘야 한다.

나는 궁리한 대로 가공방법을 달리하여 탈색가공에 들어갔다. 실크 같으면 30분이면 될 텐데 큐프라는 3시간을 돌려서야 효과가 나타났다. 그 중간에 3~4회에서 10번 정도 꺼내어 풀어주니 그제야 원하던 상품이 나왔다. 후 가공 한 가지에 매달리기를 거의 달 반, 드디어 성공을 했다.

그래서 좋은 소식도 전할 겸 갑을에 갔더니 큐프라 담당부서가 레이온 사업부에서 영업이 부진한 폴리사업부로 넘어갔다고 했다. 부서별 매출 균형을 맞추기 위해 조정이 된 것이다.

그런데 폴리사업부 담당자는 물론 팀장도 인수인계를 받아 전후 사정을 알고 있을 터인데도, 알고도 모른 척하는 것인지 정말로 모르는 것인지 우리 회사의 동의도 없이 생지를 여기저기 팔고 있었다. 그래서 레이온 담당 실무자에게 따지고 물으니 말도 안 되는 소리를 했다.

"고운섬유나 성공하지 다른 사람들은 가져가 봤자 원단만 버리고 말 것인데 무엇이 걱정이냐?"

기가 막혔다.

"장사꾼이 어떤지를 몰라서 하는 소리요? 외국에서가 아니고 국내에 서 성공하면 죽기 살기로 매달리게 마련이고, 후 가공 한 공정만 알게 되 면 되는데 그것은 시간문제일 뿐이오."

상도의보다 매출에만 신경 쓰고 있는 모습이 뻔히 드러나 보이는 흔한 소리였다. 아무리 이야기해도 적반하장, 오히려 하기 싫으면 말라는 식이었다. 이건 시장 상인들도 감히 할 수 없는 횡포였다.

하기야 한두 번 당해본 일도 아니지만 지금은 이전과 상황이 다른데도 결국 개발한 업체로써 기득권을 인정받아 독점판매 하는 게 불가능한 꼴로 되어 버렸다.

솔직히 지금까지 한 번도 나오지 않은 상품이고, 처음으로 단가가 높은 원단을 재래시장용으로 시도하는 셈이었다. 그러니 잘 안 됐을 경우 책임문제가 없어지는 것도 괜찮다고 생각하고 지는 척하고 넘어가고 말았다.

그런데 이 상품이 제대로 구색을 갖추고 나오자마자 대박이었다. 나중 얘기지만 일본 원사 메이커와 약속을 깨고 큐프라 원사 수입업체는 다들 덤벼들었다.

갑을에서 생지를 팔았으니 제직사양이 드러나 시제품 생산도 필요 없이 모두들 양산에 들어갔다. 공급이 딸려 거래처에 배급을 주듯이 2년여를 판매했다. 내 '새끼'를 나 혼자 판매했으면 어땠을까 하고 생각하니 열불이 났다.

게다가 가을과 겨울용으로는 Polynosic Rayon 또는 Modal 방적사 직물에 응용하기로 했는데, 제일합섬 염가공 출신 황모 사장이 벌써 상품을 성공시켰다는 소문이었다. 큐프라에 비하면 방적사 직물로서 안정감도 있고 강도도 조금 약해 난이도 측면에서 30~40% 정도는 쉬운 것이었다.

각오는 했지만 큐프라 파느라고 기선을 뺏긴 것이다. 특허라도 내 놓을 방법이 있으면 좋으련만 이미 알고 있는 바로 상품에 대한 특허는 안 되고 제조방법에 대한 실용신안만 가능했다. 논리적으로 볼 때 기존 설비에서 시간 좀 더 가져간다고 특허가 되는 것도 아니었다.

그 뒤 물량도 없고 단가도 맞지 않아 기진맥진하던 면방업체들이 모두 뛰어 들어 세계에서 우리나라가 제일 많이 판매한 상품으로 되었다. 나중에는 같은 원리로 니트까지 만들어 그럭저럭 10년 가까이 이익을 보며 국내는 물론 세계 각국에 수출하지 않은 회사가 없었다.

갑을 영업부장으로 근무할 때 나와 호형호제하기로 한 정현식 사장이 터키 이스탄불에서 자리 잡고 원단 사업을 하고 있었는데, 유럽에 올 일이 있으면 꼭 한번 들러 달라고 몇 번이나 연락을 해왔다. 그래서 시장조사를 하고 돌아오는 길에 한번 들러 현지 업체들을 둘러 본 적이 있었다. 그런데 우리나라 초창기 때처럼 대량생산설비를 갖춘 대기업들이 엄청 많았다.

정 사장은 한국은 이미 인건비가 비싸 경쟁력이 없는 상품이 많아져 섬유가 사양사업으로 가고 있으니, 터키에서 생산하여 여러 나라로 수출하는 방법을 적극 검토하고 있었고, 기술자인 나와 힘을 합쳐 해보겠다는 생각을 하고 있었다. 한 업체에 들렀더니 이 친구가 벌써 나를 소개해놓았던지 제안이 들어왔다.

"Bio Washing 기술만 도와주세요. 그러면 ㈜고운섬유를 통하여 한국산 원단생지를 대량으로 수입을 하겠습니다."

나는 한마디로 거절을 했다.

"우리 회사로서는 좋은 일이 되겠지만 아직까지 한창 재미를 보고 있는 국내업체가 많은 실정이라 피해를 주고 싶지 않습니다."

외국으로 기술을 넘기는 것은 매국노 같다는 생각이 들었다. 애국심이 많다고 할 정도는 아니지만 사업에도 정도가 있지 않은가? 나는 그것이 싫었다.

12 잠깐, 지금 나는 어디에 있는가?

더 늙기 전에 무엇을 해야 하나

어찌됐든 돈을 벌어 내 나름대로는 쾌적한 집도 마련했고, 맏형으로서 할 일도 할 만큼 했다. 고생 끝에 얻은 것도 많지만, 내 나이가 벌써 사십 대 중반을 넘어서고 오십대를 바라보고 있었다. 나이 먹는 것을 잊고 일에만 매달려 앞만 보며 달려온 지난 세월이 어느덧 이십여 년이 지나가고 있었다.

문득 나이가 들었을 때를 생각했다. 나는 지금까지 최소 5년 이후의 내 모습을 그리며 살아왔다. 무작정 앞만 보고 뛸 것이 아니라 훗날을 생각해 보아야 된다. 쉰이 넘고 예순이 되어갈 때도 지금과 같이 일을 할 수 있을 것인가?

체력이 점점 떨어지고 있는 것도 조금씩이나마 느끼고 있었다. 지금과 같이 온 몸을 던지며 일하는 것도 한계가 올 것이다. 생산업체나 납품하는 대기업의 실무자와 격의 없이 대화를 나누는 것마저도 벌써 거부감을 느끼고 있었다.

이런 경향은 앞으로 더욱 심해질 것이고 향후를 대비해 나가야 한다고 생각했다. 휴일을 이용해 한두 달 동안 생각을 정리해 봤다.

첫째, 사업은 내수시장 중심에서 수출로 전환한다. 그래서 주문받고 생산하는 방향으로 하여 재고부담과 신용거래를 줄이거나 없애자.

둘째, 도심지 아파트를 떠나 어릴 때부터 염원하던 공기 좋고 정서적으로도 안정을 취할 수 있는 전원주택으로 옮기자.

셋째, 노년에 대비하여 취미를 개발하자.

넷째, 지금까지 한 번도 신경 쓰지 않고 살아온 건강을 챙기자.

다섯째, 마음을 바르게 다스리는데 도움이 될 종교를 가지자.

여섯째, 노후를 외롭지 않게 좋은 사람을 찾아 많이 사귀자.

일곱째, 많은 사람들이 봉사하며 사는 것이 제일 행복하다고 하니, 작심삼일이 되지 않고 내게 어울리는 봉사를 찾아보자.

이상 일곱 가지 과제를 점진적으로 실천해 나가자. 그리하여 너무 늦게 알게 되어 후회하지 않도록 하자.

문득 몇 년 전 일이 생각났다. 오래 전에 갑을 레이온 영업부장 정 현식 씨와 거래관계로 알게 되어 친하게 지내고 있었다. 모든 일에 적극적이

고 너무 열심히 일하는 사람이었다. 나는 그런 사람이 특히 좋았다. 한 번
은 저녁을 같이 하게 되었는데 갑자기 상을 옮기더니 넙죽 큰 절을 했다.

"지금까지 알고 지낸 어느 누구보다 존경합니다. 오늘부터 형님으로
모시고 싶으니 제 청을 받아주십시오."

"내가 뭐 잘하는 것이 있다고 과분한 말씀을……."

"부디 제 청을 받아 주십시오."

그래서 호형호제하고 지내는 관계가 되었다.

"형님으로 모시면서 처음 도움 말씀을 한 가지 드리겠습니다. 내수에
만 신경 쓰지 마시고 꼭 수출을 하십시오. 형님의 개발 실력이면 수출은
수십, 수백 배의 시장이 있습니다. 영어를 잘해야만 할 수 있는 것도 아
닙니다."

"그래 고맙다. 나도 그렇게 생각하고 시기를 저울질 하고 있는 중이
다. 사람도 구해야 하고……."

공감을 하면서도 대충 얼버무리고 벌써 두어 해가 지났다. 얼마 전 터
키에서도 만나 적극적으로 수출을 하라고 되풀이하는 말을 들었다. 현
식이 말만 듣고 결정할 일도 아니지만 이제는 때가 된 것 같았다.

계속 철마다 개발하는 것도 쉬운 일이 아니지만, 주문도 하나 없이 한두
품종도 아닌 원단을 미리 수량을 결정하고 생산하는 것이 제일 무섭다.

위험을 줄이기 위해 발품을 팔아 조사하고 연구하고 경험으로 수량을
결정한다. 잘못 판단하여 재고가 나면 덤핑이다. 차라리 아무나 하는 평
범한 원단은 마진 적게 보고 싸게 팔면 된다.

내 전문은 그것이 아니었다. 유행성이 강한 원단은 특수한 외관을 가
지므로 기억하기 쉬워 소비자에게 재고라는 것을 숨길 수가 없다. 반면

수출은 주문을 받아 생산한다. 신용거래도 거의 없다. 그것만 해도 걱정이 얼마나 줄어드는가? 그래, 늦기 전에 해야지!

하루는 제일합섬 출신인 대창상사 박 승규 사장이 놀러왔다. 그분도 정현식이와 같이 아래 위만 다를 뿐 나와 호형호제하기를 제안해와 내가 형님으로 모시고 있었다. 서울대 상대 출신인데 성격이 강직하고 프로답게 사업을 하는 분이었다.

내 방으로 모셔와 어른이시니 상석인 내 자리에 앉기를 권했다. 그랬더니 박 사장이 꾸짖었다.

"김 사장 그 자리는 부모가 오셔도 앉아서는 안 되는 자리다. 피눈물이 배어있는 그 자리는 사장만이 앉을 자격이 된다는 것을 아직도 모르나?"

우람한 체격에 목소리도 큰 분이다. 삼국지에 나오는 장비 같은 분이다. 그분 말씀에 충분히 공감이 가 가슴에 와 닿았다. 무엇하나 어렵지 않는 일이 어디 있겠냐만 특히 패션업종으로 내수만 오래 한다는 것은 나이 들어서는 할 일이 못된다.

나를 오랜만에 보는 학교 동기나 친구들이 어릴 적 내 모습을 상상하며 하는 말을 수없이 들어왔다.

"네가 사업할 줄은 꿈에도 생각해 본 적이 없다. 회사에서 연구계통이나, 선생이나 공무원으로 제격일거라고 생각했는데 불가사의한 일이다."

나는 어릴 때 가져왔던 성격이나 적성으로 보면 사업과는 인연이 없는 사람이 맞다. 그런데 맞지도 않는 길을 걸어왔으니, 지난 시간을 돌이켜 보면 악몽 같을 때가 한두 번이 아니다.

남들은 더 큰 일도 쉽게 하지만, 나는 그 사람들보다 몇 배, 몇 십 배 심사숙고하며 사업을 할 수밖에 없는 팔자로 살아온 것이다. 피를 말리면서 매달려 개발하고 판매할 때까지 가슴 조이는 세월들, 단 하루라도 마음 편하게 쉬어 본 적이 없었다.

아침밥 먹고 설거지하기 전에, 점심꺼리 걱정해야 하는 것이 우리 업종이다. 제품의 라이프 사이클이 짧아 유행하는 대로 쫓아가야 하니 더욱 힘들고, 억척스럽고 우직한 시장 상인들 상대하는 것 역시 힘들고……. 나도 배짱이 좋고 적성에 맞았다면 이렇게 힘들게 살아오지는 않았을 것이다.

지난 세월을 돌이켜보면 내 건강을 위해 투자한 시간이 별로 없다. 운동을 제대로 한 것도 없고, 군대에서 배운 유일한 취미인 바둑마저 사업 시작하고는 둔 적이 없다. 명절에 어쩌다 동생과 한두 판 두는 경우가 전부였다.

가끔 놀러오던 친구들도 한 번 오면 다시는 오지 않았다. 화투도 치고 장기도 두는 다른 사무실하고는 분위기가 달랐기 때문이다. 이야기 몇 마디하고 차 한 잔 마시는 것 외에는 다른 것이 없었다.

나를 모르는 사람은 한 마디씩 하곤 했다.

"사업하는 사무실에 사람이 많이 와야지 항상 이렇게 조용하냐? 인덕이 없어 그런 것 아니야?"

일에 몰두하고 있을 때는 가족이든 친구든 신경을 쓰지 못했다. 정이 없는 정도가 아니라 무섭다는 소리를 자주 들었다.

점점 체력이 떨어지고 접대 술을 마시고 나면 필름이 끊어질 때도 생겼다. 생각다 못해 술을 마시는 척하고 버리는 방법을 터득했다. 양주는 콜라 잔에, 소주는 냉수 잔에 먹는 척하고 입에 넣었다가 뱉었다.

노력하면 한 없이 변할 수 있고, 능력도 짐작할 수 없을 정도로 생긴다고 말하며 살아왔지만 타고난 성격만은 노력한 대로 안 되는 것인지도 모른다.

나는 남에게 피해를 주거나 경우에 벗어난 행동을 했을 때는 스스로에게도 참을 수 없어 한다. 그래서인지 일에만 집중하는 것도 피곤한데도 남들의 잘못된 행위를 그냥 넘기지 못한다. 이를 테면 차를 몰고 가다가 교통위반을 하고 지나가는 차를 보면 그냥 못 간다. 당신이 교통순경이냐고 욕을 먹어가면서도…….

그래도 원진에 근무할 때 내 성격 덕에 보람 있는 일을 하나 했다. 출근길 반대 차선은 텅 비어 있는데 내가 가는 길은 꼼짝하지 않았다. 그래서 출근하여 당시 교통부에 건의를 했더니 관할부서인 서울시경으로 이첩했다는 공문이 왔다. 5~6개월 지나니 소공로에 처음으로 가변차선을 설치하는 것을 보았다. 그때의 회신 공문을 지금도 기념으로 갖고 있다.

처음부터 사업을 같이한 넷째 동생 관환이는 우리 형제 중 제일 착하고 대인관계도 원만해 내가 항상 부러워했다. 그러나 막상 같이 일을 해보니 어릴 때 느낀 대로 대인관계는 좋았으나 성격은 나와 대동소이했다.

학교 선생님체질이었다. 지금까지 배워 온 재래시장 영업업무 외에 훗날을 위해 개발, 생산, 패션영업 부분에 관심을 갖고 배우기를 원했으나, 치열한 머리싸움을 해야 하고 한결 높은 스트레스를 감수해야하는 일이니 선뜻 나서지를 못하는 것 같았다.

적성에 맞지 않는 직업에 종사하기는 나와 마찬가지였다. 한 가지 다른 점은 나는 형이고 관환이는 동생이라는 점이었다. 나는 일에 욕심 낼 수밖에 없는 팔자인 형의 입장이지만 동생은 형이 알아서 하니 주어진 일에 각자 충실하면 된다고 생각하는 모양이었다.

관환이는 사업초기부터 나름대로 나에게 많은 힘이 되어 주었다. 직원들 관리는 물론이고 재래시장 관리에도 큰 힘이 되었다.

내가 판단을 잘못한 것이 한두 가지가 아니지만 적성에 맞지 않는 일에 동생을 끌어들인 잘못이 그중에서도 특히 맘에 걸린다. 그렇다고 자상하기는커녕 불같기만 한 형 밑에서 마음고생을 이만저만 하지 않았을 것이다. 직원이 잘못한 것도 만만한 것이 아우라 대신 야단을 맞아가며 힘든 세월을 보내다가 두어 번 퇴직했다 다시 돌아오기를 반복했다.

그러던 끝에 수출을 염두에 두고 국내시장을 넘길 요량으로 동생에게 가게를 맡아서 해 보라고 권했다. 그러나 동생은 오래지 않아 원단은 재고부담이 너무 커 겁이 나서 못하겠다며 제수씨가 처녀 때부터 해오던 기성복 제조 도매업이나 하겠다며 그만 두었다. 그리고 1994년 한 해가 저물어가는 어느 날 완전히 내 곁을 떠났다.

나와 동생을 통해 자기 적성에 맞는 직업을 선택하는 것이 얼마나 중요한지 뼈저리게 느꼈다. 그런 연유로 내 주변 사람들에게 자녀들의 적성을 빨리 파악하도록 권유한다.

나는 여러 가지 사정으로 경험삼아 조금씩 해오던 수출에 전적으로 뛰어들기로 결심했다. 어차피 먼 훗날을 기약하며 나아가야 한다. 계획한 것을 조금 일찍 시작하는 것뿐이라 생각했다.

나는 아직 가장이다, 미루던 숙제를……

서초동 미도 아파트에 살다가, 1994년 5월 초 조금 떨어진 삼풍아파트로 이사를 했다. 미도 아파트는 방이 세 개인데 어머니도 계시고 사춘기에 접어든 남매가 있어 각자 방을 주어야 되겠다고 생각해 방을 늘려갔다. 방 하나 늘리는데 집값은 두 배였다.

넓은 집으로 이사한지 며칠 되지 않아 아버지 제사를 모셨는데 어머니는 물론 동생들도 좋아했다. 제사를 모시는 도중 어머니의 말씀이 지금도 귀에 생생하다.

"영감! 적환이가 서울 땅에 올라와 이렇게 좋은 집을 장만하여 영감을 모시니 좋지요?"

돈이 좋기는 좋은가 보다. 좀처럼 칭찬을 안 하시는 성격인데 그렇게 감격해 하시는 모습은 처음 보았다. 듣고 있던 나도 가슴이 벅차올라 눈시울을 적셨다.

한평생 고생만 하시고, 사람답게 살지 못하고 50대 중반에 일찍 돌아가신 아버지께 살아생전에 이렇게 사는 모습을 보여 드렸으면 얼마나 좋아하셨을까?

엎드려 절을 하면서 나는 결심했다.

'아버지가 살아계셨다면 어떻게 했을까? 기쁘게 해드릴 수 있는 것이 뭘까? 그것을 해야겠다.'

어머니께서는 가끔 시골에서 농사짓는 셋째의 어려움을 얘기하셨다.

형편이 되는 대로 도와주었으면 하는 눈치였다.

다섯째, 여섯째는 대학 졸업 때 아버지 대신 고생했다며 우리 내외에게 학사모를 씌어주었다. 그리고 직장에 취직하여 첫 월급을 받자 무릎을 꿇고 봉투째 내밀면서 말했다.

"형님! 이제부터는 잘 모시겠습니다."

솔직히 하기 싫어도 할 수밖에 없는 맏형 노릇하느라 고생깨나 했다. 하지만 이런 동생들의 모습을 보면서 지난 세월이 헛되지 않았구나하는 생각을 했고, 만족감과 가슴 뜨겁게 차오르는 감격을 맛보았다.

사회 초년생부터 고생길 구경은 나로써 족하다. 젊을 때 내 판단이 옳았다. 아우들도 열심히 노력해 다섯째는 세계 최고 일류은행에 고급간부로 여섯째는 회계사 아내와 결혼하고 세계를 누비며 사업을 하고 있다.

무릎 꿇고 내민 월급봉투를 기분 좋게 도로 내밀며, 웃으며 얘기했다.

"받은 것으로 하겠다. 너희 생각대로 하고 장가갈 때 손이나 내밀지

동생 졸업식 때 처음 써본 학사모

말거라."

　남자는 국방의 의무를 다하고 직장생활을 시작하면 거의 결혼 적령기다. 한두 해 열심히 모아도 전세방 하나 얻기 어렵다. 태도는 가상하나 받아 본들 의미가 없었다. 나도 보통사람이다. 맏이로서의 고통이 싫었다. 집안의 대소사는 물론 동생들까지 챙겨야 하는 것은 한국인만이 갖고 있는 의무감이다. 때로는 서양 사람들처럼 작은 짐이라도 몽땅 벗어던지고 싶을 때가 한두 번이 아니었다.

　우리 부부는 직장생활하면서 오순도순 의논하며 작은 돈이라도 모으는 재미를 모르고 살아왔다. 아내는 강직한 내 성격에 말없이 따라줬지만 커가는 자식들한테 남들처럼 제대로 못해 줄 때는 말없이 긴 한숨만 쉬기도 했다. 그렇게 보낸 지난 세월이었다.

　이러한 고통을 아시는지 모르시는지 어머니는 맏이가 아버지 역할과 심지어 남편 역할까지 해줬으면 하는 눈치였다. 나는 생각했다.

서초동 삼풍 아파트로 이사 간 첫 명절에

'내가 복을 받아야 얻고자 하는 것을 이룰 수 있고, 그들이 있었기에 내가 이렇게 강하게 살아올 수 있었다고 생각하자. 아무리 좋은 스승이 있다한들 나를 이렇게 말씀으로 바꿔 줄 수 있겠는가? 그들은 모두 나의 훌륭한 스승 역할을 했다. 돌아가신 아버지도 기뻐하시고 어머니도 기뻐하시면 더 큰 효도가 따로 있겠는가?

삼풍아파트로 이사를 간 지 얼마 되지 않아 나는 꽤 큰돈을 준비했다. 막내는 조금 여유가 있을 때 결혼하여 분가를 제대로 해주었으니 되었고, 나머지 동생들에게는 결혼 후 분가할 때 제대로 못 해준 것, 시골에서 농사지으며 나와 같이 동생들의 뒷바라지하느라 고생한 셋째, 사업을 시작할 때 같이 고생한 넷째, 형제는 아니지만 애사심을 가지고 충직하게 따라준 직원 중 한 사람, 그렇게 고생한 정도를 내 나름대로 생각하여 돈을 나누어 주었다.

"이것은 아버지대신 생각하는 마음으로 주는 것이라 생각하고, 형이 하는 말을 명심해줬으면 좋겠다. 이 시간 이후로는 불가항력인 사정이 아니면 형제간에 의존하며 살려고 하지 말고 스스로의 힘으로 살려고 노력해라. 나를 보아라. 섭섭하게 들릴지는 모르겠지만 그것이 자신을 강하게 만드는 길이 된다."

그러나 사람이 문제인지 돈이 문제인지, 지금도 부끄럽고 마음 아플 때가 있다. 세월이 지나면 잊을 수밖에 없는 것이긴 하나 잊어도 참 빨리도 잊는 것 같다. 듣고 본 것만 가지고 말을 하지 말고, 배운 만큼 나이만큼 생각하고 기억하며 살아가기만 해도 좋으련만……, 욕심인가?

가끔 어린나이에 세상을 떠난 둘째인 여동생이 생각난다. 여자로서 섬세한 마음으로 남자 형제사이에서 윤활유 역할을 잘 해주었을지도 모른다.

내수 줄이고 수출에 도전

내수판매의 비중을 갑자기 줄이면 회사운영에 차질이 생기므로, Local 거래를 조금씩 시도하고 있었다. 그런데 크게 기대를 하지는 않았으나 듣기보다 잔손만 많고 결과도 영 시원찮았다.

좋은 원단은 내수용이든 수출용이든 관계없이 잘 팔릴 것으로 생각하고 있던 나는 오래 동안 수출에 종사해온 사람들의 말이 듣고 싶어졌다. 나라에 따라 국민소득과 기후, 소비문화가 달라 국내에서 잘 팔리는 원단이 수출도 꼭 잘되는 것이 아니므로 개발방향을 달리 해야 한다고 조언을 했다.

1995년 3월말 경 한차례 시장조사를 나갔다. 독일 '프랑크푸르트' 와 '홍콩' 인터스탑(Inter staff)은 한국 수출업체들이 가장 많이 참가하는 국제전시회로 일 년에 두 번 상하반기에 각각 열린다. 전시장을 둘러보던 중 나는 뜻밖에 놀라운 사실을 알게 되었다.

우리 회사 입장에서는 당장 Direct 영업을 할 사람도 없거니와, 거래처도 없다. 그래서 가장 큰 회사인 삼성물산과 ㈜대우를 통해 영업하기로 마음먹고 많은 전시회에 출품할 견본을 제공했다. 그랬더니 지금까지 구경도 못한 좋은 원단이라고 본부장까지 들락거리며 관심을 보였다. 그러나 한 해가 다 지나도록 오더 하나 없었는데 그 이유를 알게 됐다.

거의 대량물량으로 움직이는 저 단가 제품만 내놓고 상담하고 있었다. 그것마저도 수년전부터 해왔던 원단을 중심으로 서로 오더를 더 받으려고 같은 나라 업체끼리 몇 센트씩 깎아 주는 경쟁을 하고 있었다.

우리가 제공한 견본은 용도는 물론 가격대가 다름에도 저가 견본과 같이 구석에 진열해 놓고 있었다. 바이어에게 이런 고급원단도 취급한다며 자랑거리로 보고 가도록 구색 갖추기로 전시한 것 같았다. 저가 제품을 보러온 사람이 용도가 다르고 고가인 우리 원단을 구입할 이유가 없었다.

두 회사 외에도 한국 업체 전시장은 모두 마찬가지였다. 그러나 유럽이나 일본 업체 전시장에는 5~10 달러 이상 되는 원단을 놓고 활발하게 상담이 되고 있었다.

우리나라 업체는 거의 1~2 달러짜리가 대부분이고 3달러 원단도 별로 없었다. 섬유수출대국이라고 자랑해온 실상이 이 정도라니 실망이 이만저만이 아니었다. 전시장에 나오는 사람들을 상대로 그 이유를 물었다.

"한국 백화점이나 아니 동대문 시장을 한번이라도 나가 보았어요? 유럽이나 일본 업체에게 뒤지지 않는 원단들이 얼마나 많이 나오는데, 10여 년 전 원단을 가지고 같은 나라 업체끼리 창피하게 가격 싸움이나 하고 있어요?"

"현실을 모르는 말씀이세요. 중급 이상 고급바이어는 메이드인 코리아 상표를 붙이면 옷을 팔수가 없다는 것을 알기에, 아예 한국 업체에는 오지를 않아요. 그러니 싼 원단이나 영업할 수밖에요."

한마디로 코리아 디스카운트라는 것이다. 정말 그 말이 사실인지도 모른다. 하지만 나는 한국 업체들이 스스로 그렇게 만들었다는 생각이 들었다.

옛날에는 그랬을지도 모른다. 그러나 지금은 우리 상품의 품질이 매우 좋아졌다. 옛날 바이어와도 거래를 하되, 신상품을 사줄 수 있는 바이어를 찾아 상호 신뢰할 수 있는 시간을 가진다면 안 될 일도 아니다. 당장 실적이나 올리는 쉬운 길을 택한 결과였다. 헛고생을 한 셈이다.

한국에 돌아와 삼성과 대우에 들러 문제점을 얘기했다.

"우리 원단을 팔고 싶으면, 따로 영업부를 만들든지 아니면 최소한 한두 명 이라도 새로운 바이어를 찾는 사람을 두어야 됩니다. 현재 영업하는 분들이 옛날부터 거래해 오던 싸구려 바이어들과 거래하고, 신상품을 구매해줄 바이어를 확보하지 않으면 다시는 견본을 제공하지 않겠습니다."

"회사측면에서는 수익성이 떨어지는 사양사업부로 인식하고 있어, 인원보충을 하거나 부서를 늘리는 것은 통하지 않습니다."

결국은 다른 회사들도 마찬가지라는 사실을 알게 되어 할 수 없이 힘이 들더라도 우리 힘으로 Direct 영업을 해야만 되겠다고 판단하고 사람을 채용하기로 했다.

원단 가운데 비교적 가격이 높은 것이 모직물이다. 원료가 비싼 탓이다. 그렇다면 대기업에서 모직물 영업 경험이 있는 사람이면 고급바이어를 잘 알고 있을 것이다.

이런 생각을 하고 있을 때 경남모직에 근무하는 친구가 참한 사람이 있다고 소개해줬다. 친구를 믿고 그를 과장으로 입사를 시켰는데 영어와 일본어에 능통했다.

첫해에 일본 바이어로부터 한 가지 품목으로 100만 달러 정도나 되는 오더를 받아오는가 하면, 홍콩 남미 등에서도 수월찮게 오더를 받아왔다. 큰 금액은 아니지만 자신감이 생겼다.

그런데 이 친구 입사한지 채 1년도 되지 않아 본인은 물론 다른 직원까지 데리고 독립해 나갔다. 지금 생각하면 회사를 위해서나 그에게도 안타까운 일이다.

경남모직에 근무할 때 자가 공장에서 생산하는 모직물 한 가지만 가지고 영업을 하다가, 우리 회사로 옮겨와 경쟁력이 있는 여러 소재를 배우게 되었고, 하청공장이나 공정관리까지 알게 되었으니 알만큼 알았다고 생각했던가 보다. 그래서 직원들끼리 공동출자하여 회사를 설립해 독립한 것이다.

재래시장 영업팀원, 패션영업팀장, 생산관리팀장들이 한꺼번에 회사를 그만 두어 낭패를 봤다. 결원이 생긴 인원을 보충하고 손발을 다시 맞추느라 한참 동안 뜻하지 않은 고생을 했다.

경륜이 짧은 젊은이들이 보기에는 쉬워 보였을 것이다. 결국 시작하여 한 해도 제대로 넘기지 못하고 뿔뿔이 흩어졌다는 소식을 들었다. 그 능력이 참으로 아깝다.

각자 맡은 분야의 일만 시켰더라면 어땠을까 하는 아쉬움도 든다. 나는 영업직원이든 생산직원이든 서로 배우고 가르치며 일하도록 배려했다. 그래서 고운섬유에서 1년만 근무해도 다른 회사에서 몇 년을 근무하는 것보다 많이 배운다는 듣기 좋은 소리를 주변이나 퇴사한 직원으로부터 자주 들었다.

몇 만 원짜리 화장품을 파는 점원도 얼굴 모양이나 피부를 보고 상품을 권하는데, 그 많은 상품에 대한 충분한 전문지식을 갖추지 않고 화장품보다 몇 백, 몇 천배나 오더가 큰 상품의 영업을 할 수는 없다. 생산도 영업 쪽을 모르고 개발이나 생산 공정을 관리할 때는 마찬가지로 문제가 있다. 그런 만큼 전문지식이 있어야 프로가 될 것이다.

그런 마음으로 때가 되어 독립하는 직원이 생기더라도 있는 동안에는 제대로 일을 할 수 있도록 배려한 결과가 낭패를 불렀다.

경쟁이 심한 원단을 중심으로 사업을 해 왔다면 사업에 공백이 꽤 오래 갔을 것이다. 하지만 우리만이 하는 원단이 있었기에 남은 인원으로 큰 무리 없이 고비를 넘길 수 있었다.

그런데 그로 인해 해외출장 영업이 중단되면서 수출 분야에서 이미 받은 것 외에는 새로운 오더가 줄어들기 시작했다. 앞으로 중점을 둬야 할 수출이 무너지고 있는 셈이었다. 내가 해온 부분이 아니니 사람 구하기도 쉽지 않았다. 그렇다고 이미 경험한 시행착오가 되풀이 되어서도 안 되는 일이었다. 급하다고 아무나 앉힐 수도 없는 일 아닌가.

여러 방면으로 수소문하던 중 ㈜갑을 모 부장을 지인으로부터 추천을 받았는데 마침 나도 잘 아는 사람이었다. 나는 몇 차례 만나 도와주길 부탁했으나 요지부동이었다. 삼국지에 보면 유비가 제갈공명을 얻기 위해 삼고초려를 했다지 않는가? 나는 아내와 함께 일산에 있는 집으로 찾아갔다.

"미안하지만 결심해 주지 않으면 이 집에서 나갈 수 없네."

"……?"

새벽까지 나는 그 친구를, 아내는 애기 엄마를 붙잡고 씨름하며 억지춘향 격으로 결국 항복을 받아내어 수출담당이사로 앉혔다.

큰 회사 부서장으로 일 년에 삼천 만 불 넘게 한 사람이라 사실 기대가 컸다. 그런데 삼성, 대우같이 자기가 아는 바이어는 우리 원단이 맞지 않아 일 년이 되도록 오더 하나 못 받고 출장경비만 쓰고 있었다.

나도 답답하지만 그 친구는 더 답답한 눈치였다. 결국은 미안해서 그
만 두어야겠다며 퇴사했다. 또 오판을 한 셈이었다.

13 위기는 기회다

I'm Fighting

1997년 외환위기를 맞았다. 나라 전체가 난리였다. 대기업 중소기업 할 것 없이 감원 바람이 불고, 좋은 대학 나와도 취업할 곳을 찾지 못했다. 그러나 우리 회사로서는 고급인력을 확보할 수 있는 좋은 기회였다. 섬유관련학과 출신이면서 외국어 실력이 뛰어난 신입 사원을 4명이나 확보했다.

열배나 많은 지원자 중에서 채용을 했으니 중소기업을 기피하던 때에는 감히 생각지도 못할 일이었다. 처음에는 가르치며 일하느라 고생이 좀 되었지만 금방 쫓아와 주었다. 외국 바이어가 오면 얼굴이 벌겋게 달아올라 쩔쩔매더니 얼마가지 않아 농담까지 해가며 제 몫을 다했다.

해가 바뀌어도 나라의 어려움은 계속되었다. 섬유업체도 몇몇 기업을 제외하곤 위축이 되어 시장개척에 소극적이었다. 따라서 이름난 국제전시회에 매년 나가던 회사가 많이 줄어들었다.

후발업체로서 우리 회사도 해외 바이어와 직거래할 틈새가 생긴 것이다. 나는 결심을 했다. '미국, 유럽, 일본, 홍콩 등 국제전시회에 직접 나가자.' 외환위기 당시는 모두들 죽을 지경이었으나 우리 회사는 'I'm fighting' 이라고 외치며 세계 전시회에 일 년에 네 번이나 나가곤 했다.

그 뒤로 사무실을 사옥을 마련해 옮길 때까지 2년간 그랬다. 독일 프랑크푸르트 및 홍콩 Inter staff, 일본 오사카 Fair, 뉴욕 IFFE 등……. 경기가 좋을 때라도 어느 대기업도 그렇게 많이 출품하지 않았을 것이다.

직원들과 더불어 아쉬움이 없도록 정말 최선을 다해 뛰었다. 가는 곳마다 전시회는 성공적이었다. 다른 부스보다 몇 배나 손님들이 많았다. 점심시간을 아끼기 위해 사다 논 햄버거마저 먹을 시간이 없을 정도였다. 직원들은 물론 출장을 온 아는 사람들이 도와주어도 바이어는 상담 순서를 기다려야 했다.

기술적인 문제나, 상품의 특징이나 가르쳐 주고 얼쩡거리고 있던 나도 하는 수 없이 상담을 했다. 기다리다 가버리면 어떻게 하나? 내 일이고 우리 회사의 일인데 여기까지 비용을 얼마나 들여왔는데 하나라도 더 건져가야 할 것 아닌가. 처음에는 조금 아는 영어와 일본어로 더듬거리니 제대로 알아듣지 못해 민망하고 부끄러웠다. 명색이 수출회사 사장이라는 사람이…….

국제 전시회에 자기회사 제품을 출품하고 영업하러 나온 회사 사장이 이 정도밖에 안 되는 사람이 나 말고 또 있을까? 그러나 계속해서 발갛게 달아오른 얼굴로는 안 된다, 까짓것 너희들은 한국말 하나도 모르는데, 나는 그래도 너희들 말을 조금은 안다, 부끄러울 것 없다, 그런 생각으로 부딪혔다.

만국 공통어인 손짓을 동원하고, 글로 쓰기도 하면서 충분하지는 못해도 서로 필요한 상담은 할 수 있었다. 서로 어이없어 웃어가면서도 어떤

프랑크프루트 Inter Staff 출품

미국 뉴욕 IFFE 출품

오사카 fair 출품

홍콩 Inter Staff 출품

면에선 도리어 재미가 있었다. 자신감이 붙었다. 그 이후 나간 다른 전시회에서는 나도 영업사원 한 사람의 몫은 했다. 내 능력껏 해볼 만큼 해보았다. 결과는 어찌됐든 내 능력에 여한이 없다는 생각이 들었다.

강남구 삼성동 사옥 마련

나는 사업을 시작하면서 내가 부족한 것을 채우는 가장 쉬운 방법은 신문을 보는 것이라고 생각했다. 그 습관은 아무리 피곤하고 힘이 들어도 지금까지 이어오고 있다.

대충보지 않고 심지어 광고란까지 오랫동안 읽다보면 기사나 논평이

삼성동 사옥 입주식

잘못된 것도 보였다. 첫째도 둘째도 내가 하는 사업이 우선이었지만, 일어나 잠잘 때까지 전투하듯 뛰어다닐 때도 신문은 꼭 읽었다.

여유 돈이 생기기 시작하면 처음에는 적금이나 정기예금을 넣다가 어느 정도 되면 투자할 곳을 찾는 것이 정상이다. 그동안 집을 사고팔거나 사소한 투자도 잘못 판단한 적이 없는 것은 아마도 신문을 탐독한 덕분일 것이다.

잘 된다고 주변에서 말하기 시작하면 벌써 투자할 시기를 놓쳤다. 반대로 모두들 힘들어 죽을 지경이라고 아우성칠 때는 적극적으로 투자를 해야 할 때라고 나는 생각한다.

1990년 중반 주식시장이 폭등하고 있다가 폭락한 때가 있었다. 신용거래까지 하다가 깡통계좌로 정리되어 투자원금을 날리는 사람도 많았다. 나는 그때 우량업종 위주로 투자하여 내가 사업해서 번 것보다 더 큰 재미를 보았다.

1997년 외환위기 때도 모두들 된서리를 맞았지만 내수시장 비중을 줄이고 수출을 하는 바람에 15~20% 마진을 보고 받은 오더가 환율이 거의 두 배 가까이 폭등하는 바람에 환차익으로만 판매금액의 거의 두 배나 보았을 정도였다. 마침 그때 오더가 집중되던 시기였는데 내가 크게 노력하지 않고 얻은 대가치고는 꽤 컸다.

1999년도에 접어들자 정부와 온 국민의 노력으로 외환위기가 다소 진정되는 분위기였다. 그런데 그 당시 건물 값은 폭락하여 반 토막이 나 있었다. 건물주는 대부분 은행대출을 안고 있었으니, 이자는 폭증하고 빈 사무실은 늘어나 수입이 줄자 이중부담을 견디다 못해 경매물건이 많이 나왔다.

우리나라는 모든 것이 서울에 너무 집중되어 있다. 길게 보아 3~4년이면 최소한 원래 시세대로 회복될 것이다. 나는 내 여력을 최대한 동원하여 강남구 삼성동에 건물을 샀다.

내수를 접고 수출만 하기로 생각하던 차에 후발업체로서 사옥을 갖고 있는 업체로 인식되면 영업에 도움도 되고 노후를 위해서도 가장 안정된 방법이라 생각했다. 그런데 싸게 나온 건물이라도 맘에 드는 건물은 내가 준비한 돈이 턱없이 부족했다.

확신이 가는 좋은 건물을 몇 군데 보았으나 모자라는 돈을 은행대출로 메울 생각을 하니 걱정이 앞섰다. 그러나 지금까지 내 확신이 틀린 적이 없다. 충분이 생각하고 검토가 끝난 것 아니냐? 그 중 마음에 드는 빌딩을 은행에서 난생처음 큰돈을 빌려 샀다.

그러자 예상치 못한 일들도 생겨났다. 나는 건물을 가지면 내 주변의 모두에게 '나도 열심히 하면 저렇게 잘 될 수 있다' 는 희망과 용기를 주

삼성동 사옥

는 계기가 될 것이라고 생각했다. 그런데 오히려 그 반대로 재산이 많은 것으로 생각하고, 나한테 어려운 부탁을 해오는 등 말 못할 일들도 생겨났다. 호사다마라! 좋은 것만 있는 것은 없는 모양이다.

회사를 내 건물로 옮기고 제대로 된 간판 내걸고 앞으로 이사를 갈 일이 없으니 사무실도 깔끔하게 꾸몄다. 불알 두 쪽 달랑 차고 서울 올라온 밀양 촌놈이 고생한 지난 세월이 주마등같이 새삼 스쳐 지나갔다. 감개무량이었다.

Men To Men 영업

직접 수출을 하는데 나의 힘만으로는 경험이 많이 부족하다는 것을 절실히 느꼈다. 바이어가 옷을 만들 수 있을 분량의 원단 견본을 국제우편으로 보내주는 서비스까지 제공했는데도 오더를 주지 않는 바이어가 많았다.

개발은 한 것 같은데 자금력은 충분한지, 물량이 많아질 경우 품질에는 문제가 없는지, 필요한 시기에 공급해 줄 수 있는 믿을만한 업체인지를 이해시켜야 되는데 그렇게 하기에는 시간이 많이 필요했다. 그래서 급한 대로 원단 견본을 보내는 게 불가피했다.

그런데 결국 애써 개발한 원단과 정보를 공짜로 제공하는 바보짓이 많았다. 바이어가 우리가 제공한 원단을 오랫동안 거래해 온 거래처로 넘기곤 했던 것이다. 그런 사실을 알면서도 실망하지 않고 2년 동안 계속해 보았다. 우리를 신뢰할 수 있는 기회를 가졌으면 좋겠다는 생각으로……

그러나 그 결과는 아주 미미한 수준이었다. 매출 신장이 겨우 1~2백만 달러 정도밖에 되지 않았다. 거기에서 얻어진 이익은 지출된 경비의 반도 되지 않았다. 시장 개척도 중요하지만 결손이 늘어나고 있었다.

지금까지 결과를 다시 한 번 점검해 보았다. 역시 영업 노하우를 가진 고급인력이 없는 것이 문제이고 국내 영업을 일부 겸하고 있어 힘이 분산되고 있는 것도 문제였다.

내친김에 미수금과 재고 원단을 포기할 각오로 국내 영업을 접고, 새로 구입한 빌딩으로 사무실을 옮기면서 본격적으로 수출에 임하기로 선언했다. 그리고 한시바삐 수출을 제 궤도에 올리는 방법을 찾기 위해 온갖 궁리를 했다. 그러나 초급간부 및 사원들과 의논해도 시원한 해법이 나오지 않는다.

답답해하고 있던 중 영남방직에 부장으로 근무하던 동광섭 씨로부터 '바잉 오피스(Buying office)' 와 기성복제조업체인 '벤더(Vender)' 에 대한 이야기를 자세히 듣게 되었다. 세계에 내로라하는 기성복업체가 대부분 한국에 사무실을 두거나 오랫동안 거래해 온 기성복제조업체가 바로 그런 회사였다. 그렇다면 '바잉 오피스' 나 '벤더' 를 자주 만나 교류를 가지면서 영업을 한다면 경비를 줄일 수 있지 않을까?

이미 거래가 있는 바이어는 출장을 가서 만나거나 찾아오게 하면 되고 일단 국내에서 다시 뛰어보는 방법을 실행해 보기로 했다. 나는 동 부장을 통해 국내에 있는 '바잉 오피스' 명부를 입수하고, 그쪽으로 힘을 기울였다.

그러나 그 길도 만만치 않다. 벌써 웬만한 국내 수출업체는 기를 쓰고 그런 회사와 거래를 하고 싶어 했지만, 오래 전부터 거래해온 업체가 있어 신규업체와의 상담은 회피하여 시도만하다가 포기한 업체가 많았다. 잘 모르는 회사와 거래했다가 품질이나 납기 때문에 한두 번 고생하지 않은 업체가 없으니 당연했다.

그렇다고 내가 포기할 사람이 아니었다. 아침에 출근하면 하루 종일 이 회사 저 회사 번갈아가며 전화를 했다. 대상자는 임원이나 고급 간부였다. 아랫사람은 접근하기는 쉬우나 지름길이 아니었다. 대답은 거의 한결 같았다.

"우리는 기존 거래처가 있으니 신규 거래처는 필요 없습니다."

"아닙니다. 내수업체로는 알아주는 개발전문업체입니다. 내년 기획 준비에 조금이나마 도움이 될 겁니다. 5분만 시간을……."

벌써 전화가 끊겼다. 나는 지치지 않고 똑 같은 일을 되풀이 했다. 상대방의 짜증스런 목소리가 점점 더 커졌다.

"우리 회사 최고라고 안 하는 업체가 어디 있어요? 당신 업무방해를 되풀이 하는 실례를 계속하고 있는데 제발 전화 좀 그만 하세요?"

"담배 한 대 피울 정도의 시간 딱 5분만 휴식시간이라고 생각하고 한 번만 만나 주세요?"

대부분 다섯 번에서 열 번 정도 전화하면 무너진다. 한번 만나주면 다음에는 필요 없는 전화를 안 받아도 될 것 같으니까. 결국은 한번 만나기가 하늘의 별 따기 만큼이나 힘들다는 사람들을 거의 다 만나게 되었다.

"5분만 주시겠습니까? 혹시 10분 정도는 안 되겠습니까? 더 주시는 만큼 지금까지 들어보지 못하거나, 보지 못한 것들을 볼 수 있을 것입니다."

나는 열 가지 정도의 그룹으로 특성상 차이가 나는 것을 구분해 준비한 것 가운데 그 업체가 가장 관심을 가질만한 것을 먼저 꺼내보였다. 대체로 한 그룹이 열 가지 정도의 품목이었다.

유럽과 한국 등에서 조사한 내년도 유행 트렌드에 대해 간단히 설명하고 상대방이 견본을 하나하나 넘길 때마다 특성과 개발한 이유를 막힘없이 줄줄 설명을 해줬다.

"이것이 전부입니까?"

"아닙니다, 열배는 더 있습니다만 주신 시간이 짧기에……."

그렇게 해서 한 시간 이상 내가 원하는 대로 상담을 했다. 어떤 업체는 하루 더 시간을 달라고 요청해와 다음날 가보면 전 간부들이 모두 모여 기다리고 있다. 그래서 그들을 상대로 내년 트렌드와 종류별 원단 특성을 자세히 설명해 주기도 했다. 다들 섬유에 대해 박식하다고 과분한 칭찬을 해줬다.

한국 사람은 격이 비슷한 사람끼리 상담하는 것을 편하게 생각하는 경향이 특히 많다. 나는 빗장만 열어주고 상대가 편히 얘기할 수 있는 직원을 내보냈다. 물론 중요한 결정을 해야 할 때는 당연히 내가 나갔다.

당시는 가격 경쟁력에서 후발국에 밀리는 형국이라 '헤드오피스'는 홍콩이나 상하이로 옮겨갔거나 옮겨갈 계획을 가지고 있는 곳도 보였다. 한국에서 결정을 못하고 우물쭈물 시간을 끌면 해외로 출장을 나가야 했다. 국제 전시회 경비를 절약하는 만큼이라고 생각하고 영업을 보강해야만 했다.

그렇다면 이미 실패를 경험한 대기업 사람이나 경력이 많은 사람보다

승부근성이 있고 오너정신을 가진 사람을 중용하는 것이 좋겠다는 생각이 들었다. 그렇게 중용하고 성과급을 과감하게 실시하는 것이다.

여태까지도 성과급을 시행해 왔지만 애사심을 고취시키기 위한 최상의 방법은 역시 직원들에게 성과에 대한 혜택을 좀 더 주는 것이 최상의 방법이었다.

대표이사 사장 임명

2004년에 접어들면서 그때까지 내가 지켜보고 있었던 송 이사를 염두에 두기 시작했다. 대인 관계도 원만하고 젊은 나이라 혈기가 넘쳐 맨바닥에 헤딩도 할 수 있는 근성이 있다는 것을 확인하고 있던 중이었다.

그는 어렵다는 지금도 어떤 회사가 잘하고 있다는 정보를 들으면 한국이든 외국이든 어떻게 해서든지 소재를 확인하고 바로 달려간다. 그 회사의 누가 핵심 인물이라는 것도 알아내고 최소한 식사라도 하거나 상담까지 진전시키고 마는 사람이었다.

내수와 달리 수출은 상품개발도 중요하지만 영업이 훨씬 중요하다. 개발을 아무리 잘 해도 영업이 약하면 남에게 좋은 일을 시키는 수가 많다. 영업을 잘 하기 위해선 우리가 가진 것을 최대한 오더로 연결할 수 있도록 바이어가 원하는 것을 미리 알아내어 준비해야 한다.

그렇다면 그에게 힘을 실어주어 더 큰 책임감을 가지고 능력껏 일을 할 수 있는 환경을 만드는 방법으로, 내가 한 발짝 뒤로 물러 서 주는 것이 좋겠다는 생각을 했다. 그래서 그를 사장에 임명하고 나는 고문으로 물러앉았다.

송 사장도 나와 뜻이 같아 비용이 많이 드는 전시회 출품은 그만두고, 찾아오는 바이어는 기존 직원들에게 맡기고 내가 개척한 '바잉오피스'와 '벤드'를 중심으로 직접 열심히 뛰어보겠다고 했다.

그동안 출품한 전시회를 통해 우리 회사가 어느 정도 알려졌다는 자신감도 있었다. 그에게 영업을 맡겼으니 하고 싶은 대로 하게 하고 중요한 일만 상의를 하도록 했다.

나는 고문으로 물러나 한평생 해온 신상품 개발과 품질관리 측면에서 발생하는 큰 문제를 맡고, 자금관리는 지금까지 해온 대로 아내가 맡기로 업무분담을 확실히 했다.

회사의 이익금은 매 분기 정산하여 ½은 임직원에게 성과급으로, 나머지는 어려울 때에 대비해 적립하겠다고 공지하고, 분기마다 정산하여 성과급을 주니까 모두 힘을 내어 그 전보다 더 부지런히 뛰었다.

매출도 600만 달러까지 올라갔고 그 다음해는 1,000만 달러를 달성하기로 목표를 세웠다. 국내에서 가격이 맞지 않는 것은 중국공장에서, 지금까지 문제없는 것은 한국에서 생산을 했다. 직원들과 이리저리 뛰고 숨 가쁘게 내달린다. 보기에 너무 좋았고 매분기 정산하여 성과급을 지급하는 나도 신명이 났다.

큰 회사나 오랫동안 수출해온 업체에 비하면 보잘 것 없는 실적이지만 우리가 거쳐 온 지난 과정을 생각하면 최선을 다한 보람이기에 나는 만족하고 또 만족했다.

14 아내가 쓰러지다

당신들이 의사냐?

아내는 아침 6시만 되면 일어나 밥을 앉혀놓고 산으로 갔다. 서초동에 살 때는 뒷산, 수지에서는 광교산을 보통사람보다 거의 두 배나 빠르게 1시간 정도는 돌고 내려오곤 했다.

그래서인지 종합검진을 받을 때마다 이상한 곳이 단 한군데도 없을 정도로 건강했다. 혈압, 당뇨, 콜레스테롤 수치 등 모두 아주 정상이었다.

나는 도심지 아파트 생활이 싫었다. 내가 생각해도 내 성격은 별로 편한 성격이 못된다. 꺾어질지언정 휘어지는 성격이 아니다. 감정이 곧 얼굴에 나타나고 참을성이 부족하다. 그런데다 나한테는 어려운 사업을 하느라 항상 마음의 여유가 없었다.

어린 시절 꽃밭을 가지지 못한 서러운 꿈도 있었지만, 사업하면서 황폐해진 마음을 달래고, 여유 있게 노년을 보내는 방법으로도 전원주택에 사는 것이 좋겠다고 생각하다 드디어 그 꿈을 실천하기로 결심했다.

서초동 삼풍아파트를 팔아 용인 수지에 택지를 먼저 장만했다. 지금 사는 집터다. 택지를 사고, 집을 지을 때 짓는 것을 직접 챙기기 위해 남은 돈으로 택지 근처에 전세 아파트를 얻어 2년여 살고 있었다.

"서울 강남에 건물 가진 사람이 전셋집이 뭡니까?"

"더 이상 은행대출 받는 것은 마음에 내키지 않아."

주변에서 하는 말에 나는 상관하지 않았다. 남은 돈으로 은행 빚도 일부 갚고 그때는 저평가된 골프회원권을 사서 운동도 하고 집을 지을 때 팔아 시세차익도 보았다.

그날도 여느 때와 같이 아내는 밥 앉히는 일을 끝내고 산에 갈 준비를 하고 있었고, 나는 평소대로 같은 시간에 일어나 신문을 읽고 있었다.

큰 애는 영국 연수 마치고 막 입국하여 오랫동안 못 본 친구들과 여행 중이고, 둘째는 아직 영국에 있는 중이라 우리 부부만 지내고 있었다.

사업을 하고부터 일과의 시작인 셈이다. 그런데 부엌에서 우당탕하는 소리와 함께 "여보" 외마디 소리가 난 후 조용했다. 읽던 신문을 던지고 나가보니, 냉장고 앞에 쓰러져 있는데 얼굴을 보니 두려워하는 표정에 눈동자가 초점을 잃어가고 있었다.

"여보, 왜이래? 여보! 여보!"

더 이상 말은 없고 냉장고 쪽으로 손을 가리키고 있었다. 나중에 들으니 순간적으로 뒤통수를 얻어맞은 것 같은 충격으로 쓰러졌는데, 혹시 전기 감전이 아닐까 짧은 순간 그렇게 생각한 모양이었다.

경험이 전혀 없던 것은 나도 마찬가지라 이야기도 시켜보고 흔들어도 보았으나 점점 반응이 없어져 갔다. 119로 전화해 구급차가 오길 기다리는데 시간이 왜 그렇게 길게 느껴지는지, 몸을 만지기도 하고 자꾸 말을 걸면서 생각했다.

'어느 병원으로 가야 될까 보통 치료로 고쳐질 정도는 분명 아니니 큰 병원으로 가자.' S의료원은 오랫동안 진찰한 자료도 있으니 그쪽을 가기로 했다. 그런데 그 결정이 실수였다.

결론적인 얘기지만 뇌졸중 일명 중풍이라면 가까운 병원에서 CT촬영으로 확인하고 혈전 용해제주사 헤파린을 한 대만 맞았으면 지금보다 훨씬 고생을 덜하고 회복정도도 달라졌을 것이다. 아니 완전히 회복했을지도 모른다.

수지에서 서울 S의료원까지 가는 시간에, 원무과에 아는 사람이 있어 위급한 사정을 설명하고 도움을 요청했다. 응급실에 도착하니 의사선생님들과 간호사 선생들이 밖에까지 나와 대기하고 있었다.

이때 까진 좋았는데 그다음 얘기를 하자면 지금도 분통이 터진다. 응급실 의사들의 오판과 무성의로 두 시간 가까이 지나서야 제대로 된 진료에 들어갔던 것이다.

나는 깊이는 몰라도, 들어온 얘기로 짐작할 때 혹시 뇌졸중, 뇌출혈이면 시간을 다투는 질병이고, 결과에 따라 생사는 물론 회복이 되더라도 신체적 불구가 될 수 있었다.

나는 의사한테 강력하게 요청했다.

"뇌질환으로 접근해서 진찰을 부탁합니다."

"보호자분이 의사이십니까?"

"아닙니다. 하지만, 증세로 볼 때……."

"그만하세요. 우리가 의사잖아요?"

"알겠습니다만, 뇌질환이라면 시간이 자꾸 흐르고 있으니 큰 일 아닙니까?"

빨리 그쪽으로 진찰을 해 달라고 통사정을 해도, 귀속에 몸의 균형을 잡아주는 볼이 있는데 그것이 벗어나면 같은 증세가 있으니 먼저 그쪽으로 진단해야 된다며, 이비인후과 외래로 진찰할 계획을 세우고 있었다.

내가 알기로도 그쪽일 가능성이 없지는 않았다. 그러나 그렇지 않고 뇌경색이라면 어떻게 되는가? 혈전이 미세혈관을 막고 피가 통하지 않는다면, 뇌신경 어딘가가 죽어가고 있다면, 그 가능성이 아주 희박하더라도 그쪽을 먼저 걱정하고 접근해야 되지 않는가?

담당의사에게 강력하게 항의를 했다. CT 촬영을 먼저 하자. 이비인후과는 시간을 다툴 방향이 아니지 않느냐? 그런데 응급실이 시끄럽다며 3명의 의사가 동시에 접근하여 담당 의사를 거드는 말을 했다.

"병원에 오면 환자는 의사에게 맡기셔야죠? 다른 환자도 있는데 이렇게 진료를 방해해서 됩니까?"

나는 내 생각을 관철시킬 수 없다고 생각하고 급할 때를 대비해 의사 성명을 메모하고 혼절상태인 아내를 휠체어를 밀고 뛰다시피 이비인후과로 올라갔다. 그럭저럭 외래진료시간이 되었다. 만에 하나라도 내 생각이 맞다면 의사는 엄청난 실수를 하는 셈이었다.

차례를 기다릴 수가 없었다. 미안하지만 진료실로 그냥 밀고 들어가 내 의견을 먼저 얘기했다. 나중에 알고 보니 그 분은 이비인후과 담당과장이었다.

보호자 생각이 옳다면서 누가 그런 판단을 내렸는지 응급실로 즉시 전화를 돌렸다. 이럴 때를 대비하여 내가 확인해둔 담당의사 이름을 가르쳐 주었다. 응급실에는 의사가 5~6명은 되어 보였다. 담당의사 찾다가 시간 보낼 것은 줄인 셈이었다. 그 과장님은 난리를 쳤다. 당장 내려 보낼 테니 보호자 의견대로 신경과 쪽으로 확인하라고 지시를 내렸다.

다시 응급실로 아내를 데리고 내려오니 신경과 의사가 없단다. 그네들은 급할 것이 없었다. 직업적인 말투로 기다리란다.

얼마나 기다려야 되느냐? 그럭저럭 2시간이 되어간다.

"시간이 환자의 생명과 회복 후에도 후유증 정도가 달라지는데 그렇게 사무적으로 말할 수 있어요? 당신네들 가족이라면 이렇게 할 수 있겠어요?"

"우리 내외는 이 병원 종합검진센터에서 오랜 기간 해마다 진찰을 받아 왔고, 얼마 전에 환자는 어지러움 증세가 있어 MRI 검사까지 따로 받았어요. 지금 환자가 어떤 상태로 있는지 제대로 보고 말하시오? 평생고객님이라고 부르던 사람들이 경미한 증세로 온 환자도 아닌데 이럴 수가 있어요?"

나는 체면이고 예의고 아무 생각도 없고, 빨리 원인을 확인하고 싶은 마음뿐이었다.

응급실에 근무하는 의사는 레지던트나 인턴의사가 대부분이다. 전문의 과정을 거치고 있는 수습의사라는 사실을 대화과정에서 충분이 짐작이 갔다. 응급실 담당의사 중 Chief 의사가 그제야 신경과로 전화하고 담당의사가 바로 내려온단다.

그런데 온다는 의사는 화장실로 무슨 큰일이라도 보러 갔는지 금방 오지 않았다. 나는 마치 뒤 마려운 강아지마냥 왔다 갔다 Chief 의사 뒤를 쫓아다녔다. 멍하니 앉아 있을 수가 없었다.

신경과 여의사가 그제야 내려와 망치로 무릎도 두드려보고 다리를 들어보라고 했다. 제발 부탁이니 그 짓 말고 CT 촬영을 부탁한다고 통사정을 했다. 그 여의사말도 똑같았다.

"유독 왜 그렇게 난리냐 의사한테 맡기고 기다리세요, 오히려 진찰 방해만 되지 않아요?"

나는 지지 않고 다시 따졌다.

"CT 촬영만 하면 정확하게 알 수 있는 것이고, 그런 진찰은 시간만 지체되고 결국은 혈전용해제와 CT 촬영이 필요할 수 있지 않습니까? 주사 한 대 맞고 CT 촬영한다고 해서 환자의 신체에 장애가 생기는 것도 아니지 않습니까?"

결론은 내가 짐작한대로 시간만 지체했지 뇌경색이란 판정이 났고 집중치료실에 입원을 했다. 너무 중증이라 보호자 입실도 허용되지 않았다.

나는 울분을 참을 수가 없었다. 우리나라에서 제일 서비스가 좋고 설비도 좋다는 병원이 응급환자를 관리하는 시스템이 어찌 이 모양인가?

지금 내가 할 일은 없었다. 긴급한 상황에 대비해 여행지에서 급히 돌아온 아들놈한테 병원의 요청대로 병실입구에 대기하게 하고, 응급실로 내려가 한사코 거부하는 담당 의사를 억지로 끌고 밖으로 나갔다. 의사로서의 판단착오에 대한 책임을 따지지 않고는 참을 수가 없었다.

“당신이 제대로 배운 의사냐? 보호자 말을 무시하고 당신들 잘못된 판단으로 이 지경이 됐다. 어떻게 할 것이냐? 집중치료실로 가봐라. 환자가 어떤 모습으로 있는지.”

“……”

“고의성은 없다고 보나, 살인이나 살인미수다.”

“그게 어떻게 내 책임입니까?”

“의사로써 도덕적 책임도 없단 말이요? 며칠 지나보면 알겠지요. 회복 정도에 따라 당신한테 책임여부를 병원에 묻거나, 아니면 의료사고나 분쟁으로 끝까지 갈 테니 각오하시오?”

그제야 잘못된 판단에 대한 사과를 받아냈다.

“보호자 요구대로 하다가 과잉진료로 오해받아 진료비 시비도 생기고, 지도교수 선생한테 혼나는 경우도 간혹 있습니다. 그러다보니…… 죄송합니다.”

젊은 의사 어렵게 만든다고, 아내에게 지금 뭐가 달라지겠는가? 나는 현실적으로 생각했다. 의사도 사람이다. 실력도 다르고 실수도 한다. 혼이 났으니 다음에는 조심할 것이다. 사과를 받으니 그래도 분이 좀 풀렸다. 시간을 아껴 아내에게만 신경을 쓰자.

매사가 그렇듯이 관심이고 정성이 중요하다. 지금 내 아내에게는 그것이 꼭 필요하다. 다시는 치료공백이 생겨서는 안 된다. 비록 수습과정의 의사지만 병원 내에 동문도 있고 입사동기도 있을 것이다. 부탁하고 말자. 잊어버리고 아내 치료에 집중하여 다시는 반복되는 일이 없도록 신경 쓰는 것이 최선이다.

“죄송한 마음이 진심으로 있다면, 환자가 퇴원할 때까지 당신이 할 수 있는 일을 찾아 잘 해주시오.”

“예. 마침 신경과에 동기가 있으니 당부하여 각별히 신경 쓰게 하겠습니다.”

나는 젊은 의사의 다짐을 받고, 그것으로 얘기를 끝내고 급히 병실로 올라갔다. 집중치료실로 올라가니 위급한 상황에 대비해 의논이 필요할 수도 있으니 24시간 자리를 비우지 말란다.

지금까지 나는 불가능한 일은 없다고 생각하고 살았다. 물론 내가 결심하는 것은 어렵더라도 내가 할 수 있는 일이었다. 해야 된다고 생각하는 데 멈춰 있는 적이 없었다.

그런데 지금은 낭패도 큰 낭패인 데도 할 일이 없었다. 그냥 속 태우며 기다리는 것뿐이었다. 아내와 삼십년 가까이 살아온 세월이 주마등같이 지나간다.

내 친구요, 동업자인 아내

나의 아내 김명숙 씨는 지금 생각해도 참 잘 선택한 사람이다. 팔불출이 되더라도 나는 감히 자랑하고 싶다.

아내는 자녀들에게 소리를 지르거나 야단친 적이 없었다. 그냥 엄마로써 걱정하는 말만 했다. 직장에서나 집에서 잠시라도 시간을 낭비하지 않았다. 휴일에도 늦잠을 자거나 피곤하다고 누워있지 않았다. 아무리 피곤해도 해야 할 일을 미루지 않았다.

애들을 어머니께 맡기고 함께 사업을 할 때는 그 날 장부를 집으로 가져와 혼자서 밤 1~2시가 되도록 마무리하고 잠자리에 들었다. 그리고 새벽에 일어나 아침 준비를 하고 7시 전에 같이 집을 나와 버스와 지하철을 갈아타면서 출근을 했다. 잠이 모자랄 텐데 잘도 견뎌냈다.

나와 성격이 비슷하여 정리되고 청결하지 않으면 가만히 있지 못했다. 회사에서도 시켜서 안 되면 본인이 직접 했다. 그러면 미안해서 직원들도 따라하곤 했다.

그러면서도 잘 웃었다. 웃을 때는 빙긋이 웃는 것이 아니라 소리 내어 크게 배가 출렁거리도록 웃었다. 그렇게 웃지 못하는 나는 그 웃음을 듣는 순간 스트레스가 풀리곤 했다.

내가 의논하고 결심을 하면 생각이 다르더라도 항상 이렇게 말했다.

"당신이 생각하는 대로 해요, 믿으니까요."

회사에 처음 나와서부터 자금관리를 책임지고 맡았다. 더러는 아내가 이해하지 못할 정도의 돈을 쓴 것을 알면서도 따지지 않았다. 쓸 곳이 있어서 쓴 것으로 믿어준 것이다. 내가 시간이 없거나 하기 싫은 힘든 일을 맡겨도 거절하지 않았다.

성질이 급하고 강직한 내가 가끔 마음에 차지 않아 목소리를 높여도, 거의 듣고 받아주었다. 지나고 나서 생각하면 너무 미안한 생각을 넘어 모성애까지 느껴지는 사람이다. 이런 성격이다 보니 내 아내를 미워하는 사람이 거의 없었다.

우리 부부를 아는 사람 대부분은 명숙 씨가 복이 많아 성공했다고 한다. 고생은 내가 더 죽어라고 했는데 좋은 소리는 당신이 다 듣는다고 하면 이렇게 대답했다.

"그것도 내 복이잖아요? 서방 잘 만난 복 말이에요"

아무리 싫은 사람도 좋은 모습으로 대하고, 마주보고 소리 지르는 모습은 지금까지 몇 번 보지 못했다.

20년이 넘도록 회사에서도 항상 같이해준 아내 덕분에 내 일에 집중하며 일할 수 있었다. 우리는 누구나 한 번 이상 겪는다는 권태기도 격은 적이 없었다. 그럴 시간도 없었지만……

돈을 벌면 여자가 사치도 하는 법인데 결혼할 때 주고받은 반지까지 처음 집 마련할 때 팔아먹고도 나한테 하나 사달라고 한 적이 없었다. 낭비가 없으니, 그 정신이 바탕이 되어 재산도 모을 수 있었으리라!

쓰러질 때까지 회사의 감사로서 자금관리를 성실히 해주었으니 늦었지만 포상을 한번 해야겠다는 생각으로 작년에 진주로 된 목걸이, 귀걸이, 팔찌 한 세트를 선물했다. 그랬더니 입이 그렇게 크게 보인 적이 없었다. 갖고 싶은 마음은 있었으나 참아 온 것이 드러난 셈이다.

며느리 사랑은 시아버지라는데 돌아가신 뒤 시집와 시아버지 사랑도 못 받았다. 계속 모시지는 않았으나 강직하기 그지없는 시어머니에 가장 가까운 사람이 마음을 아프게 한다고 할 만큼 하고서도 마음고생 많았다.

막상 우리가 낳은 자식들 우유 한 병 사주는 걸 주저하면서도 동생들 학비며 용돈은 군말 없이 내주었다. 서울 올라온 세 동생 새벽밥 해 학교나 직장 보내고, 어린 남매까지 챙기다가, 내 사업을 시작하고 얼마 되지 않아 함께 일하면서 지금까지 나를 도와왔다. 오랜 세월 그렇게 보내다 속으로 골병이 많이 들었으리라.

사람이 사는데 사소한 다툼도 있기 마련이건만, 내 기억에는 그 어려운 살림을 쪼개 살면서도 군소리 한 번이 없었다. 나한테 시집을 오면서 각오라도 한 듯 화를 내기보다는 오히려 나를 위로하여 주었다.

특히 유별난 성격에다 일에만 미쳐 있는 내가 참을성 없이 집에서 화풀이를 하더라도 내가 힘들게 살아와서 그렇다고 넉넉하게 받아주었다.

가게 보증금만 가지고 가슴 졸이며 사업을 시작할 때도 어느 누구보다 격려를 아끼지 않았고 용기를 북돋아 주었다.

"당신이라면 충분히 할 수 있어요."

여성의류용 원단을 취급할 때는 어중간한 임직원들의 판단보다 섬세한 성격을 소유한 소비자의 한사람으로서 도움을 준 아내가 내게는 더 큰 힘이 되었다.

일본이나 유럽 등 시장조사며, 내가 있는 곳에 항상 그림자처럼 같이 다니며, 내가 힘들어 할 때는 어머니처럼, 친구처럼, 비서처럼, 열심히 같이 살아왔다. 그렇게 지내온 세월이 있었기에 이만큼 이루었다. 이제는 긴장감도 좀 풀고 옛날 얘기 간혹 하면서 재미있게 살 때가 되었는데 이 무슨 날 벼락이란 말인가?

하느님은 정말 계시는 건가요? 천주교 신자인 우리로서는 생각해서는 안 될 생각도 들었다.

우리는 남을 해하거나 약속을 지키지 않거나, 도덕적으로 문제되는 사업이나, 생각을 하며 살아오지 않았다는 것은 하느님은 아시지 않는가? 우리가 모르는 죄가 얼마나 있단 말인가?

지정의 교수를 만나자

이대로 가다리고 있을 수 없었다. 뭔가를 해야 했다. 저대로 간다면 너무 불쌍하지 않는가? 절대로 의사나 간호사의 실수가 있어서는 아니 된다. 그것을 위해선 가족과 같은 정성을 다짐받는 것이 필요하다고 생각했다.

간호사한테 지정의 선생의 연락처나 사무실을 물었다. 병원 규칙상 알려 줄 수 없단다. 환자가 한 둘이 아닌데 진료시간 외에 연구나 강의를 방해해서는 안 된다는 것이다.

당연하다. 그러나 이미 응급실에서의 실수를 보지 않았는가? 의사도 사람이다. 고의로 그럴 리는 없겠지만, 매일의 일과가 아픈 환자와 씨름하다보면 지치기도 하고, 개인 사생활로 고민하다 예상치 못한 실수도 할 수 있는 것이다.

그러나 환자나 환자 가족은 사업상 약간의 착오나 실수로 남을 귀찮게 하는 것과는 다르다. 생명과 관계되고 회복 정도에 따라 장애자의 고통을 한평생 가지고 살아갈 수 있다.

나는 병원 현관으로 내려가 환자 보호자로 보지 않게끔 복장을 가다듬고, 얼굴표정도 밝은 모습으로 지정의 정교수에게 면회를 청하기로 했다.

친구인데 지나는 길에 잠시 얼굴이나 보고자 한다고 하니, 약속을 하지 않으면 불가능할 것이라면서도 교수실 방 번호를 알려 주었다.

교수실이 있다는 5층으로 올라가니, 여느 병원과는 달랐다 철문으로 입구부터 폐쇄하고 경비원이 앉아 있었다.

"사전에 약속하신 분이 아니면 불가능합니다."

나는 인터폰을 들고 하루 종일이라도 기다리겠다고 억지를 부렸다. 출입하는 사람, 인터폰이 필요해 대기하는 사람이 늘어났다.

"선생님, 그러시지 마시고 돌아가 주세요. 환자 보호자이신 모양인데 회진할 때 말씀하시면 되잖아요?"

거꾸로 통사정을 하는 경비원의 말도 안 듣고, 비서가 와서 또 되풀이 언쟁을 벌리고, 정말 미안했다. 아주 몰상식한 사람이라고 했을 것이다. 그런 실랑이를 들은 정 교수는 하는 수 없이 승낙을 하여, 철문 안으로 안내를 받아 교수실 문 앞으로 갔다.

노크를 하고, 문을 여니 문 앞에 마주서서 문을 잡고 있다.

"들어오지 마시고 할 얘기 있으면 밖에서 하세요."

나는 왈칵 문을 열면서 넘어지는 교수를 잡았다. 그리고 소파에 무조건 앉았다.

내가 일평생 가장 사랑하는 아내가 당신의 보호 하에 있다, 힘들게 살아 왔고 너무 불쌍하다, 그리고 내가 가장 사랑하는 사람이기에 가슴이 터질 것 같아 실례를 무릅썼다, 나는 그렇게 간곡하게 말했다.

"원하는 것이 무엇입니까?"

"당신의 가족같이 생각하고 정성을 다 해주겠다는 다짐을 해 달라. 그 말만 듣고 가겠다. 당신도 가족이 있을 테니 내 마음을 이해하기 바란다."

"의사생활 이십 수년에 댁같이 무례하게 행동하는 사람 처음 당해 봅니다. 알았으니 너무 걱정 말고 신앙이 있으면 기도나 많이 하세요?"

뒤에 알고 보니 그분은 기독교 신자였다. 좋은 사람이었다. 무례를 했음에도 그렇게 말씀하는 표정이 내가 밉지만 않은 것 같았다.

그 며칠 후 잠시 회사에 들렀다가 병원으로 가니 겨우 말을 하는 아내가, 의사선생님이 남편과 어떻게 결혼했느냐고 묻더란다. 그 이후로 그분의 친절이 의사를 신뢰하는 아내의 마음으로 옮겨가 회복하는 데 큰 도움이 되었다고 생각한다.

진찰결과 발병원인이 심방중격결손일 가능성이 가장 높다고 했다. 좌우 심방중간에 구멍이 있는 것이란다. 태어날 때는 모두가 있으나 자라면서 저절로 없어지는 사람이 대부분인데, 선천적 체질로 커서도 막히지 않고 있다가 나이가 들면서 심장활동이 다소 불규칙하면 잘 걸러진 쪽으로 탁한 피가 건너가는 이를 테면 하수물이 상수도로 건너가는 격이 되어 혈전이 발생해 미세 혈관을 막은 것이란다.

옛날에는 가슴을 열고 수술을 했으나 대동맥을 통해 풍선 모양을 삽입하여 막는 시술이 불과 얼마 전에 개발되어 쉽게 치료가 가능하다고 했다.

어릴 때 해결되지 않은 병이라 그런지 그 시술은 소아과에서 했다. 신경과에서 소아과로 전과가 되어 쉽게 잘 끝났다.

의사나 간호사도 실수를 한다,
그래서 환자는 죽는 수가 있다

그런데 뜻밖에 큰일 날 뻔한 일이 또 벌어졌다. 나는 평소 일할 때처럼, 주사며 약이며 무슨 이유로 환자에게 필요하며 대충 언제까지 쓸 계획인지 적어가면서 파악하고 있었다. 내 성격이기도 하지만 그것이 사고를 확실히 막는 길이었다.

토요일 회사 일을 서둘러 끝내고 아침 11시경 병실로 가니, 단 한 시간도 끊어서는 안 될 혈전용해 주사제인 헤파린이 링거와 연결되지 않고 있었다. 뇌졸중 환자에게는 다시 혈전이 생겨 막히면 치명적일 수도 있다. 특히 아내의 증세는 중증이므로 말할 필요가 없었다.

급히 의사, 간호사를 찾아 이유를 알고는 정말 어이가 없었다. 토요일 교대하는 간호사가 소아과에서 신경과로 다시 전과하는 과정에서 인계를 제대로 하지 않고 퇴근했다는 것이다.

소아과 시술할 때 주사를 맞으면 혈관이 터질 가능성이 있어 잠시 끊었지만 신경과로 전과가 되는 순간 바로 다시 주사를 계속 맞고 있어야 되는데 그것을 제대로 인계하지 않았던 것이다. 만약 모르고 넘어갔다면 다음날은 일요일이이라 월요일 지정의 회진 때까지 가장 기본적이고 중요한 치료가 공백상태로 넘어갈 뻔했다.

나는 거듭된 실망에 문제를 삼기로 했다. 간호과장도 간호사들에게 경각심을 심어주기 위해 필요하니 방법을 알려주면서, 문제 삼기를 오히려 희망했다. 결국은 지정의의 간곡한 부탁으로 넘어가기는 했으나, 일류 병원이라는 곳이 이 모양이니…… 그러면서 병원에 오면 환자는 의사와 간호사에게 맡기라고?

그 뒤에도 또 문제가 생겼다. 아내의 약이 옆방 환자가 먹을 약과 바뀌어 삼키기 직전에 뱉어내는 일도 생겼다.

세상에 믿을 사람 하나 없다는 생각이 치밀었다. 챙기니까 그렇지 진짜 시키는 대로 믿고 맡기는 환자나 보호자는 무슨 일을 얼마나 당하는지 대부분 모르고 넘어 가는 것 아닌가?

아무튼 그런 사람도 있었으나 끝까지 정성을 다해주신 신경과 정 교수님, 소아과 강 교수님께 감사를 드리며, 실수하신 선생님, 간호사님들께서는 좋은 경험이 되었기 바란다.

그리고 환자보호자는 반드시 의사나 간호사와 같이 한마음으로, 묻고 확인하고 챙기지 않으면 안 된다고 누구에게나 당부하고 싶다.

한 달하고도 며칠을 입원 후 퇴원하여 재활치료를 본격적으로 시작했다. 입원기간도 힘들었지만, 제대로 걷기 시작할 1년여 동안 정말 그간 겪어보지 못한 가족의 고통이 이어졌다.

가족 중 한 사람은 보호자가 되어 잠시라도 옆에 없으면 안 되는 상황이었다. 영국 연수를 막 끝내고 들어온 아들과 곧이어 들어온 딸이 있었기에 큰 힘이 되었다.

나는 그때 1인 3역을 했다. 회사 일에다 전원주택에 사는 것이 꿈이던 우리 부부가 같이 '홈덱스', '경향 하우징페어'를 2년간 빠짐없이 관람하며 모은 자료를 근거로, 설계도 직접 챙기고, 시공사에는 건물 몸체공사만 맡기고 창이나 내장 인테리어 등은 열군데 가까이 직접 공사를 맡겨 공사비도 절약하고 믿을 수 있는 자재를 쓰게 계획을 세우고 진행 중이었다. 이미 계약이 되어 중지할 수도 없었으니 그 일도 챙겨야 했다

거기에 아내까지 쓰러졌으니 그야말로 돌 지경이었다. 다 잘할 수 없다면 첫째는 아내의 건강회복이다. 아내는 세 군데 신경이 회복불능 상태다. 좌 반신 운동신경, 왼쪽 시신경 25% 회복불능, 기억력 30% 감소 등 걷는 것조차 아주 힘들다. 좌 반신만 문제가 아니고 시신경을 다쳤으니 몸의 균형을 잡기가 너무 힘들고 심한 어지러움에 일어나기조차 힘들어 했다.

아내의 재활치료

나는 두 남매와 아내에게 당부했다. '노력하기에 달렸다. 안 되는 일은 없다. 병원에서의 재활치료만으로는 안 된다.'

첫째, 하루에 삼사 삼소 운동, 정상인도 그렇지만 환자는 마음이 편해야 한다. 그래서 가족 모두가 없는 것도 찾아서라도 세 번 감사하고 세 번은 배꼽이 출렁대게 무조건 웃도록 하자.

둘째, 머리가 아프고 몸이 힘들더라도 쓰러지지 않을 정도로 운동하기다.

"누구 하기 싫어서 안 하겠느냐? 몸이 말을 안 듣는데……."

심신이 편치 않으니 아내도 짜증을 냈다. 그런 아내를 달래가며 밖으

로 끌어내어 등산용 지팡이를 짚게 했다. 팔다리 움직임이 보기에도 딱했다. 젊은 사람이 창피하다고 한사코 동네 나들이는 못 하겠단다.

가족의 정성을 봐서라도 그래서는 안 된다고 달래고 설득했다. 그 다음은 헬스클럽, 그리고 뒤에는 골프공을 한 박스 준비해서 안 되면 카트 타고 바람 쐬어도 좋고, 친 공이 날아가 없어도 좋다고 하고, 거의 강제로 끌고 다녔다.

나는 아내의 새로운 모습을 보고 놀라고 아내를 도와주는 재미도 느꼈다. 어느 정도는 알고 살았지만, 자존심 강하고, 인내심, 참을성이 보통이 아니었다. 처음에는 설득이 힘들었지만, 조금씩 나아지는 느낌을 얻고는 나를 잘 따라주었다.

엄청 고통스런 것도 이를 악물고 참으며 가자는 대로 마다않고 같이 다녔다. 힘든 것을 느끼는 것은 적응이 되거나 나아지는 과정이다. 고통스럽더라도 이겨 내야 한다. 환자는 물론 온 가족이 정성을 쏟았다.

혈액 순환에 좋다는 오리고기, 체력에 도움이 된다는 낙지요리 질리도록 같이 먹었다. 검증이 되지는 않았지만 주변 사람들의 얘기를 믿고 잘 먹어주면 그 자체로 좋은 것이다.

어느 날 재진차 병원에 갔더니 지정의 선생이 놀라워하며 물었다.

"중증환자로서 이렇게 빨리 회복되어 가는 것은 드문 일입니다. 지금은 치료가 아닌 재발방지 약으로 도움을 줄 뿐인데 환자나 환자 가족이 어떻게 하십니까?"

그대로 얘기했더니 책을 쓰면 몇 백부는 자기가 팔아 주겠단다. 환자들이 의사가 하는 얘기를 대체로 실천하지 않는 경우가 많으니 직접 체험한 얘기가 필요하단다. 빈 말이라도 칭찬이라고 생각하니 기분이 좋았다.

우리 가족은 천주교 신자다. 기도도 많이 했다. 아내가 쓰러진 날 아내의 대모 부부, 내 대부 부부에게 제일 먼저 알리면서 기도해 주실 것을 간청했다. 크게 놀라며 병원이 어디냐고 물었지만 지금은 병문안이 소용없으니 기도만 부탁한다고 했다.

병원 지하에 종교실이 있었다. 나는 난생처음 울부짖으며 온 몸을 바닥에 엎드려 기도했다. 그렇게 간절히 기도한 적은 난생처음이었다. 지금은 아주 힘든 시기는 지나가고 있다. 사람이 많은 곳은 가능한 피하고 어려운 사람은 가능한 만나지 않는다.

조금만 신경 써도 견디기 힘들어 한다. 싫어도 운동은 반드시 해야 하므로 피곤하고 지치면 2~3일에 한 번씩 온몸 마사지를 좀 심하게 받아야 한다. 힘들지만 운동도 차츰 기분 좋게 한다.

4년 가까이라는 세월도 흘렀다. 신자들 사이 친목 모임인 복지회 여덟 부부, 부부재교육 부부님들 정말 감사하다. 회복단계에 온 정성으로 기도하고 찾아와 격려해주신 여러분들이 계셨고, 주님께서 크나큰 은총을 내리심이 우리 가족의 노력에 비할 바가 아닐 것이다.

환자는 절대 안정이 필요하고, 만나면 반가운 분들의 위로가 가장 중요하다고 생각한다. 정을 가지고 찾아오겠다고 한 사람들에게 미안하다. 내가 틀린 생각일지 모르나 너무 많은 사람이 찾아오는 것은 환자에게는 절대 도움이 되지 않는다. 오히려 마음만 무겁게 하는 경우가 많다.

원하라! 그러면 이룰 것이다

15 나는 지금부터 무엇을 해야 하나

회사의 폐업

아내가 쓰러지자, 사경을 헤매는 아내 외에는 나는 아무 생각이 없었다. 돈도, 사업도 아무 생각이 없었다.

앞에서 얘기했듯이 부부가 함께 연구한 설계를 토대로 전원주택까지 짓고 있던 때였다. 지쳐 있던 나는 돌아버릴 것 같은 느낌이었다. 아내는 불행 중 다행스럽게도 일 년여 만에 힘들게나마 움직일 정도로는 일상생활로 겨우 돌아 왔으나, 정기적으로 물리치료를 계속 받아야 했다. 언제까지가 될지 기약할 수도 없다.

　나는 아내의 보호자로 거의 같이 지내야만 했다. 그렇게 지내던 중, 짬을 내어 잠깐씩 들러보곤 하던 회사에 나가 시간을 내어 전반적으로 보고를 받고 점검을 해 보았다. 그런데 잘 되어간다던 회사가 갑자기 무역금융이 늘어나 있고, 자금 계획을 들여다보니 엉망이었다.

　중국 공장에서 생산시기를 맞추지 못하거나 상품이 제대로 나오지 않아, 배로 선적할 것을 비행기로 실어내고 있었다.

　당시는 미국 오더가 상당 부분을 차지했는데 거의 필리핀이나 인도네시아에서 옷을 만드는 것이 대부분이었다. 원자재인 원단을 공급하는 우리는 거의 중국에서 생산하여 배로 선적하게 되어 있었는데 생산이 늦어 마진의 2~3배 가까이 되는 항공료를 물어가며 비행기로 싣고 있었고, 좀 더 늦은 것은 미국까지 옷을 보내는 항공료까지 요청받고 있었다. 그마저도 아주 늦은 것은 판매시기에 맞출 수가 없어 오더가 취소되고 마케팅 클레임(marketing claim)까지 예상되고 있었으니 기가 찰 노릇이었다.

　송 사장은 자동차로 비교하면 액셀러레이터 기능이 뛰어난 반면 브레이크는 문제가 있는 사람이었다. 그리고 경험이 짧아 모든 것을 관리해야 하는 사장으로서는 무리였다. 처음부터 알고 장단점을 서로 보완하며 나와 아내가 그 부분을 챙겨주기로 했던 것인데 공백이 생겨 우려했던 결과가 너무 크게 발생한 것이다.

　한국 공장에서 생산하는 것은 문제가 없었으나 중국 공장에서 생산한 것이 대부분 문제가 되었다. 중국은 기술이나 관리능력이 아직까지 믿고 맡기는 것은 금물인 수준이었다. 따라서 그들보다 잘 알고 있는 우리가 만약의 경우를 대비하여 수시로 공장에 가서 눈으로 보고 잘 진행되어 가는지 직접 부딪치며 챙겨야 한다.

나는 틈나는 대로 잠시 중국에도 가보고 회사에 들릴 때마다 주의를 기울이도록 했다. 오더를 받고나면 사장 이하 대구사무소 직원까지 교대로 상주하며 챙길 것을 강조했다.

그런데 일도 많아진 데다 거래가 조금이라도 있었던 공장은 믿고 맡긴 결과 이렇게 된 것이다. 주문을 능력이상으로 받지 않거나, 생산관리는 문제가 예상되는 길목을 지키는 요령으로 챙겨야 하는데 앞만 보고 달리다가 문제가 커지고 만 것이다.

누굴 원망하겠는가? 오히려 뒤에서 받혀주지 못한 내가 본의는 아니나 문제의 원인이 아니겠는가?

사태를 수습하고, 바로 잡아 옛날로 돌아가기 위해서는 이전에 내가 했던 일의 몇 배나 매달리지 않으면 안 될 지경이었다. 잠시 짬을 내어 하는 일이라면 몰라도 아직 아내를 돌보지 않으면 안 될 처지인데다, 나도 상당히 지쳐 있었다.

일주일 동안 많은 생각을 했다. 얼마 전 신문에서 우리나라 대기업의 평균 수명이 20여 년이라는 기사를 읽은 적이 있다. 자본주의 역사가 반백년 남짓한 우리나라만의 실정인 것도 있겠으나 너무 짧다.

창업자로부터 3대에 이른 기업도 있지만 일찍 무너진 기업이 얼마나 많겠는가? 내 주변에 아는 많은 중소기업들을 근거로 어림으로 생각해 본 적이 있는데 평균수명이 4~5년 정도였다.

그러나 나는 지금까지 단 한 번의 실수도 없이 20년 이상 잘해 왔고 작으나마 모범이 되는 업체라고 모두가 부러워하고 나 또한 내가 설립한 회사가 이렇게 될 줄은 상상도 하지 않았으니 그 충격이 너무 컸다.

'㈜고운섬유는 아무리 어려운 환경이라도 끝까지 살아남을 회사다.'

모두들 그렇게 말하고 있었는데 이게 무슨 낭패란 말인가?

"어떻게 이 지경으로 만들었는가? 자네의 장단점을 얘기하고, 경계해야 할 부분을 그렇게 많이 얘기해 주었건만……."

나는 첫 해에 중소기업에서 회장이란 직함이 옳지 않다고 생각하고 고문 직함을 자청 했었다. 그러나 국내 업무에서도 다소 문제가 있었고, 특히 생산 비중이 높아가는 중국에서는 고문을 도우미 역할을 하는 보직 정도로 보고 경청을 하지 않는 문제가 있어 임직원들이 원하는 것을 받아들여 회장으로 직함을 바꿨었다.

"회장님! 할 말이 없습니다. 그때그때 발생된 일에만 신경을 쓴 결과 이렇게 누적된 문제의 심각성을 미처 몰랐습니다."

내가 은행에 지급 보증을 다소 여유 있게 만들어 놓았으니 신용장 개설과 금융발생에 여유가 있어 자금과 수익성에 문제가 일어나도 모르고 넘어가고 있었던 것이다.

사정도 모르는 사람들이 '너도 별것 아니구나!' 비아냥거리는 소리가 벌써 들리는 것 같아 괴롭고 힘이 들었다. 꽤 지나서 얘기지만 기다렸다는 듯이 아주 가까운 사람한테 그 소리를 들을 때는 미칠 지경이었다.

아무리 생각해도 정리절차로 가지 않을 수가 없었다. 이젠 좀 쉬며 살아가라는 절대자의 명령이신가? 나는 고심 끝에 폐업을 종용했다. 2006년 4월 15일이다. 1984년 4월 15일 창업한지 만 22년 만이었다. 그런데 희한하게 같은 날이다.

몇 개월간 문제들을 정리하느라 송 사장과 함께 고생깨나 했다. 그런데 정리하느라 보낸 기간엔 미처 느끼지 못한 고통이 나를 괴롭혔다. 처음에는 잃어버린 돈이 아프게 느껴졌으나 나중에는 그것이 문제가 아니었다. 휴대폰 전화가 울리는 횟수가 점점 줄더니 하루 종일 한 번도 울리지 않는 날이 생기기 시작한다.

짬을 내어 나가도 이제는 건물 관리 여직원과 경비원, 청소하는 아주머니만 나를 맞아준다. 그들은 내가 주로 만나 일해 왔던 사람들이 아니다. 내 천직에 관계되는 질문이나 의논할 사람이 단 한 사람도 없다는 사실을 알았을 때 나는 미칠 지경이었다. 정신적으로 공황상태 같았다.

"내가 쓸모없는 사람이 되었구나!"

"아직 아닌데, 아직 아닌데."

우울증 증세가 이런 건가? 일에 미쳐있을 땐 며칠만이라도 실컷 잠 한 번 자보았으면 하는 순간이 얼마나 많았던가? 그런데 그때 일하는 그 시간들이 얼마나 행복했던 순간들이었는지 그때가 생각나면 어린아이처럼 주저앉아 발을 버둥대며 목이 터져라 울고 싶은 심정이었다.

시간이 지나면 적응이 되어 나아 질 거라고 신경과 의사 선생이 말했지만 꽤 많이 지난 지금도 크게 나아진 것 같지 않다. 그래서 궁리 끝에 마음도 다스릴 겸 책을 쓰기로 한 것이다.

내가 원하던 보금자리

초등학교 어린 시절 나는 꽃을 무척 좋아했다. 조그마한 농가에 좁은 마당이었지만, 구석진 한 곳에 화단을 만들고, 이집 저집에서 한 포기씩 얻은 화초를 심어놓고, 봄부터 새순이 나오는 모습과 꽃봉오리가 생기기 시작하는 것을 보는 재미가 나의 유일한 취미요 즐거움이었다.

어느 날 학교에서 돌아와 그렇게 아침저녁으로 보던 화단 위에 담장까지 가득 차게 보리 짚이 쌓여 있었다. 하루하루 살기 바쁜 아버지께서 내 마음을 헤아릴 여유가 없었으니, 타작하고 나온 짚더미를 땔감용으로 쌓아놓은 것이다.

나는 저녁 먹을 생각도 잊고, 짚더미 앞에 앉아 얼마나 울었는지 모른다. 무참히 꺾이고 짓밟혀 쓰러져 깔려 있을 화초들을 생각하니, 너무 불쌍하고 안타까웠다.

나는 훗날 넓은 정원을 가진 집에서 살 것이다, 그래서 내가 좋아하는 꽃과 나무들을 마음대로 심고 가꿀 수 있는 전원주택에서 살겠다고 다짐을 했다.

서울로 올라와 처음 학원 강사의 아기 방에서 월세 살림을 시작하여 이사를 네 번 했을 때, 전세는 물론 집값도 오르는 분위기였다.

조금씩 저축한 돈으로는 내 집 마련의 꿈을 이룰 수가 없지만 최소 생활비만 제외하고 이자를 낼 생각을 하고 은행대출을 받아 구입한다면 전혀 불가능한 일만도 아니었다.

'더 늦어 집값이 너무 오른다면 구입할 기회조차 사라질지 모른다.'

휴일도 없이 일하는 형편이라 넓디넓은 서울바닥에 내가 원하는 집을 찾기란 보통 어려운 일이 아니었다. 고민 끝에 일찍 퇴근하거나 어쩌다가 출장을 가지 않는 휴일에 돌아다녀보니 늦은 시간이거나 휴일이라 공인중개사 사무실은 문이 잠겨있었다.

나는 생각 끝에 명함을 4~5통 준비하고 뒷면에 내가 가지고 있는 현금, 대출받을 수 있는 금액, 원하는 집은 반드시 화단이 있는 집으로 메모하여 닫힌 공인중개사 사무실 문틈에 끼워놓기를 반복했다.

조건에 맞는 집을 시내에서는 구할 엄두가 나지 않아 서울 변두리로 돌면서 그렇게 장만한 나의 첫 집은 광명시의 작은 주택이었다.

간혹 쉬는 날이면 화단 모양을 바꾸기도 하고 몇 그루 안 되는 나무와 화초들을 이리저리 옮겨 심어도 보면서 옛날을 생각하기도 했다.

그러다가 너무 멀리서 출퇴근하기에는 시간이 아까워 서초동 미도, 삼풍아파트 등에 살기도 했으나 어릴 적 꿈을 3년 전에 이루어 지금은 넓은 정원을 가진 주택에 살고 있다.

지금도 재활치료중인 아내와 그리고 사랑하는 내 자식들 남매와 함께…….

다행스럽게도 내 마음을 다스리기는 정말 좋다.

처음 마련한 주택에서 가족과 함께

 행복을 찾은 어느 아저씨의 이야기

더불어 사는 인생을 배우며

지금 나는 지난 세월 동안 잊고 살았던 친구들도 다시 찾고, 동네며 내가 가진 건물 주변에서 이모임 저모임 가입하여, 친할 수 있는 사람 찾아내 만 50세가 넘어 배웠지만 골프도 치고 바둑도 두곤 한다. 아직 불편한 아내와, 아직까지 신경과 약을 먹고 있기는 하나, 그런대로 잊고 있던 사람 사귀는 재미를 찾으며 살고 있다.

40대 후반에 생각한 일곱 가지 중에 못 이룬 한 가지 과제, 사회봉사의 길도 찾아 늦어도 내년부터는 실천에 옮길 생각이다. 내가 이룬 모든 것은 나만이 잘해서가 아니라는 것을 늦게나마 느꼈다. 모든 것이 상대가 있었기에 가능했고 죄 없이 살았다고 하나, 무심코 던진 한마디에 상처받은 사람들도 있었을 것이다. 이젠 그런 것들을 갚고 속죄하는 마음을 가져야 되지 않겠는가?

재산은 잘 벌기도 해야겠지만 쓰는 것이 더 어렵다고 한다. 내 자녀라도 능력이 검증되어, 국가와 사회를 위해서 부모보다 더 잘할 수 있다면 필요한 만큼만 주면 된다. 나이가 드니까 솔직히 나에게 남은 삶이 얼마나 될까 생각도 해본다.

언젠가 신문에서, 미국의 천문대에서 공개한 160만 광년 떨어진 우주 공간에서 새로운 천체가 형성되어가는 사진을 본 적이 있다. 1초에 지구를 일곱 바퀴 반을 돈다는 속도의 빛이, 160만년을 달려온 출발점을 본 것이 아닌가? 우리가 거리 단위로 보통 아는 km로 얼마나 먼 곳인가? 생각하면 어지럽다. 한마디로 무한의 우주다.

그 무한한 우주에 비해선 마치 먼지처럼 작은 지구에 우리가 살고 있다. 그리고 그 먼지처럼 작은 지구에 살고 있는 사람이 수십억 명이다. 우리가 아는 세상은 당연히 넓다, 그러나 우주에 견주면 비할 바가 못 된다.

우리에겐 그토록 넓은 세상인 지구가 우주 전체에 비해선 한 점 먼지도 안 되는 셈이라면 한 인간은 아주 작은 미생물만큼도 되지 않는 것이 아닌가? 그런데 인간들은 백년도 못사는 짧은 기간에 천만가지 모습으로 어떤 이들은 불행하다고 하고, 또는 행복을 갈구하며, 인간의 존엄성을 운운하며 살고 있다. 어찌 보면 얼마나 어리석은 한 토막의 인생인가?

수년전에 돌아가신 성철스님이 남긴 말씀이 생각난다.

"산은 산이요 물은 물이로다."

보통사람은 이해하기 힘든 말씀이다. 몇 년 전에 돌아가신 교황 요한 바오로2세는 이런 말씀을 남겼다.

"나는 행복합니다! 여러분도 행복하십시오."

이 분들이 남긴 말씀을 죽어가면서 할 수 있는 사람이 과연 얼마나 있겠는가?

영국의 극작가 버나드 쇼는 자신의 묘비명에 이런 말을 새기도록 했다고 한다.

"우물쭈물 하다가 내 이럴 줄 알았다."

훗날만 기약하다 기대보다 일찍 죽게 되면 결국 할 수밖에 없는 아쉬움의 말일지도 모르겠다.

우리가 한두 달 안에 죽는다는 의사의 선고가 있으면 무엇을 생각할 것인가? 언젠가는 가게 될 인생, 더 늦기 전에 미리 준비하고 생각하며 사는 것이 사업을 열심히 하여 돈을 버는 것보다 몇 백배나 중요한 것이라는 사실을 깨닫지 않겠는가?

아버지가 돌아가셨을 때 젊은 나이에 어떻게 해야 할지 당황했던 생각이 문득 떠올라, 지난달에 이 세상을 떠날 때 아내와 함께 묻힐 묘지를 장만했다. 미리 훗날을 생각하여 내 자녀들에게는 그런 일이 되풀이 되지 않기를 바라며……

이제 내가 가장 중심에 둘 것은 나와 가족의 건강이다. 그리고 언젠가 떠날 그때를 생각하며 후회 없도록 살고자 한다. 내 한평생 반려자인 아내의 생각도 같다.

나를 오늘에 이르게 한 일등공신이며 영원한 친구인 아내, 어려운 가정형편에 실업고등학교라도 보내주신 부모님과 나에게 축복을 주신 하느님께 감사하며 지난 얘기를 마무리한다.

남기고 싶은 교훈

원하라! 이룰 것이다

군에 입대하는 장정들과 훈련을 마친 병사들의 눈매를 비교해 보라! 멍한 눈매가 생기가 살아있는 눈으로 바뀌어 있다. 하기 싫은 훈련이지만 잘못할 때의 창피와 기합을 두려워하며 인내하고 견딘 결과 자세가 바뀐 것이다. 그렇게 하여 몇 주 만에 무엇이든지 할 수 있는 사람으로 되어버렸다.

나와 내 가족인 아내와 자녀들의 불행은 그때 그 창피나 기합보다 무섭지 않는가? 군인이 바뀌듯이 누구나 바뀔 수 있다.

훗날 어느 때는 이름 세자 외에는 모두 바뀐다.

자기의 적성을 가능한 일찍 알라

아무리 뛰어난 사람도 적성에 맞지 않는 길을 가는 사람은, 신명이 나지 않을뿐더러 피곤해서 언젠가는 지친 나머지 실패하기 쉽다.

따라서 본인의 판단에다, 부모님이나 선생님을 통해 그간 살펴주신 동안에 보신 점도 듣고 참고하여, 일찍 알수록 좋을 것이다.

덜 배웠다고 실망하지 마라

출발하는 길은 큰길도 있고 좁은 오솔길도 있다. 가다보면 큰 도로도 만난다. 덜 배운 사람이 이룬 것은 더욱 존경받는다.

내가 아는 사람들 중에는 고등하교 동문들이 가장 많은 셈인데, 형편이 좋아 좋은 대학 나와 대기업이나 공직생활 한 사람도 많다. 그런데 거의 대부분이 55세에서 60세전에 대부분이 퇴직하고, 그 동안 모은 재산과 연금으로 산다.

아직 일할 나이인데 일찍 퇴직하여 노는 사람이 정신적 고통도 클 뿐만 아니라, 직장생활하며 알뜰히 모은 재산으로 자녀들 결혼시키고, 취미생활 마음대로 할 정도가 되는 사람은 몇 되지 않는다.

반면에 중고등학교 정도 나온 동문들은 자기 사업을 아직 열심히 하고 있고, 경제적으로도 여유 있는 사람이 희한하게도 몇 배나 많다.

많이 배우지 못했기에 처음에는 직장생활의 모양새나 인격적으로 제대로 대우를 못 받는 출발을 하겠지만, 바닥부터 고생하며 닦은 경험과 혼자 공부하여 그 분야의 전문가가 되어 아직 사업하는 사람이 많다.

따라서 정년도 없을뿐더러 경제적으로도 여유가 있다. 지금 내가 부담 없이 골프를 치러 가자고 할 수 있는 가까운 친구는 그러한 사람들이 더 많다.

50대 중반에는 좋은 대학 나와 대기업 임원으로 있던 친구들도 꽤 있었지만, 지금은 형편이 안 되어 같이 어울리지 못하는 사람들이 늘어간다.

보고 들은 것만으로 말하거나 판단하지 마라

사람이든 일 문제든 부딪쳐 보면 알고 있는 내용과 다를 경우가 허다하다. 경우에 따라서는 새로운 사실을 알거나 예상하지 못했던 사실을 발견하는 수가 의외로 많다.

현장에 뛰어들어보면 신상품 개발에 필요한 기대 이상의 아이디어를 얻거나, 사람을 오해하여 좋은 사람을 잃을 뻔한 경우도 생긴다.

나와 가깝게 지낸 장 모 라는 사람은 원진에서 알게 되어 서로 도우면서 지냈는데 나중에 독립을 하였다. 그때는 경험도 많았고 아는 것이 많았는데 하는 일마다 잘 풀리지 않았다.

원인은 대부분 잘 아는 사람과 거래한다고 거의 전화로 일을 하고 있었던 때문이었다. 몇 차례나 충고를 했으나 잘 듣지 않다가 나중에 정말 힘들게 되어 직원도 없이 혼자 거래처를 다니면서 그때서야 깨닫고 몇 차례나 통곡을 하며 후회했다고 나에게 말한 적이 있다.

막히면 최고가 되는 사람에게 물어라

거의 대부분의 사람들은 고민이 있거나 하면 친구들과 의논을 한다. 밤새워 얘기해도 위로를 받거나 너는 할 수 있다는 용기를 줄 뿐 막상 필요한 말은 듣기 어렵다.

직접 아는 분이 있으면 좋고, 없더라도 주변에서 소개를 받거나 그것도 안 되면 내 인생이 걸린 문제라고 하고, 면담을 용기 있게 청해라,

그러면 대개 만나게 되고 정말 필요한 지식이나 경험담을 들을 수 있다.

할 일이 많으면 생각나는 대로 모두 적어라

능력이나 시간은 당연히 한계가 있다. 성실하기만 해선 안 된다. 지금 당장 할 수 있는 것만 남기고 나머지는 잊어라. 그리고 집중하면 반드시 결과가 좋을 것이다.

그 일이 끝나면 다시 반복하면 된다.

한 우물을 파고 최고가 되라

나는 할 수 있다고 일찍부터 자기체면을 걸어라.

최선을 다하면 할 수 있다고 긍정적으로 생각하라. 그리하여 단 한번이라도 원하는 것을 얻어 온몸에 전율이 생기는 느낌을 경험하라.

누가 보아주지 않더라도 칭찬이 없더라도, 힘들다고 생각했던 것을 얻게 되어 미친 듯이 크게 웃고 싶은 순간을 한번만 해내면, 그 다음부터는 나도 모르게 능력이 있는 사람이 돼 있는 것을 느끼고 신명이 날 것이다.

신문을 탐독하라

내가 활동하는 범위는 좁다. 따라서 다양한 사람을 만나 얻을 수 있는 정보는 그리 많지 않다. 그럴 시간도 없다. 그것을 메울 수 있는 방법은 신문이다.

나는 광고란까지 읽기를 권한다. 거기에 당장은 아니더라도 훗날 필요한 정보가 있다.

허허실실 하라

직장생활이나 사업이나 혼자서 하는 일은 없다. 많은 사람들과 더불어서 할 수밖에 없다.

주변에 좋은 사람을 많이 사귀기 위해서는 너무 잘난 체만 해서도 안 되고, 그렇다고 나를 만만하게 보게 해서도 안 될 때가 있다.

더불어 감동을 줄 수 있으면 더 좋다.

돈이 돈을 번다, 기회를 기다려라

자기가 하는 일은 천직이라 생각하고 열심히 해라. 그러다 보면 돈이 쌓인다.

사업은 돈을 많이 벌수록 성공했다고 한다. 남는 돈이 있으면 당연히 투자를 해야 한다.

기다리다 보면 주변에서 무엇을 해서 망했다는 소리가 많이 들리면 투자를 생각해라. 지금까지 내가 경험한 경우만 보더라도 길게는 6~7년 짧게는 4~5년이었다. 주식이든 부동산이든……. 산이 높으면 계곡도 깊다고 좋은 때나 나쁜 때나 항상 오래가지 않는다.

최소 5년 이상 10년 후 내 모습을 그려라

미리 준비하고 생각을 깊이하면 실패가 없다.

미래를 생각지 않고 현실만 생각하는 사람은 영원한 머슴이 되기 쉽다.

50대가 지나기 전에 취미를 가져라

최소한 40대까지는 전력을 기울여 일해야 한다. 그러나 어느새 50~60대가 된다. 60대 되어 건강을 위해서나 재미있게 여생을 보내기 위해 준비하는 것은 아무래도 늦다.

말년을 잘 보내기 위해 준비하는 것이 더 중요할지도 모른다.

베풀거나 손해 본 것은 모두 빨리 잊어라

맞은 사람은 몇 십 년이 되어도 기억하지만, 때린 사람은 모른다.

준 사람은 알지만 받은 사람은 빨리 잊는다.

따지는 것도 어리석고 좋은 결과는 더군다나 없다. 나이 들어 마음 편하게 사는 것이 좋으니 잊는 것이 상책이다.